D1878776

निर्मला

[पटकथा]

निर्मला

[पटकथा]

मन्नू भंडारी

राधाकृष्ण

ISBN : 978-81-8361-890-8

निर्मला (पटकथा)

© मन्नू भंडारी

पहला संस्करण : 2018

मूल्य : ₹395

प्रकाशक
राधाकृष्ण प्रकाशन प्राइवेट लिमिटेड
जी-17, जगतपुरी, दिल्ली-110 051

शाखाएँ : अशोक राजपथ, साइंस कॉलेज के सामने, पटना-800 006
पहली मंजिल, दरबारी बिल्डिंग, महात्मा गांधी मार्ग, इलाहाबाद-211 001
36 ए, शेक्सपियर सरणी, कोलकाता-700 017

वेबसाइट : www.radhakrishnaprakashan.com
ई-मेल : info@radhakrishnaprakashan.com

मुद्रक : बी.के. ऑफसेट
नवीन शाहदरा, दिल्ली-110 032

NIRMALA
Screenplay by Mannu Bhandari

इस पुस्तक के सर्वाधिकार सुरक्षित हैं। प्रकाशक की लिखित अनुमति के बिना इसके किसी भी अंश की, फोटोकॉपी एवं रिकॉर्डिंग सहित इलेक्ट्रॉनिक अथवा मशीनी, किसी भी माध्यम से अथवा ज्ञान के संग्रहण एवं पुन:प्रयोग की प्रणाली द्वारा, किसी भी रूप में, पुनरुत्पादित अथवा संचारित-प्रसारित नहीं किया जा सकता।

निर्मला

एक

[उदयभानु का घर। ज़ोर-शोर से निर्मला की शादी की तैयारियाँ हो रही हैं। सारे वातावरण में बहुत गहमागहमी है। कई लोग काम में व्यस्त हैं। आँगन के एक कोने में बड़ी-सी टंकी में पुताई के लिए चूना घोला जा रहा है। बाल्टी, डोल, कूची, सीढ़ी सारा सामान पड़ा है, दो आदमी काम कर रहे हैं। उनकी निगरानी रखने वाला आदमी आदेश दे रहा है।]

आदमी : देखो भैया, कोरा चूना पोतने से चलेगा नहीं इस बार...यह कोई दीवाली की पुताई नहीं कि चलो दो हाथ मारे, सफ़ाई हो गई! शादी का मामला है, सारे मेहमान जुटेंगे। घर ऐसा दिखना चाहिए कि...

मिस्त्री : अरे किसे समझा रहे हो भैयाजी...यहाँ जिनगानी बीत गई बाबूराम की यही करते-करते। जब काम हो जाए तब देखना...न सीसे की तरह चमकने लगे दीवारें तो कहना।...कौन कहेगा कि पुताई हुई है...लोग समझेंगे वकील साहब ने नई कोठी बनवाई है...मेरा काम...

आदमी : अच्छा-अच्छा जितनी जीभ चलती है, उससे आधा भी हाथ चले तो काम निपटे।

मिस्त्री : देखो भैयाजी, जल्दी का काम सैतान का।...यहाँ काम धीरज से करना और चोखा करना।...और फिर जल्दी किस बात की...अभी तो महीना-भर पड़ा है ब्याह का...महीने-भर में तो कोठी का चेहरा दुल्हन के चेहरे से भी ज़्यादा चमका के रख देगा बाबू राम!

[दूसरी ओर बाहर एक ठेलागाड़ी से एक कहार बर्तन उतार-उतारकर अन्दर कमरे में रख रहा है। अन्दर दो आदमी हैं, एक के हाथ में लिस्ट है।]

आदमी-1 : बारह भगौने बड़े, छह बड़ी परात, पचास थाल, सौ गिलास... *(कहार से)* जाओ, अब दूसरी खेप लेकर आओ...और देखो,

बर्तन ज़रा छाँटकर अच्छे लाना...मुचे-मुचे न हों। ये समझ लो बहुत बड़े आदमियों की बारात आ रही है...और सुनो गंगासागर, पानी भरकर देख लेना...ये न हो कि ज्यौनार में पंगत जीम रही हो और गंगासागर सिकोरों के साथ-साथ पत्तलें भी भिगो रहा हो।

कहार : सब देख-देखकर ही ला रहे मालिक!

आदमी-2 : पंचायत वाले बर्तन तो कल तक सब आकर लग जाएँगे, लेकिन चायदानी, दूधदानी, कप-बसी तो खरीदकर ही लाने पड़ेंगे...जाने कित्ते अफ़सर लोग ही होंगे बारात में...उनके वास्ते तो ये खरीदने ही पड़ेंगे।

आदमी-1 : शादी-ब्याह के बर्तन खरीदने पड़े तब तो बहुत खर्चा हो जाएगा।

आदमी-2 : पर उपाय क्या...ये तो पंचायत में मिलने से रहे।

आदमी-1 : बाऊजी से पूछ लो...कहीं ऐसा न हो कि बिगड़ने लगें।

आदमी-2 : अब इन्तज़ाम भी फस्ट-किलास चाहिए और पैसा भी नहीं खरचना चाहें तो कैसे होगा?...पूछने का काम तुम करो भैया...मेरा क्या, कहेंगे तो खरीद देंगे नहीं तो सिकोरे में चाय पिला देंगे। अब भद्द उड़े तो उड़े!

आदमी-1 : तुम तो बस भद्द उड़वाने के चक्कर में ही रहते हो।...अरे कोई ऐसी जुगाड़ बिठाओ कि ख़र्च भी कम हो और काम भी चोखा...

आदमी-2 : ऐसा अलादीन का चिराग़ मेरे पास नहीं...पूछ के बता देना, मैं चला। *(निकल जाता है)*

[बनिया घी के कनस्तर लेकर आया है। एक आदमी मुट्ठी बन्द करके उस पर थोड़ा-सा घी मलता है, फिर सूँघता है...सन्तोष न होने पर दुबारा सूँघता है।]

बनिया : अरे बाबूजी, बार-बार क्या सूँघ रहे हो। कनस्तर खुलने दो ज़रा...अभी सारा घर महक जाएगा।

आदमी : अरे लाला, जिस घी के लिए आदमी को बोलना पड़े, वो घी कैसा भला...घी तो ख़ुद बोलता है।

बनिया : भैया, अब मैं क्या बोलूँ...तुम इधर कढ़ाव चढ़ाओ और न सारा जनवासा महक जाए तो कहना! हमारे घी की तो तासीर ही ऐसी कि आधे लोग पकवान खाकर छकें तो बाक़ी महक से ही छक जावें। सारे बनारस में इसकी जोड़ का घी मिल जाए तो लाने वाले की टाँग के नीचे से निकल जाऊँ।...और फिर वकील

साहब से कोई आज का ब्यौहार हमारा...लो, ये आठ कनस्तर तो रखो, चार कल पहुँचा दूँगा।

[एक कमरे में दर्जी बैठा सिलाई कर रहा है। पास में कपड़ों के थान रखे हैं। एक आदमी आता है।]

आदमी : काम की रफ़्तार तुम्हारी धीमी चल रही है उस्ताद! किराए की कनात नहीं लगेगी...सारी नई बननी हैं और तुम्हें ही बनानी हैं।

उस्ताद : सब हो जाएगा बाबू साहेब...आप...

आदमी : और देखो, कनात ऐसी बने कि बस!

उस्ताद : आप फिकिर मत करो बाबू साहब...कनात क्या, दीवाल खड़ी कर दूँगा...आप जमाखातिर रखो। मेरे काम में शिकायत का मौक़ा नहीं मिलेगा आपको हुजूर। *(जल्दी-जल्दी मशीन चलाता है।)*

[बाहर खुले में एक आदमी खाट बुन रहा है। कुछ खाटें बुनी हुई खड़ी हैं...कुछ के ख़ाली फ्रेम खड़े हैं। एक बुनी हुई खाट पर बाबू उदयभानु सिंह और एक अन्य आदमी बैठे हैं।]

आदमी : मैं कहता हूँ, बाऊजी, अगर अंग्रेजी बैंड करना है तो पेशगी देकर अभी से नक्की कर लो। भारी साया है उस दिन का...ऐन मौक़े पर कुछ नहीं मिलेगा। आजकल सब सुसरों को अंग्रेजी बैंड बजवाने का ऐसा सौक चढ़ा हुआ कि पूछो मत! और चाहे कुछ हो न हो पर बाजा अंग्रेजी ही बजेगा।

उदयभानु : *(जो कुछ काग़ज़ देखने में व्यस्त हैं, हल्की-सी खीज के साथ)* अरे तो दे दो न पेशगी।...बैंड और आतिशबाजी का ज़िम्मा जब तुम्हें दे दिया तो अब बार-बार पूछना क्या?...सुविधा के लिए ही तो मैंने काम बाँटा...अब हर कोई मुझसे ही पूछने चला आए तो... जाओ-जाओ, जो ठीक समझो करो।

[उदयभानु का छोटा बेटा बैंड और आतिशबाजी की बात सुनकर खुशी के मारे उछलता हुआ सीधा छत पर दौड़ जाता है। छत पर निर्मला एक खाट पर अकेली लेटी आसमान निहार रही है। लड़का दौड़ता हुआ आता है।]

लड़का : *(तालियाँ बजाते हुए)* अहाऽऽ...दीदी की शादी में अंग्रेजी बाजा बजेगा...आतिशबाजी छूटेगी...बड़ा मजा आएगा। घोड़े पर दूल्हा

आएगा...दीदी दुल्हन बनेगी...दीदी दुल्हन बनेगी *(चिढ़ाने के ढंग से दो-तीन बार दोहराता है।)*

निर्मला : *(मुस्कुराकर)* चल भाग यहाँ से...जा नीचे से कृष्णा को भेज दे।

[लड़का भाग जाता है। निर्मला के चेहरे का क्लोज़-अप! उमंग, आशा-आकांक्षा, भय न जाने कितने भाव उसके चेहरे पर आ-जा रहे हैं। फिर भी आँखों में सपने, चेहरे पर मुस्कान।]

[कैमरा फिर उदयभानु बाबू पर आ जाता है जो उसी तरह बाहर खाट पर बैठे कुछ हिसाब-किताब कर रहे हैं। एक आदमी पास आकर बैठता है। इत्मीनान से पैर ऊपर उठाकर आलथी-पालथी मारकर बैठता है, ज़ेब से पान निकालकर खाता है। फिर अपने काम का ब्यौरा प्रस्तुत करता है।]

आदमी : देखो बाऊजी, एक-एक मोची, नाई, पनवाड़ी और धोबी तो तीन दिन के लिए यहाँ बिठा ही देंगे...फिर तीन-तीन बारातियों पर एक-एक कहार। किसी को पैर दबवाने हों, मालिश करवानी हो, धोती छँटवानी हो...मतलब ये समझ लो कि मुँह से बात बाद में निकले और पूरी पहले हो जाए।...अब बोलो, इससे जियादा और क्या खातिर होगी बरातियों की। *(उदयभानु के चेहरे पर प्रशंसा का कोई भाव नहीं...वैसे ही गुमसुम)*...खाने की तरफ़ से भी आप पूरी तरह बेफिकर रहो। भट्टी एक बार बिस्सो भैया के जिम्मे हुई तो फिर किसी को फिकिर करने की ज़रूरत नहीं। तीनों दिन वो खाना बनवाएँगे कि बराती भी याद करेंगे।...खाने के मामले में तो जवाब नहीं है बिस्सो भैया का।

उदयभानु : *(चिन्ता और खिन्नता के साथ)* वो सब तो ठीक है...लेकिन जब रोज़ ही तख़मीना लगाकर देखता हूँ तो...

आदमी : देखो बाऊजी, घर और ब्याह, ये दो चीज़ें तख़मीने से नहीं चलतीं, अपने ही ढंग से चलती हैं।

उदयभानु : दस दिन में ही पाँच हज़ार से दस हज़ार तो हो गया...इसी तरह चलता रहा तो...सोचता हूँ...थोड़ा हाथ खींचकर चलूँ वरना... *(दृश्य कट जाता है।)*

[रात का समय! उदयभानु हिसाब-किताब कर रहे हैं और सामने पानदान लिए कल्याणी बैठी है। पिछले दृश्य का उदयभानु का अधूरा वाक्य पूरा करती है]

कल्याणी : रोम-रोम कर्ज़े में डूब जाएगा। दस दिन में पाँच हज़ार से दस हज़ार हुए, एक महीने में तो शायद एक लाख की नौबत आ जाए। एक ब्याह करके ही ऐसे कंगले हो गए तो मेरे बाक़ी बच्चों का क्या होगा...दर-दर की भीख माँगेंगे ?

उदयभानु : कैसी बात करती हो ? सोचो ज़रा दहेज में वे लोग एक पैसा नहीं माँग रहे...ऐसे शरीफ़ लोगों की बारात की ख़ातिर करना फर्ज़ नहीं बनता मेरा ?...जो भी हो, उनके मेहमानों के आदर-सत्कार में कोई क़सर नहीं उठा रखूँगा मैं। बारातियों की ख़ातिर तो ऐसी होगी कि वे लोग भी याद रखेंगे कि हाँ किसी की बारात में गए थे।

कल्याणी : दुनिया में आज तक कोई बरातियों को खुश कर सका है जो तुम कर लोगे ? जिसे घर में सूखी रोटियाँ भी न मिलती हों वह भी बारात में आकर बादशाह बन बैठता है। तेल खुशबूदार नहीं, साबुन टके सेर का जाने कहाँ से बटोर लाए, कहारबान की नहीं सुनते, लालटेन धुआँ देती है, कुर्सियाँ क्या हैं, खटमलों का घर...चारपाइयाँ ढीली हैं...जनवासा है कि जेलखाना, हवा का नामोनिशान नहीं। बाराती मरे कोई एक ऐब निकालेंगे और तुम सब बन्दोबस्त कर दो तो दूसरी तरफ़ से सुनो...*(नक़ल निकालते हुए)* भई, यह तेल तो रंडियों के लगाने लायक है; जनाब, यह साबुन नहीं भेजा, अपनी अमीरी की शान झाड़ रहे हैं, जैसे हमने कभी साबुन देखा ही नहीं, ये कहार हैं या यमदूत—जब देखो सिर पर सवार। लालटेनें ऐसी भेजीं कि अगर दस-पाँच दिन इस रोशनी में बैठना पड़ जाए तो आँखें फूट जाएँ। जनवासा क्या है, अभागे का भाग, जिसमें चारों तरफ़ से झौंके ही आते रहते हैं।...सो तुम बरातियों को खुश करने की बात तो दिमाग़ से निकाल दो और अपना आगा-पीछा सोचकर चलो।

उदयभानु : तो तुम मुझे आख़िर क्या करने को कहती हो ?

कल्याणी : मेरी बात मानो और मन पक्का कर लो कि पाँच हज़ार से एक पैसा ऊपर ख़र्च नहीं करोगे। अरे आदमी उत्ते ही तो पैर फैलाएगा जित्ती चादर होगी ? घर में तो टका नहीं, क़र्ज़ का ही तो भरोसा ठहरा, सो इत्ता क़र्ज़ लें ही क्यों कि ज़िन्दगी भर अदा ही न हो !

उदयभानु : *(चिढ़कर)* वाह, क्या तजवीज़ बताई है ?...तुम तो चाहती हो कि हाथ झाड़कर सबके बीच नंगा खड़ा हो जाऊँ कि मेरे पास कुछ नहीं ..कंगला हूँ मैं तो...*(गुस्से से)* औरतें जान की बाज़ी लगा

देती हैं। अपने आदमियों की इज़्ज़त बचाने के लिए और एक तुम हो...पैसा-पैसा-पैसा! मेरी इज़्ज़त का कोई ख़याल ही नहीं तुम्हें?

कल्याणी : इज़्ज़त का ख़याल है तभी कह रही हूँ। जब उठते-बैठते हर घड़ी तगादेवाले खोपड़ी पर खड़े रहेंगे और तुम इधर-उधर मुँह छिपाते फिरोगे...झूठे बहाने गढ़ोगे तब इज़्ज़त का क्या होगा? देखो, मैं कहे देती हूँ, ब्याह हम अपनी औक़ात से ही करेंगे। झूठी हेकड़ी में कुछ नहीं रखा। ये घराती-बाराती तो सब मरे चार-चार दिन गुलच्छर्रे उड़ाके चलते बनेंगे, कोई पलट के पूछने भी नहीं आएगा कि मरते हो कि जीते हो...सो इनकी ख़ातिर मैं अपने बच्चों की ज़िन्दगी नहीं चौपट करने वाली। मुझे उनके लिए भी तो कुछ चाहिए।

उदयभानु : तुम तो ऐसे कह रही हो कि जैसे शादी करने के बाद मैं तो बस मर ही जाऊँगा...बच्चों की सारी ज़िम्मेदारी तुम्हें ही उठानी है।

कल्याणी : मरने की बात कौन कहता है पर यों होने को कुछ भी हो सकता है...इस धरती पर अमृत खाकर तो आया नहीं कोई आज तक।

उदयभानु : *(आश्चर्य से)* क्याऽऽ... ? तो तुम बैठी-बैठी यही मनाया करती हो कि कब यह मरे और तुम मनमानी करो।...औरतें अपने सुहाग की ख़ातिर क्या-क्या नहीं करतीं और एक तुम हो कि...

कल्याणी : *(बात काटकर बीच में ही)* तुमसे तो बात करना भी मुश्किल है। कोई दुनियादारी की बात कहो तो बस इसी तरह ज़हर उगलने लगते हो। इसीलिए न कि जानते हो कि इसे कहीं ठिकाना नहीं...जो भी कहो, जितना भी दबाओ दबेगी, जाएगी कहाँ? तुम्हारी रोटियों पर पलनेवाली लौंडी हूँ। तुम मुझे रोटी-कपड़ा दो और बदले में मैं तुम्हारे घर का धन्धा कूटूँ...इत्ती भर औक़ात ही है इस घर में मेरी? मुफ़्तखोर माल उड़ाएँ तो मुँह न खोलूँ...शराब-कबाब में रुपए लुटाओ तो ज़बान न हिलाऊँ... तुम हुक्म चलाओ और बाँदी की तरह बिना चूँ-चपड़ किए मैं उसकी तामील करूँ...लेकिन...

उदयभानु : *(आवेश में)* मैं तुम्हारा ग़ुलाम नहीं हूँ।

कल्याणी : तो मैं भी तुम्हारी लौंडी नहीं हूँ।

उदयभानु : *(ग़ुस्से से)* चुप करो...मैं कमाकर लाता हूँ, जैसे चाहूँ ख़र्च कर सकता हूँ—किसी को कुछ बोलने का अधिकार नहीं है।

कल्याणी : अगर अधिकार नहीं है तो सँभालो अपना घर। ऐसे घर में मैं एक दिन नहीं रह सकती जहाँ मेरी कुछ पूछ नहीं...मुझे बोलने

का हक़ नहीं। तुम्हारा घर तुम्हें मुबारक हो, मेरे लिए भी पेट की रोटियों की कमी नहीं।...तुम्हारे बच्चे हैं मारो या जिलाओ। न आँखों से देखूँगी, न पीर होगी!

उदयभानु : इस गुमान में मत रहना कि तुम न सँभालोगी तो मेरा घर ही न सँभलेगा? मैं ऐसे-ऐसे दस घर सँभाल सकता हूँ।

कल्याणी : सो तो जब चली जाऊँगी तब पता लगेगा *(तमककर उठती है और दरवाज़े की तरफ़ बढ़ती है।)*

उदयभानु : मैके का घमंड होगा...लेकिन बता देता हूँ, वहाँ कोई बात भी न पूछेगा। अभी सब आवभगत करते हैं, लेकिन जब जाकर सिर पड़ जाओगी तो टके को न पूछेगा कोई...सारा घमंड झड़ जाएगा।

कल्याणी : *(जाते-जाते कल्याणी पलटकर खड़ी हो गई...उसकी आँख से जैसे क्रोध की चिंगारियाँ निकलने लगीं)* मैके वाले मेरी तकदीर के साथी नहीं और न ही मैं इतनी गई-गुज़री हूँ कि उनकी रोटियों पर जा पड़ूँ।

उदयभानु : तब कहाँ जा रही हो?

कल्याणी : तुम यह पूछने वाले कौन होते हो?...इत्ती बड़ी दुनिया में मेरे लिए भी कहीं ठौर निकल ही आएगी...लेकिन अब तुम्हारे घर अपमान की रोटियाँ तोड़ते नहीं पड़ी रहूँगी *(तमककर निकल जाती है।)*

[कल्याणी अपने कमरे में जाती है। ग़ुस्से और दुःख के मारे आँखें छलछला रही हैं। कमरे में तीनों बच्चे सो रहे हैं। एकटक उन्हें देखती रहती है फिर सबसे छोटे बेटे की चारपाई पर जाकर लेटती है तो बच्चा नींद में कुछ कुनमुनाकर उसके गले से लिपट जाता है। वह उसे कसकर अपनी छाती से चिपका लेती है। आँखों से आँसुओं की झड़ी लग जाती है।]

दृश्य-परिवर्तन

[उदयभानु ग़ुस्से से भरे अपने कमरे में इधर से उधर घूम रहे हैं और बड़बड़ाते जा रहे हैं।]

उदयभानु : यह स्साला घर है या नरक जहाँ एक मिनिट को भी शान्ति नहीं। इतना बड़ा काम सामने पड़ा है पर यह तो नहीं कि उसमें कुछ मदद करे—बस, बात-बात में टोकना...बात-बात में कोसना।

यह तो चाहती है कि यह हुकुम चलाए और मैं हाथ जोड़कर इसकी ताबेदारी करूँ। इसे तो मेरी इज़्ज़त से पैसा ज़्यादा प्यारा है...चाहती है सबके बीच मेरी भद्द उड़े...समधियों की शराफ़त के सामने मैं टुच्चा सिद्ध होऊँ।...बात करने का ढंग तो देखो...जैसे कहीं की नवाबजादी हो...अरे नवाबजादी भी होती वो यहाँ कौन दबने वाला है...*(एकाध चक्कर लगाते हैं)* दो दिन को कहीं चला जाता हूँ...न सारा नजला झड़ जाए तो। *(फिर एक चक्कर लगाते हैं)* यही ठीक रहेगा...दो दिन को किसी दोस्त के घर बैठ जाता हूँ। दिन में तारे नज़र न आने लगें तो कहना... *(रेशमी चादर गले में डालते हैं, कुछ रुपए लेते हैं। एक क्षण मेज़ के पास आकर कुछ लिखने की बात सोचते हैं, फिर— 'नहीं, कुछ लिख-विखकर नहीं जाऊँगा...कलपने दो पूरी तरह।' चुपचाप घर से निकल जाते हैं।*

[गली में बिलकुल अँधेरा है। उदयभानु अपनी ही धुन में चले जा रहे हैं...चारों ओर निपट सन्नाटा। कुछ दूर आगे जाकर उदयभानु को लगता है जैसे कोई उनके पीछे-पीछे आ रहा है। मुड़कर देखते हैं कि एक लम्बा-चौड़ा, तगड़ा आदमी कंधे पर लाठी रखे उनके पीछे आ रहा है। शुरू में वो ख़ास ध्यान नहीं देते...'होगा कोई' के भाव से आगे बढ़ते रहते हैं लेकिन जब देखते हैं कि जिस गली में वे मुड़ते हैं, उसी में वह आदमी भी मुड़ता है, तब मन में सन्देह उठता है। ठहर कर जेब से जेबी लालटेन (टॉर्च) निकालते हैं, मुड़कर उसकी रोशनी में उस आदमी को देखते हैं...पहचान कर चौंक पड़ते हैं।]

मतई : क्यों बाबूजी, पहचानते हो या नहीं ? *(उदयभानु चुप)* तुम क्यों पहचानोगे। सज़ा दिलवाने वाला भूल सकता है, लेकिन पाने वाला कैसे भूलेगा ?...तुम्हारी मेहरबानी से तीन साल की बामुशक्कत क़ैद काटकर आया है यह मतई...अब ज़रा मेरी मेहरबानी भी देख लो !

उदयभानु : *(भीतर से ज़रूर ज़रा सहम जाते हैं, फिर भी डपटकर)* तुम मेरे पीछे-पीछे क्यों आ रहे हो ?

मतई : क्यों, किसी को रास्ता चलने की मनाही है...यह गली तुम्हारे बाप की है ?

उदयभानु : *(छड़ी सँभालकर हिम्मत से)* अभी शायद मन नहीं भरा हवालात से...लगता है अबकी सात साल को जाओगे।

मतई : मैं सात साल को जाऊँ या चौदह साल को, पर तुम्हें जीता न छोड़ूँगा।...मैंने डाका डाला तो अपने बूते पर...तुम सरकार की तरफ़ से पैरवी करके सज़ा दिलवाने वाले कौन थे?

उदयभानु : *(थोड़ा घबराए से स्वर में)* मैं कहता हूँ, हट जा मेरे रास्ते में से।

मतई : अगर हटाना चाहते हो तो मेरे पैरों पर गिरकर क़सम खाओ कि आगे से अब किसी को सज़ा न दिलवाओगे? *(एक क़दम आगे बढ़कर)* बोलो, है मंजूर या कि...

उदयभानु : तेरी शामत तो नहीं आई? *(एक क़दम पीछे हटते हैं)*

मतई : शामत मेरी नहीं, तुम्हारी आई है। *(डपट कर)* बोलो, खाते हो क़सम या नहीं? *(एक क्षण रुककर)* एक! *(आगे बढ़ता है)*

उदयभानु : *(पीछे हटते हुए)* तुम हटते हो या कि बुलाऊँ पुलिसमैन?

मतई : दो *(आगे बढ़ता है)*

उदयभानु : हट जा बदमाश सामने से!

मतई : तीन!

[तीन के साथ ही मतई लाठी का भरपूर वार करता है। ...उदयभानु की चीख निकलती है...'हाय, मार डाला' और वे ज़मीन पर गिर जाते हैं। सारा शरीर और सड़क ख़ून से सन जाते हैं। मतई पास आकर देखता है...समझ जाता है कि काम तमाम हो गया। चेहरे पर डर का कोई भाव नहीं। इत्मीनान से उनकी घड़ी, सोने के बटन और बटुआ अपने हवाले करता है, फिर लाश घसीटकर सड़क के एक किनारे करके चला जाता है। गली के उस निपट सन्नाटे में कुछ देर के लिए उदयभानु की लाश को फोकस किया जाए!]

दृश्य-परिवर्तन

[आरम्भ में शादी की गहमागहमी, चहल-पहल में जिन चीज़ों को फोकस किया था, कैमरा उन सभी जगहों और स्थितियों से घूमता है, लेकिन सबकुछ बिलकुल बदल गया है। घर में एकदम सन्नाटा। कल्याणी अपने कमरे में चटाई पर औंधी लेटी सिसक रही है। घुटी हुई हिचकियों के कारण उसका बदन रह-रहकर थरथरा

उठता है।...घर के आँगन में पुताई के लिए चूना धुली टंकी, कूची, सीढ़ी सब वैसे ही पड़े हैं...एक कोठरी में सिलाई की मशीन पड़ी है...आसपास कपड़े फैले पड़े हैं...बर्तनों वाले कमरे में बड़े-बड़े भगौने, थाल-कटोरे...सब उल्टे-सीधे पड़े हैं...भंडार में घी के टीन...आटा-दाल की बोरियाँ पड़ी हैं...बाहर अधबुनी खाटें पड़ी हैं। ऊपर छत पर दोनों बच्चे सोये पड़े हैं अस्त-व्यस्त से...ओढ़ना-बिछाना कुछ नहीं। एक खाट पर निर्मला लेटी सूनी आँखों से आसमान देख रही है! चेहरे पर एक अजीब-सा ख़ालीपन! इस पूरे दृश्य से मौत के बाद का वातावरण एस्टेब्लिश करना है...सबकुछ जैसे का तैसा है—लेकिन बेजान, प्राणहीन।]

दृश्य-परिवर्तन

[पुरोहित मोटेराम हाथ में लालटेन लिए घर में घुसते हैं। आँगन में खड़े होकर।]

मोटेराम : बहूजी...बहूजी *(अन्दर से थोड़ा-सा घूँघट खींचकर कल्याणी निकलकर आती है)* आपका सन्देसा मिला...बोलो, क्या हुकुम है मेरे लिए।

कल्याणी : *(अपने को किसी तरह साधकर)* पंडितजी, अब ये ब्याह तो किसी तरह पार पटकना ही है...वरना आप जानो, इन तैयारियों में जो इत्ता पैसा बहाया वो सब मिट्टी में मिल जाएगा...अगले साल फिर कहाँ से आएगा इत्ता पैसा...अब कौन बैठा है मेरे *(गला भर्रा जाता है।)*

मोटेराम : क्या बताएँ बहूजी, होनी बड़ी बलवान...उसके आगे किसका बस चला है भला?

कल्याणी : देना-लेना कुछ है नहीं...बरात की ख़ातिर करनी है सो जितनी बन पड़ेगी कर देंगे...सामान सब पड़ा ही है...बाक़ी भगवान मालिक...बस किसी तरह यह काम निपट जाए।

मोटेराम : क्या बताएँ बहूजी...कैसे उछाह से सब काम शुरू हुआ और अब...*(हाथ जोड़कर)* प्रभु इच्छा!...पर आपका ये विचार ठीक कि छाती पर पत्थर रखकर इस काम को निपटा दो...जो हो जाए सो भला वरना कल किसने देखा।

कल्याणी : इसीलिए आपको बुलाया।...समधी साहब को चिट्ठी तो मैंने लिख दी है पर आप ख़ुद जाकर मेरी तरफ़ से हाथ जोड़कर विनती करना कि जो हुआ सो हुआ पर अब ब्याह की तिथि न

टालें।...कर्ता तो अब रहे नहीं फिर भी जो बन पड़ेगा सेवा-सत्कार कर ही देंगे। कुछ भूल-चूक हो तो अनाथिनी समझकर माफ़ करेंगे! अब तो मेरी लाज उनके हाथ...कहना मुझ पर दया करें और मेरी बेटी को अपनी बहू बनाकर ले जाएँ!...बस, आप सवेरे की गाड़ी से ही जाओ और मेरी विनती उन तक पहुँचाकर उनकी रज़ामन्दी ले आओ!...आपका अहसान कभी नहीं भुलूँगी पंडितजी...बस, अब तो समझो कि निर्मला आपकी ही बेटी!

मोटेराम : अरे बहूजी...अहसान की क्या बात...बाऊजी का नमक खाया सारी ज़िन्दगी...मेरे जो बस में होगा कसर नहीं रखूँगा करने में।...कल ही गया और भगवान ने चाहा तो रज़ामन्दी लेकर ही आऊँगा।...अरे हमारी सोने जैसी बेटी, बहू बनाकर ले जाएँगे तो कोई एहसान नहीं करेंगे हम पर...हाँ नहीं तो!

[कल्याणी पत्र लाकर देती है। पत्र लेकर मोटेराम उठते हैं...चलने से पहले एक बार फिर भगवान को याद करते हैं...कल्याणी को तसल्ली देते हैं और धीरे-धीरे निकल जाते हैं। कैमरा कल्याणी के चेहरे को फोकस करता है!]

दो

[भालचन्द्र का कमरा। एक दीवान रखा है, जिस पर गद्दा और गावतकिये लगे हैं। दीवाल के सहारे उस ज़माने की तीन--चार कुर्सियाँ, जिन पर कढ़ी हुई गद्दियाँ बिछी हैं। पर क्रोशिये का कढ़ा हुआ मेज़पोश बिछा है, नीचे दरी। दीवारों पर बड़ी-बड़ी तस्वीरें लगी हैं...

कुछ धार्मिक, एक-दो परिवार वालों की। एक बड़ा आइना लगा है। भीतर जाने वाले दरवाज़े पर चिक पड़ी है। ऊपर हाथ से खींचा जाने वाला झालर वाला बड़ा पंखा लटक रहा है, जिसे दरवाज़े के बाहर बैठा एक नौकर खींच रहा है। एक बूढ़ा नौकर मरियल हाथों से खिड़की-दरवाज़ों की झाड़-पोंछ कर रहा है। भालचन्द्र अधलेटे से हुक्का गुड़गुड़ा रहे हैं।]

पंडितजी : *(कुछ झिझकते हुए से दरवाज़े में घुसते हैं—हाथ जोड़कर माथे से लगाते हैं।)*

भालचन्द्र : अरे कौन पंडितजी *(उठकर बैठ जाते हैं)* आइए-आइए, बैठिये। *(पंडितजी के बैठने के बाद आवाज़ बदलकर गहरा निःश्वास लेकर)* जब से ख़बर सुनी, समझ लीजिए मन कलप रहा था वहाँ का हाल जानने के लिए।...हे भगवान! कैसा दैवी आघात!

[दोनों हाथ पीछे टिकाकर निढाल से बैठ जाते हैं, जैसे दुख का बोझ सहा नहीं जा रहा हो।]

पंडित : क्या हाल सुनाऊँ बाबूजी...सारा घर मिट्टी में मिल गया। बहूजी का रोना तो देखा नहीं जाता।

भालचन्द्र : *(नौकर से)* अरे बुढ़ऊ, पंडितजी के लिए ठंडा पानी ला जल्दी से। *(आवाज़ बदलकर)* समधिन जी की क्या कहूँ, जब से सुना, मेरी अपनी आँख का आँसू नहीं टूटता।...खाने बैठता हूँ तो कौर गले से नीचे नहीं उतरता। *(कुछ ठहरकर)*

आदमी क्या थे हीरा थे हीरा। *(जैसे उनकी याद में खो जाते हैं।)*

पंडित : आपने तो शादी में दहेज लेने की कोई बात नहीं की...कोई मूंजी होता तो बस, इसी बात का सहारा लेकर अंटी कसकर बैठ जाता।...पर हमारे बाबू साहब...किस दरियादिली से शादी की तैयारियाँ शुरू की थीं कि बस।

भालचन्द्र : जब लाख रुपयों के आदमी से सम्बन्ध हो जाए तो फिर इन चाँदी के ठीकरों का क्या मोल?.. वैसे भी मुझे अपने लड़के की शादी करनी थी...सौदेबाजी नहीं।

[नौकर एक गिलास और लुटिया लेकर लँगड़ाता हुआ भीतर आता है।]

पंडित : *(गद्‌गद होकर)* धनभाग जो आपके दर्शन हुए। आपका स्वभाव देखकर ही मालकिन ने यह सन्देश भेजा है। *(जेब से चिट्‌ठी निकालकर आगे बढ़कर चिट्‌ठी भालचन्द्र को थमाता है। चिट्‌ठी की बात से ही भालचन्द्र के चेहरे पर तनाव)* अब तो सरकार कलेजे पर पत्थर रखकर इसी तिथि पर शादी का काम निपटाना है।

[पंडित वापस बैठता है। भालचन्द्र पत्र पढ़ने लगते हैं। नौकर लुटिया मेज़ पर टिकाता है। गिलास पंडित को देता है। एक ही साँस में पानी पीकर पंडित गमछे से मुँह पोंछता है। नौकर के 'अऊर पानी दें?' पूछने पर इनकार करता है। भालचन्द्र पत्र समाप्त करके आँख मूँदकर बैठ जाते हैं। पंडित कुछ देर उनके उत्तर की प्रतीक्षा में बैठता है, फिर...]

पंडित : पहले जैसी बात तो नहीं रहेगी, फिर भी बारात के सेवा-सत्कार में कोई कसर नहीं रहेगी...कोई और हुकुम हो तो बताइये!

भालचन्द्र : *(आवाज़ को बहुत ही करुण बनाकर)* मुझ पर इतना अत्याचार मत करिये पंडितजी...बहुत कमजोर दिल का आदमी हूँ। पंडित कुछ समझ नहीं पाता। *(कुछ ठहर कर)* सताने के लिए मरने वाले की याद ही काफ़ी है...ऊपर से रात-दिन उस अनाथ बालिका का रोता-बिसूरता चेहरा देखकर मेरा घाव तो नासूर

बन जाएगा...नहीं...नहीं।

[दुख के बोझ से कातर होकर फिर आँखें बन्द कर लेते हैं। नकारात्मक भाव से गर्दन धीरे-धीरे हिलती रहती है, मानो यह काम तो वह कर ही कैसे सकते हैं। पंडित कुछ देर उनका चेहरा देखते हैं।]

पंडित : कैसी बात करते हैं सरकार—आपके रहते कन्या अनाथ कैसे? जिस दिन से उसका रिश्ता आपके घर से जुड़ा, उसी दिन से उसके माता-पिता तो आप हो गए। उस घर में तो आपकी धरोहर है अब वह। ग़म भूलिये और खुशी-खुशी अपनी बेटी को अपने घर लाइये। *(ठहर कर)* अपने घर आ जाएगी तो फिर कैसा रोना-बिसूरना। *(भालचन्द्र इस तर्क के सामने एक क्षण को अचकचा जाते हैं। हुक्के का लम्बा कश लेते हैं।)*

भालचन्द्र : आप सोचते हैं मेरे मन में कम उमंग थी इस शादी की...पर लगता है ईश्वर को मंजूर ही नहीं कि यह लक्ष्मी मेरे घर आए...वरना ऐन मौक़े पर ऐसा वज्रपात...हे प्रभु! *(फिर आँख मूँद लेते हैं)* अब आप ही बताइए ईश्वर की इच्छा के ख़िलाफ़ कैसे जाऊँ? *(कुछ ठहर कर)* ईश्वर ने सिर्फ़ संकेत ही नहीं किया—हथौड़ा मारकर चेताया है कि भारी अमंगल छिपा है इस विवाह में...बिलकुल सर्वनाश!

पंडित : *(थोड़ा झिझकते हुए)* पर जजमान...लोग ये सब तो समझेंगे नहीं...कित्ती बदनामी होगी आपकी कि लालच में आकर...

भालचन्द्र : *(बात काटकर)* जानता हूँ...जानता हूँ लेकिन अपनी बदनामी के डर से अपने मित्र की कन्या के गले पर छुरी नहीं चला सकता...इतना नीच नहीं है भालचन्द्र। *(यह संवाद बोलते समय थोड़ा आवेश में आ जाते हैं। थोड़ा ठहरकर निर्णय सुनाने के लहजे में)* अब तो इसी में भलाई है कि हम अपना स्वार्थ भूलकर ईश्वर की आज्ञा का पालन करें। *(पंडित को कोई जवाब नहीं सूझता, वह टुकुर-टुकुर भालचन्द्र का मुँह देखता है। चेहरे पर हताशा का भाव। भीतर से नौकर आता है)* अरे दुख में मैं भी कैसा विवेक खो बैठा...आपके खाने-पीने तक की सुध नहीं ली। बोलिये शरबत लेंगे या मिठाई?

पंडित : शरबत की तो आदत नहीं...बस मिठाई खा लूँगा।

भालचन्द्र : *(नौकर से)* बुढ़ऊ, दौड़कर बग़ल वाले हलवाई के यहाँ से एक

आने की मिठाई ले आ...पैसे हिसाब में लिखवा देना। *(नौकर लँगड़ाता और भुनभुनाता हुआ निकलता है...'दौड़ि-दौड़ि के गोड़ पिराय गए हमार तो')*

भालचन्द्र : *(पंडित से)* वह मिठाई लाए तब तक आप थोड़ा विश्राम कीजिये...मैं अभी आया। *(उठकर भीतर चले जाते हैं।)*

[रंगीली अपने कमरे में बैठी सन्दूक में कपड़े जमा रही है। भालचन्द्र आते हैं।]

भालचन्द्र : समधियाने के पंडितजी यह ख़त लाए हैं। *(ख़त देता है)* बोलो अब क्या इरादा है?

रंगीली : *(लापरवाही से ख़त खोलते हुए)* काहे का समधियाना...साफ़ कह दो कि हमें नहीं मंजूर अब यह रिश्ता। *(खोलकर ख़त पढ़ने लगती है।)*

भालचन्द्र : हाँ, कह तो दिया, पर संकोच के मारे मुँह से शब्द नहीं निकलते थे। एक बार जबान देकर मुकर जाना...शर्म और बदनामी की बात तो है ही...लेकिन क्या करता, तुम्हारी ज़िद के आगे मजबूर जो था।

[भालचन्द्र यह संवाद बोल रहे थे और रंगीली कल्याणी का पत्र पढ़ रही थी। कैमरा रंगीली के चेहरे के बदलते भावों पर फोकस करें। पत्र समाप्त करके छलछलाई आँखों से।]

रंगीली : हे भगवान, ऐसा संकट! देखो, वह ब्राह्मण चला तो नहीं गया? *(ख़ुद ही उठकर चिक हटाकर देखती है। लौटकर भालचन्द्र के पास आकर)* सुनो, जाकर कह दो कि हम इसी तिथि पर विवाह करेंगे। इस चिट्ठी ने तो मेरी आँखें ही खोल दीं। बेचारी कैसी मुसीबत में है...एक तो भगवान का कोप, ऊपर से हम भी मुँह मोड़ लें। *(भालचन्द्र जो इस आकस्मिक परिवर्तन के लिए बिलकुल तैयार नहीं थे...थोड़ा बौखला से जाते हैं...चिढ़कर)*

भालचन्द्र : पागल हो गई हो क्या? अभी-अभी इतने हीले-हवाले किए अनिष्ट अमंगल का भय दिखाकर किसी तरह इनकार करके आया हूँ...अब इसी मुँह से जाकर कहूँ कि नहीं, हमें विवाह मंजूर है। क्या इज़्ज़त रह जाएगी मेरी?

रंगीली : *(कुछ सोचकर)* अच्छा तुम उसे मेरे पास भेज दो, मैं ऐसी बात

बनाकर कह दूँगी कि तुम्हारा मान भी रह जाए और बात भी न बिगड़े!

भालचन्द्र : *(ग़ुस्से से)* यह शादी-ब्याह का मामला है, कोई बच्चों का खेल नहीं। यों पल-पल में बात बदलकर भद्द नहीं उड़वानी मुझे अपनी।

रंगीली : *(समझाने के ढंग से)* देखो, हाँ करके ना करने में तो भद्द भी उड़ती है और आदमी छोटा भी होता है, लेकिन ना करके हाँ करने में तो हमारा बड़प्पन ही दिखेगा।

भालचन्द्र : हद है! उसने मगरमच्छी आँसू बहा दिये और तुम बस पिघल गई।

रंगीली : छल-कपट के शब्दों में ऐसी ताक़त नहीं होती कि कलेजा चीरकर रख दें। एक-एक शब्द जैसे ख़ून से लिखा गया है। लालच में पढ़कर इसे अनसुना किया तो भारी पाप लगेगा।

भालचन्द्र : पहले तो शोर मचा रखा था कि मुझे यह सम्बन्ध नहीं करना, नहीं करना—और अब मुझे झूठा सिद्ध करने पर तुली हो।

रंगीली : *(कुछ सोचकर)* अच्छा, भुवन को बुलाकर पूछो।...वह क्या कहता है।

[भालचन्द्र के चेहरे से साफ़ लगता है कि उन्हें यह सब बिलकुल बेकार लग रहा है, फिर भी समझौता करने के इरादे से।]

भालचन्द्र : ठीक है, बुला देता हूँ। *(उठकर दरवाज़े के पास जाकर आवाज़ देते हैं—'भुवन।')*

[कैमरा भुवन के कमरे में जाता है। भुवन कुर्सी पर बैठा, टाँगे सामने टेबिल पर...कोई उपन्यास पढ़ रहा है। आवाज़ सुनकर।]

भुवन : जी आया! *(कुर्सी से उठते हुए)* कहीं उस पंडित ने बाबूजी को फँसा न लिया हो वरना अपना भविष्य तो चौपट *(काफ़ी झल्लाया हुआ बढ़ता है।)*

[कैमरा भुवन के साथ रंगीली के कमरे पर आता है। भुवन एक क्षण दरवाज़े पर ठिठककर दोनों का जायजा लेता है, फिर भीतर घुसता है।]

रंगीली : भुवन, तुम्हारी सास की चिट्ठी आई है—रो-रोकर बिचारी ने विनती की है—साफ़-साफ़ बताओ, तुम्हें वहाँ शादी करनी है या नहीं?

भुवन : *(थोड़ा हिचकिचाते हुए)* लेकिन वकील साहब के गुज़रने के बाद...

भालचन्द्र : *(प्रसन्न होकर)* मैं भी तो यही कह रहा हूँ कि अब वहाँ...

रंगीली : *(बात काटकर हिकारत के साथ)* मरे वकील साहब हैं...रूप-गुण वाली वह लड़की तो ज़िन्दा है...शादी तो तुम्हें उससे करनी है।

भालचन्द्र : लेकिन जहाँ बरातियों को पानी मिलने तक का भी भरोसा न हो...वहाँ सम्बन्ध करके मुझे भद्द उड़वानी है अपनी!

रंगीली : *(सख़्त आवाज़ में)*, भुवन, मैं तुमसे पूछ रही हूँ।

भुवन : *(हिचकिचाते हुए)* अब मैं इसमें क्या बोलूँ?...और तुम भी क्यों इस झंझट में पड़ती हो अम्मा। ये सब बाबूजी के करने के काम हैं, जैसा वे ठीक समझें, करें। *(रंगीली के चेहरे पर नफ़रत और ग़ुस्से का मिला-जुला भाव)*

रंगीली : ठीक है, जो तुम बाप-बेटे की समझ में आए, करो। *(निकलने के लिए दरवाज़े तक जाती है फिर पलटकर)* लेकिन इतना समझ लेना कि मैं इस पाप के धन्धे में शरीक होने नहीं जा रही। नजदीक भी नहीं फटकूँगी अब भुवन के ब्याह के। *(ग़ुस्से से निकल जाती है।)*

भालचन्द्र : उस ससुरे पंडित को बिदा करूँ। *(उठकर बाहर आते हैं। पंडित के सामने एक ख़ाली दोना पड़ा है)* जलपान हुआ पंडितजी?

पंडित : *(जो कुल एक आने की मिठाई से काफ़ी दुखी और नाराज हैं, खिन्न स्वर में)* हाँ, तनिक मुँह जुठाय लिया।

भालचन्द्र : भीतर तो जो हाल है आप सोच ही नहीं सकते। एक तरफ़ ईश्वर के कोप से थर-थर काँपती रहती है तो दूसरी तरफ़ मन का सोच सब मिट्टी में मिल जाने के दुख में रोती रहती है। शरीर तो जैसे आधा रह गया इस दुख में। *(एक क्षण ठहर कर)* कितने शौक से गहने-कपड़े बनवाए थे बहू के लिए...। *(ठंडी साँस लेकर)* पर क्या किया जाए ईश्वर की इच्छा के ख़िलाफ़ तो नहीं जाया जा सकता। *(कैमरा पंडित के चेहरे पर)* अब तो आप समधिन साहब से हाथ जोड़कर माफ़ी माँग लीजिए...हाँ,

और कहिए कि कोई सेवा हो तो ज़रूर बताएँ...हमेशा हाज़िर है भालचन्द्र।

पंडित : *(हथियार डालने के भाव से)* तो अब चलेंगे जजमान। *(हाथ जोड़कर सिर पर लगाता है—भालचन्द्र जरा-सा हाथ उठाकर जवाब देते हैं। निकल जाता है।)*

दृश्य-परिवर्तन

[कल्याणी का घर। चटाई पर कल्याणी बैठी है...सामने एक आसन पर पंडित जी। दृश्य ऐसे शुरू होता है जैसे पहले से बातचीत चल रही हो।]

पंडित : मैंने तो सब तरह से घेरा मालकिन लेकिन हाथ ही नहीं आए वो तो!

कल्याणी : *(बेहद दुखी और हताश स्वर में)* विपदा जब आती है तो सब तरफ़ से आती है।...क्या होगा अब मेरी बच्ची का। *(गला भर्रा जाता है।)*

पंडित : धीरज रखो मालकिन...भगवान कोई रास्ता तो निकालेंगे ही।

कल्याणी : रूखा-सूखा खा लेंगे—झोंपड़े में गुज़ारा कर लेंगे—पर जवान लड़की को घर में बिठाकर तो नहीं रखा जा सकता। इस तैयारी में ब्याह नहीं हुआ तो फिर कहाँ से लाऊँगी पैसा तैयारी के लिए। *(रो पड़ती है।)*

[कैमरा पीछे खड़ी निर्मला के चेहरे पर चला जाता है—जो शायद छिपकर बातें सुन रही है। माँ के दुख की प्रतिक्रिया निर्मला के चेहरे पर।]

पंडित : यही सब सोचकर चार जगह और बात चलाकर आया हूँ। नक़ल भी लाया हूँ। *(अपनी पोटली में से कॉपी निकालते हुए)* नमक खाया है सरकार का—आख़िरी दम तक चुकाऊँगा। *(कॉपी खोलकर पढ़ते हैं...कल्याणी के चेहरे पर उत्सुकता।)*

पंडित : लड़के का बाप डाकखाने में अफसर है...लड़का कॉलेज में पढ़ता है, होनहार है। तीन हज़ार माँगते हैं पर दो में तय करवा दूँगा।

कल्याणी : दो हज़ार!

पंडित : यह लड़का रेलवाई में नौकर है...सुन्दर, सुशील! उम्र कोई बीस साल! बाप किसी रियासत में मुख़्तार थे। यहाँ लेना-देना भी कुछ नहीं।

कल्याणी : लेना-देना कुछ नहीं...तब तो बस, आप जाकर सीधा टीका ही कर आइये।...लगता है, अभी भले लोग हैं दुनिया में।

पंडित : *(हिचकिचाते हुए)* लेकिन बात ये है कि-खानदान में कुछ दोष बताते हैं। कोई कहता है माँ नाइन थी—कोई कहता है ठकुराइन थी।

कल्याणी : *(निराश होकर)* हे भगवान! *(कुछ ठहर कर)* ऐसे घर में शादी कर दी तो मेरे घर तो कोई पानी पीने भी नहीं आएगा। दूसरी लड़की की शादी कौन करेगा? देखते हुए मक्खी कैसे निगल लूँ।

पंडित : यह लड़का ज़मींदार का है। दुहाजू है पर बच्चे नहीं और उम्र भी ज़्यादा नहीं। रिश्ता वैसे बड़ा उत्तम है पर पूरे चार हज़ार माँगते हैं।

कल्याणी : दो हज़ार...चार हज़ार...कहाँ से लाऊँ पंडित जी। नक़दी के नाम तो घर में फूटी कौड़ी नहीं...सिर पर कर्जा और पालने के लिए तीन बच्चे और...हे भगवान कैसे पार लगेगी नैया। *(फूट पड़ती है।)*

पंडित : एक रिश्ता और है। वकील है, पुराने रईस...खानदान भी उत्तम। लेकिन उम्र काफ़ी ज़्यादा है...चालीस के क़रीब...तीन बेटे भी हैं। हाँ, लेन-देन का यहाँ कोई झगड़ा नहीं। *(कुछ ठहर कर)* अब आपको इनमें से जो भी पसन्द हो, उसी को टीका कर आऊँ।

कल्याणी : *(भर्राये गले से)* जिस लड़की के सिर पर बाप का साया नहीं...साथ में दहेज की पोटली नहीं, उसके लिए पसन्द-नापसन्द की बात किस मुँह से उठाऊँ महाराज? इन हालातों में तो जो कोई भी मेरी बेटी को बिना दान-दहेज के ले जाए, मैं तो उसी के पैर धोऊँगी। *(दोनों कुछ देर चुप।)*

पंडित : तब तो फिर वकील साहब ही...बस, उम्र कुछ ज़्यादा ही...

कल्याणी : *(गहरी साँस लेकर)* किस माँ का मन नहीं करता कि अपनी सन्तान के लिए सब सुखों का सरंजाम करे, पर क्या करूँ?...अब इसी में सन्तोष करूँगी कि खानदान अच्छा है और खाने-पीने की कोई कमी नहीं रहेगी—आगे फिर इसकी किस्मत!—जी कड़ा करके आप यहीं टीका कर आइये।

[कैमरा निर्मला के चेहरे पर। माँ का निर्णय सुनकर उसकी आँखें मुँद जाती हैं और आँसू की धाराएँ बहने लगती हैं।]

दृश्य-परिवर्तन

[तोताराम का घर। दरवाज़े पर बन्दनवार बँधी है। सजी-सँवरी औरतों का झुंड दरवाज़े के भीतर है और तोताराम-निर्मला गठजोड़े में बँधे दरवाज़े के बाहर खड़े हैं। एक बुजुर्ग सी औरत दोनों की आरती उतारती है...उसके बाद चौखट पर तेल चुआती है। एक कम उम्र की लड़की बड़े चाव से यह सब देख रही है।]

लड़की : अरे रुक्मिनी बुआ कहाँ है...बार-रुकाई नहीं करेंगी?

एक औरत : *(झिड़कते हुए)* पागल हुई है?...बेवा औरत भी कभी सगुन के काम में आवे है क्या जो रुक्मिनी आएगी...अरी शन्नो, दरवाज़ा रोक। नेग नहीं लेना क्या तोता भैया से?

[कैमरा रुक्मिनी पर चला जाता है—जो इस आयोजन से काफ़ी दूर खड़ी है लेकिन देख इधर ही रही है। उसके मन में उठने वाले अनेक भाव उसके चेहरे पर अंकित हैं...वह बाल-विधवा है, निःसन्तान है और उसे सारी ज़िन्दगी इसी तरह रहना है...इस घर के लिए वह रात-दिन मरती-खटती रही है लेकिन आज इस खुशी के मौक़े पर उसे अपनी छाया को भी बचाकर रखना है...कोई दूर-दराज़ की बहिन बार-रुकाई की रस्म करेगी और बहन का नेग लेगी। सिर्फ़ चेहरे के एक्सप्रैशन से मन के ये सारे भाव उजागर होने चाहिए... ।]

शन्नो : *(एक खुशमिजाज, चुलबुली सी 30-35 की औरत दोनों हाथ फैलाकर दरवाज़ा रोके खड़ी है। हँसती हुए।)* तोता भैया, तगड़ा नेग मिलेगा तभी भाभी को लेकर भीतर जाने दूँगी।

तोताराम : हाँ-हाँ, मिलेगा, नेग भी मिलेगा—भीतर तो जाने दो।

शन्नो : आज के दिन यह ज़बानी जमा-ख़र्च नहीं चलेगा...पहले नेग निकालकर हथेली पर रखो। *(आसपास की औरतें खूब आनन्द ले रही हैं। तोता पाँच का नोट रखते हैं)* वाह भैया, अपने लिए तो दुल्हन लाए लाख रुपये की—बिलकुल गुलाब का फूल और मेरी हथेली पर टिका रहे हो ये पाँच का नोट! इत्ते सस्ते में ऐसी दुल्हन लेकर नहीं जाने देगी शन्नो। *(औरतें हँसती हैं।)*

औरत : आज के दिन तो जी खोलकर दो लालाजी—यह नेग तो बहनों का ही होवे है।

शन्नो : *(मटकते हुए)* और क्या, भाभी को तो सारी उमर ही दोगे। *(छेड़ने के लहज़े में)* चन्द्रहार लिये बिना तो भाभी भी अपना चाँद जैसा मुँह नहीं दिखाएँगी—सँभल के रहना। हाँ—उनको चन्द्रहार तो अँगूठी तो बहन को भी मिले। *(तोताराम बोलते कुछ नहीं, केवल मुस्कुराते हैं लेकिन उनके मन में घुलता हुआ रस उनके चेहरे पर छलक आता है)* नहीं दोगे तो खड़ा रख दूँगी दरवाज़े पर ही सारी रात...यह शन्नो है।

तोताराम : *(अँगूठी उतारकर देते हुए)* तुझसे कोई जीता है आज तक। *(औरतें हँसती हैं)* शन्नो दरवाज़ा छोड़कर निर्मला को कन्धे से थाम लेती है, जैसे सँभालकर भीतर ले जा रही हो। *(तोताराम को धीरे से)* तुम जो जीतकर लाए वह कुछ कम है क्या?

[दोनों भीतर जाते हैं—साथ-साथ औरतें भी।]

दृश्य-परिवर्तन

[दुल्हन के वेष में लम्बा घूँघट काढ़े बीच में निर्मला बैठी है। औरतें ढोलक पर गीत गा रही हैं।

मुँह दिखाई की रस्म हो रही है। एक औरत निर्मला के कँगन देख रही है—तो कोई उसकी साड़ी की गोट-किनारी देख रही है। इस समय रुक्मिनी भी है अपने पूरे अधिकार के साथ। गीत थमने पर एक औरत निर्मला का घूँघट खोलती है, ठोढ़ी पकड़कर मुँह ऊपर उठाती है। निर्मला आँखें बन्द कर लेती है लेकिन उसका सारा चेहरा आँसुओं से भीगा हुआ है।]

दुलारी : हाय-हाय, बहू तो झार-झार रो रही है। *(शगुन का रुपया देती है जिसे रुक्मिनी हाथ बढ़ाकर ले लेती है।)*

रुक्मिनी : अरे मैका छोड़कर ऐसा ही रोना आवे है लड़कियों को...पर चार दिन बाद ही देखना...इसी आँगन में ऐसी चहकेंगी-फुदकेंगी मानो यहीं नाल गड़ी हो इनकी। औरत जात का क्या...जिस घर में गई, उसी की हुई।

दुलारी : सो तो है ही...लेकिन...खैर, चलो जो हुआ अच्छा ही हुआ, भगवान सुखी रखे।

[दूर कहीं जिया और सिया खड़े इस सारे आयोजन को बड़े कौतूहल से देख रहे हैं।]

अरे जिया-सिया इधर आओ...अपनी नई अम्मा से पहचान करी के नहीं। *(निर्मला से)* बहू, बच्चों को गोद में बिठाकर प्यार से पीठ तो सहला दो, तभी तो बच्चे जानेंगे कि उनकी अम्मा आई है। *(बच्चे एक-दूसरे को देखते हैं, पर अपनी जगह से हिलते नहीं।)*

रुक्मिनी : काहे उतावली कर रही है दुलारी—चार दिन में सब जान-समझ लेंगे।

दुलारी : मनसा कहाँ है?

रुक्मिनी : उसे अपनी हॉकी-फुटबॉल से ही कहाँ फुर्सत मिलती है। वह तो बारात में भी नहीं गया।

शन्नो : बाप की बारात में जाना किस-किस को नसीब होता है—वह मौका भी छोड़ दिया मनसा ने। *(हँसती है)*

रुक्मिनी : *(चिढ़कर)* देख शन्नो, ऐसी बेहूदी ठिठोली करने की उमर तो रही नहीं तेरी—ज़ुबान को लगाम देना सीख ज़रा।

शन्नो : लो...इसमें ठिठोली क्या...कुछ ग़लत कहा मैंने? *(सब हँसती हैं)*

दृश्य-परिवर्तन

[तोताराम के बैडरूम में सजी-सँवरी निर्मला बैठी है। तोताराम आते हैं...निर्मला के दोनों कन्धों पर हाथ रखकर धीरे से दबाते हैं। निर्मला की पूरी देह थरथरा जाती है, पर इसमें पुलक नहीं, भय है। उसका चेहरा जैसे सफ़ेद पड़ गया है। वह बिना हिले-डुले जैसी की तैसी बैठी रहती है—बिलकुल बेजान गुड़िया की तरह। तोताराम सामने आते हैं—दोनों हथेलियों में चेहरा पकड़कर ऊपर उठाते हैं। निर्मला आँखें मूँद लेती है। तोताराम मुग्ध नज़रों से उसे देखते रहते हैं।]

तोता : चाँद में तो फिर भी दाग़ होता है—हमारा चाँद तो बिलकुल बेदाग़। *(निर्मला का चेहरा वैसे ही भावहीन, बेजान।)* अब आँख खोलकर ज़रा हमारी तरफ़ भी तो देखो। *(निर्मला फिर भी आँख नहीं खोलती। जेब से हार का डिब्बा निकालते हैं।)* अच्छा ज़रा इसे तो देखो...अपनी नई तर्ज की दुल्हन के लिए बिलकुल नई तर्ज का हार। *(डिब्बा खोलकर सामने करता है।)* देखो पसन्द है? *(निर्मला जैसी की तैसी बैठी है। ठोढ़ी उठाकर चेहरा ऊपर करता है...मनुहार भरे स्वर में।)* एक बार आँखें तो खोलो। *(इस बार निर्मला आँखें खोलती है। एक क्षण*

चेहरे पर नज़रें गड़ी रहती हैं—बाप की उम्र का यह आदमी उसका पति है। उसकी आँखों में आँसू छलक आते हैं।) ये छलकते जाम...अच्छा बताओ, ये हार सुन्दर है या नहीं। *(निर्मला धीरे-से गर्दन हिला देती है।)* नहीं, अभी कहाँ सुन्दर...सुन्दर तो होगा इस संगमरमरी गदरन में जाकर। *(पहनाने के लिए हाथ बढ़ाता है।)*

निर्मला : लाइए मैं पहन लेती हूँ। *(आवाज़ बहुत धीमी और सहमी हुई है।)*

तोता : नहीं-नहीं, *(हार पहनाता है। दोनों कन्धे पकड़कर मुग्ध भाव से उसे देखता है, फिर बाँहों में समेटकर सीने से लगा लेता है।)*

दृश्य-परिवर्तन

[रुक्मिनी दो गिलासों में दूध लिये रसोईघर से निकलकर आँगन में आती है। सामने तोताराम का कमरा। दरवाज़ा बन्द है...वह एक क्षण ठिठक जाती है। चेहरे पर एक विचित्र-सी पीड़ा का भाव। वह बाल-विधवा है, विवाहित जीवन के सुख से उसे वंचित ही रहना है। तीन बच्चों का बाप उसका भाई, फिर से शादी करके रँगरेलियाँ मना रहा होगा भीतर। चेहरे पर पीड़ा भी है, ईर्ष्या भी...विवशता की। फिर जल्दी से अपने को सहेजकर बच्चों के कमरे में जाती है।]

सिया : बुआ-बुआ, भैया कहता है कि ये जो आई है, हमारी अम्मा नहीं है।

जिया : हाँ-हाँ, सौ बार कहता हूँ कि नहीं है। मैं खूब पहचानता हूँ अपनी अम्मा को।

सिया : तो फिर सब लोग क्यों कहते हैं कि ये तुम्हारी अम्मा है।

रुक्मिनी : ये तुम्हारी नई अम्मा है। *(स्वर काफ़ी बुझा-सा है—अभी मन में जो कसक उठी थी—उसकी कचोट बाक़ी है।)*

सिया : पुरानी अम्मा कहाँ गई?

रुक्मिनी : गई, उसे जहाँ जाना था...पर तुम्हें क्या करना नई-पुरानी अम्मा से। मैं जो हूँ तुम्हारे पास। चलो दूध पियो और सोओ। *(बच्चे दूध के गिलास ले लेते हैं, रुक्मिनी सिया की खाट पर ही बैठ जाती है।)* अच्छा है, अब तुमने शैतानी की या मेरा कहना नहीं माना तो नई अम्मा के हवाले कर दूँगी...पता लग जाएगा चार दिन में!

सिया : *(पास सरककर रुक्मिनी का हाथ पकड़ कर।)* मैं बस, तुम्हारे पास ही रहूँगा।

रुक्मिनी : *(प्यार से झिड़कते हुए)* क्यों रहोगे मेरे पास—मैंने क्या ज़िन्दगी भर का ठेका लिया है तुम लोगों का?

जिया : *(लापरवाही से)* मैं मनसा भैया के पास रह लूँगा।

सिया : *(और अधिक सटते हुए)* मैं तो तुम्हारे पास ही रहूँगा। *(रुक्मिणी उसे अपने से सटा लेती है।)*

[दृश्य तोताराम के बेडरूम में जाता है। तोताराम ने अचकन उतार दी है। पलंग के सिरहाने टिककर सामने पैर फैला रखे हैं—बगल में निर्मला को बाँह में समेटकर अपने से सटा रखा है। निर्मला के माथे की बिन्दी फैली हुई है और चेहरे पर भय फैला हुआ है। यह कन्ट्रास्ट एस्टेब्लिश करना है कि उधर रुक्मिनी ने सिया को सटा रखा है, इधर तोता ने निर्मला को।]

तोता : *(बातें जैसे पहले से चल रही हैं।)* सास-ससुर, देवरानी-जेठानी का कोई रगड़ा नहीं। एक बाल-विधवा जीजी है। कहीं ठौर नहीं था सो मैं ले आया। घर-बार बच्चे सँभालती है, सो सँभालती रहेंगी अपना—तुम्हें तो समझ लो बिलकुल हथेलियों पर रखेंगी। तीन बेटे हैं, ऐसे सीधे और आज्ञाकारी कि बात तुम्हारे मुँह से निकली नहीं कि दौड़कर पूरा करेंगे।—बाक़ी शौक पूरे करने के लिए हम हैं। बस, तुम तो राज करो सब पर और राज़ करो इस दिल पर। *(खींचकर अपने से सटा लेता है। कैमरा तोताराम की पीठ और निर्मला के चेहरे पर...आँखों से झर-झर आँसू बह पड़ते हैं। फ्रीज़।)*

तीन

[कोई बीस-पच्चीस दिन का गेप एस्टेब्लिश करना है। तोताराम कचहरी जाने के लिए तैयार हो रहे हैं। कमरे से ही आवाज़ लगाते हैं।]

तोता : अरे मेरी पान की डिबिया देना *(कमरे के दरवाज़े पर अब एक मोटी चिक पड़ गई है। निर्मला चिक उठाकर अन्दर आती है—डिबिया बढ़ाती है। तोताराम हाथ पकड़कर निर्मला को अपने पास खींच लेते हैं)* खिलाओगी नहीं ? *(निर्मला जल्दी से पान निकालकर देती है)* ऊँ हूँ...ऐसे नहीं *(निर्मला का हाथ पकड़कर मुँह में ले जाते हैं। पान के साथ-साथ एक क्षण को उसकी उँगली को भी मुँह में दबा लेते हैं)* तुम्हारे हाथ से खाए हुए पान का स्वाद ही कुछ और होता है। *(खींचकर निर्मला को अपने से सटा लेते हैं...निर्मला छूटने के लिए कसमसाती है।)*

निर्मला : दस बज गए...आपको कचहरी के लिए बहुत देर नहीं हो गई ?

तोता : इस महकती देह को छोड़कर किस कम्बख्त का मन करेगा कचहरी जाने को *(निर्मला किसी तरह अपने को मुक्त करके जाने लगती है तो हाथ या साड़ी का पल्ला पकड़ कर)* अच्छा, शाम को मलाई की गिलौरियाँ लाऊँ या गुलाब जामुन ?

निर्मला : जो आपकी इच्छा हो।

तोता : अपनी इच्छा से तो रोज़ ही लाता हूँ...कभी तुम अपनी इच्छा भी तो बताओ।

निर्मला : *(घबराकर)* मैं चलती हूँ...*(हाथ छुड़ाकर निकल जाती है। तोताराम के चेहरे पर अपनी असफलता का दंश। वे निर्मला के भीतर वह भाव नहीं जगा पाते जो उनके अपने मन में लहराते-मचलते रहते हैं।)*

[घबराई-सी निर्मला बाहर आती है—रुक्मिनी उसे घूरकर देखती है।]

रुक्मिनी : तोता कचहरी गया कि नहीं ?...पहले दुनिया चाहे इधर की उधर हो जाए, नौ बजे के बाद कोई एक मिनिट के लिए भी रोक तो ले तोता को...और अब है कि...

[वाक्य अधूरा छोड़ देती है। निर्मला इस प्रसंग से बचने के लिए जल्दी से चौके में घुसकर जिया-सिया के लिए खाना परोसने लगती है।]

निर्मला : जिया आलू-मेथी की सब्जी तो लोगे न बच्चे ?

जिया : बुआ, तुम खाना दो न।

निर्मला : मैं दे तो रही हूँ।

रुक्मिनी : तुम एक की हाज़िरी बजा लो वही बहुत है—लो हटो *(आहत होकर निर्मला हट जाती है)* मनसा को तो बुलाकर लाओ...वह सारे दिन अपने कमरे में घुसा क्या करता रहता है। इधर आना ही छोड़ दिया जैसे उसने तो।

जिया : भैया कहते हैं उन्हें शरम आती है...उनका खाना दे दो, वे वहीं खाएँगे।

रुक्मिनी : शरम...किससे शरम आती है ?

जिया : मुझे क्या मालूम...तुम देओ न खाना... उनको देर हो जाएगी तो वे ग़ुस्सा होंगे।

सिया : *(हँसते हुए)* नई अम्मा से शरम आती है।

रुक्मिनी : लो...इस घर का भी अजब हाल है। जिन्हें शरम आनी चाहिए उन्हें तो बेहयाई चढ़ी हुई है और शरमा रहे हैं ये बच्चे।

[निर्मला रसोई का ही कोई और काम करने लगती है। रुक्मिनी मन ही मन कुछ बड़बड़ाते हुए जल्दी-जल्दी एक बड़ी थाली परोसकर देती है।]

रुक्मिनी : ले जिया, तुम तीनों साथ ही खा लेना इस थाली में *(जिया-सिया चले जाते हैं)* देखो बहू, कहूँगी तो बुरा तो लगेगा, लेकिन बिना कहे भी रहा नहीं जाता। दरवाज़े पर मोटा-सा पर्दा डाल लेने से भीतर की बेपर्दगी तो नहीं छिप जाती।...अरे ये भरा-पूरा घर है। चलो, मेरा लिहाज न भी करो लेकिन बच्चे बड़े हो रहे हैं, नौकर-चाकर हैं, आने-जाने वाले हैं। तोता की तो मत मारी गई है। ऐसी बचकानी-छिछोरी हरकतें...पर तुम तो कुछ समझदार हो, कुछ विवेक से काम

लो...वरना आज मनसा ने घर में आना छोड़ दिया—कल को जिया-सिया भी नहीं आएँगे... बच्चों की आँख की शरम तो अभी मरी नहीं है।

[बहुत जब्त करने पर भी निर्मला की आँखें छलछला आती हैं। वह नज़र बचाकर आँसू पोंछती है।]

दृश्य-परिवर्तन

[समय शाम के तीन बजे। रुक्मिनी कहीं बाहर जाने के लिए जल्दी-जल्दी साड़ी पहन रही है।]

रुक्मिनी : बहू...ओ बहू *(निर्मला आकर खड़ी हो जाती है)* शन्नो के यहाँ कीरतन में जा रही हूँ मैं तो...बच्चे स्कूल से आने वाले होंगे, थोड़ा सूजी का हलवा बना लो, पसन्द है सबको। शाम के लिए सब्जियाँ भी बना लेना, मुझे तो देर होगी। हरि-सुमिरन का सुख मिले तो किस मरे का जी चाहेगा घर के इस जंजाल में लौटने का।

निर्मला : क्या-क्या सब्जी बनेगी जीजी ?

रुक्मिनी : मूंजी जो भी लेकर आए बना लेना। *(एक छोटा-सा थैला लेकर कमरे से निकलती है...बाहर के दरवाज़े पर पहुँचकर)* और मंसा का जलपान उसके कमरे में ही भिजवा देना... उसकी खास पसन्द है हलवा...वह घर में आए नहीं और तुम कहीं भूल ही जाओ। *(अपने आप से ही लेकिन इतने ज़ोर से कि निर्मला सुन ले)* अपने घर में रहते हुए भी मंसा बिचारा तो बेघर का हो गया। *(कैमरा निर्मला के चेहरे पर...चाहे तो धीरे से बुलवा भी दें 'मंसा'। 'मंसा का शर्माना'...'मंसा का भीतर न आना'...'घर में रहकर बेघर हो जाना' बातें जैसे उसके दिमाग़ पर हावी हो गई हों। धीरे-धीरे चेहरे पर एक संकल्प-सा उभरता है कि इस मंसा को उसे जीतना है।)*

[मंसाराम का कमरा। निर्मला कमरा साफ़ कर रही है। अस्त-व्यस्त बिखरी हुई किताबों-कॉपियों को जमा रही है। किताबें खोल-खोलकर पढ़ती भी है। कुछ दिन पहले

ही उसका स्कूल छूटा है...किताबों को छूना-पढ़ना जैसे कहीं उसे अतीत से जोड़ रहा है। स्कूल से लौटकर मंसाराम आता है...अपनी ही धुन में कमरे में घुस जाता है...निर्मला को देखकर एकदम सकपका जाता है—वापस लौटने लगता है।]

निर्मला : वापस क्यों लौट रहे हो? *(मुस्कुराकर)* मैं कोई हव्वा तो नहीं हूँ जो खा जाऊँगी।

मंसा : *(एक क्षण रुककर, नीची नज़रें किए-किए ही)* आप मेरे कमरे में क्या कर रही हैं? *(आवाज़ से स्पष्ट है कि उसे निर्मला का इस तरह आना पसन्द नहीं)*

निर्मला : *(बिना ज़रा भी बुरा माने उसी तरह मुस्कुराकर)* सफ़ाई करके जमा रही थी कमरा...इस तरह सब चीज़ें बिखेर कर रखता है कोई...कितनी तो धूल जम रही थी।

मंसा : *(चारों तरफ़ नज़र दौड़ाकर)* यह क्या...मेरी सब चीज़ें उलट-पलट कर दीं। मैं इसीलिए बुआजी...मूंजी किसी को नहीं साफ़ करने देता अपना कमरा।

निर्मला : कुछ नहीं उलटा-पलटा। हिन्दी, अंग्रेजी, इतिहास, भूगोल, गणित सब विषयों की किताबें-कॉपियाँ अलग-अलग करके जमा दी हैं। *(एक क्षण रुककर)* यहाँ आने से पहले मैं भी तो स्कूल जाया करती थी। आज किताबें देखकर सोचा ख़ाली समय में अब पढ़ा करूँगी...वरना सब भूल-भाल जाऊँगी।

[स्कूल जाने की बात सुनकर मंसाराम पहली बार निर्मला की तरफ़ देखता है...चेहरे पर आश्चर्य भी है, कौतूहल भी और कोमलता भी]

मंसा : *(आश्चर्य से)* आप स्कूल जाती थीं पढ़ने?

निर्मला : और क्या...मैं और कृष्णा दोनों स्कूल जाते थे...कितनी तो शैतानियाँ करते थे...भूगोल वाली बहिनजी को तो इतना चिढ़ाते थे, इतना चिढ़ाते थे कि बिचारी रो ही पड़ी एक बार...कच्ची इमलियाँ तोड़ने के लिए पेड़ पर चढ़ जाते थे...बाबूजी को मालूम पड़ा तो कसकर डाँट पड़ी थी। पर दूसरे दिन फिर चढ़ गए कितनी तो शैतानियाँ करते थे। *(पुरानी यादों में खो जाती है...चेहरे पर उल्लास—मंसा चकित होकर उसे देखता रहता है। कुछ क्षण चुप रहने के बाद एकाएक वर्तमान में लौटते हुए)*

अच्छा बताओ तो तुमने घर के अन्दर आना क्यों छोड़ दिया? शरमाते हो मुझसे *(मंसा चुप)* पर बताओ, ऐसे कैसे चलेगा? मैं कोई दो-चार दिन के लिए मेहमान बनकर तो आई नहीं हूँ, इस घर में...मुझे तो अब यहीं रहना है—सारी ज़िन्दगी *(आवाज़ में दर्द उभर आता है)* तब?

मंसा : जी नहीं...वो...वो *(समझ नहीं पाता क्या कहे)*

निर्मला : वो...वो...कुछ नहीं। जिया-सिया की तरह अब से तुम भी घर में आया करोगे...सब एक साथ बैठकर खाया करोगे और मैं बनाकर खिलाया करूँगी।...अरे, सौतेली हूँ तो क्या हुआ...अम्मा तो हूँ तुम्हारी।

मंसा : *(झेंपता हुआ)* जी आया करूँगा।

निर्मला : करूँगा नहीं...अभी चलो मेरे साथ। जिया-सिया तो आ गए हैं—आज सब एक साथ बैठकर खाओगे।

मंसा : आप चलिए, मैं हाथ-मुँह धोकर आया।

निर्मला : तुम्हें हलवा बहुत पसन्द है न...वही बनाया है मैंने आज *(निकलती है, दरवाज़े पर पहुँचकर मुस्कुराते हुए)* मुझे अपनी किताबें देना पढ़ने के लिए। *(निर्मला निकल जाती है। मंसाराम उसे जाता हुआ देखता रहता है।)*

रसोई का दृश्य

[तीन आसन बिछे हुए हैं...सामने पट्टे रखे हुए हैं। दो आसनों पर जिया-सिया बैठे हुए हैं। एक तरफ़ बाज़ार से लौटी मूंजी थैले में सब्जी निकाल-निकालकर रख रही है...निर्मला तश्तरी में हलवा परोस रही है।]

मूंजी : लो बहूजी, पहले हिसाब लिख लो, फिर मैं भूल जाऊँगी।

सिया : फिर कहेगी *(नकल निकालते हुए)* मैं तो भूल ही गई, झूठ क्यों बोलूँ? *(हँसता है, निर्मला भी मुस्कुराती है)*

मूंजी : अरे तुम्हें पाल-पोसकर इसीलिए बड़ा किया कि अब हमारी नकल निकालो।

निर्मला : इनको जलपान करवा दूँ, फिर लिखती हूँ हिसाब। *(दोनों के सामने हलवे की तश्तरी रखती है)*

सिया : *(प्रसन्न होकर)* आहा...हलवा बना है।

जिया : साथ में और क्या बना है?

निर्मला : और तो कुछ नहीं बनाया, जीजी हलवा बनाने को ही बोल गई थीं।

जिया : बुआजी बोल गई थीं तो क्या आपको समझ नहीं आता कि हलवे के साथ कुछ नमकीन भी बनाना चाहिए *(स्वर में ढिठाई और बदतमीजी दोनों हैं। जिया के इस संवाद पर मंसा आकर दरवाज़े पर खड़ा हो गया है)।*

मंसा : *(डाँटने के अन्दाज़ में)* जिया, यह कौन-सी तमीज़ है बात करने की? सीधे से क्यों नहीं कहते कि साथ में कुछ नमकीन दे दीजिए। *(निर्मला मंसा को देखती है। जिया मंसा के इस अचानक प्रवेश पर हड़बड़ा-सा जाता है।)* 'अरे भैया आप!'

मूंजी : सीधे कइसे बोलेंगे जिया...मिर्चा खा-खाकर मिजाज भी तो ततैया जैसा हो गया है। ग़ुस्सा तो नाक पर धरा रहे है इनकी।

निर्मला : मठरी और नमकीन सेव हैं, बोलो क्या दूँ? *(मंसा अपने आसन पर बैठ जाता है।)*

जिया : *(मंसा की उपस्थिति में सँभल ज़रूर गया है, पर चेहरे पर तनाव अभी भी है)* सेव दीजिए *(निर्मला जिया और मंसा को सेव देती है—सिया तब तक अपना हलवा खत्म कर चुका है। निर्मला जब सेव डालने लगती है तो थोड़ा शरमा कर)* हलवा बहुत अच्छा बना है। *(उँगली चाटता है।)*

निर्मला : *(प्यार से हँसकर)* और चाहिए? *(सिया शरमा कर हाँ करता है। निर्मला उसे हलवा देती है।)*

जिया : चटोरा कहीं का।

सिया : देखो भैया—जिया भैया चिढ़ाता है।

मंसा : तू चिढ़ ही मत—मजे से हलवा खा अपना।

निर्मला : जिया तुम बताओ अपनी पसन्द की सब्जी?

जिया : कुछ भी बनवा लो पर बथुए का रायता मैं बिलकुल नहीं खाऊँगा।

सिया : मैं केले का मीठा रायता खाऊँगा।

जिया : फिर मीठा?

निर्मला : इतना मीठा खाता है तभी तो इतना मीठा बोलता है सिया। *(प्यार से उसके बाल सहला देती है।)*

जिया : *(प्रसंग बदल कर)* भैया हमारे मोटे मॉनीटर का हाल सुनाऊँ।

मंसा : क्या हाल है तुम्हारे मोटे का?

जिया : कल तो उसकी वो गत बनी कि बस! गणित के मास्टर साहब छुट्टी पर थे तो क्या बोला कि मैं क्लास लूँगा।...हम लोगों ने बिना केन की कुर्सी लाकर उस पर आसन बिछा दिया। अकड़कर मोटेराम जो बैठे तो हाथ-पैर और सिर तो बाहर और सारा शरीर अन्दर। मोटेराम से निकला तो जाए नहीं...बस छटपटा रहे हैं *(जिया हाथ-पैर हिला-हिलाकर नक़ल निकालता)* लड़के कहते हैं—'मास्टर साहब बोर्ड पर जाकर लँगड़ी भिन्न तो समझा दीजिए।' और मास्टर साहब हैं कि—*(फिर छटपटाने की नक़ल निकालने लगता है। मंसा मुस्कुरा रहा है—मूंजी, सिया और निर्मला खिलखिलाकर हँस रहे हैं। सिया की नज़र खिलखिलाती निर्मला पर पड़ती है...उसने आज तक निर्मला को हँसते देखा ही नहीं)।*

सिया : अरे अम्माजी भी हँस रही हैं—*(निर्मला अभी भी हँस रही है—सबकी नज़रें निर्मला पर)। (फ्रीज़)*

दृश्य-परिवर्तन

[समय—ढलती दोपहर। निर्मला अपने कमरे की खिड़की की चिक को ज़रा-सा उठाकर सड़क देख रही है। सड़क का दृश्य—लोग आ-जा रहे हैं—एकाध खोमचे वाला आवाज़ लगाता है। एक चूड़ी वाला—'चूड़ी बिल्लौरी' कहता हुआ निकल जाता है। एक जगह बच्चे झुंड बनाकर 'बारह मन की धोबन' वाला बाइस्कोप देख रहे हैं। इक्के पर बैठा एक युवा जोड़ा दिखाई देता है। औरत गहनों-कपड़ों से सजी—ललाट तक घूँघट खींचे बैठी मुस्कुरा रही है। साथ में उसका पति—एक खूबसूरत जवान...ताँगा भीड़ की वजह से खिड़की के पास थोड़ी-सी देर को रुक जाता है। पति-पत्नी की ओर देखता है मुग्ध नज़रों से—पत्नी और शरमा जाती है। ताँगा निकल जाता है। निर्मला चिक छोड़कर अन्दर आती है। यों ही अपनी अलमारी खोलती है।

नई साड़ियों और गहनों के डिब्बे रखे हैं। वह बड़ी हसरत-भरी नज़रों से उन्हें देखती है—फिर एक अच्छी-सी साड़ी निकालकर पहनती है...सारे गहने पहनती है...जूड़ा बनाती है, आदमकद शीशे के सामने खड़ी होकर आत्ममुग्ध-सी अपने ही प्रतिबिम्ब को देखती है, जैसे नए सिरे से उसे अपनी सुन्दरता का अहसास होता है। तभी शीशे में तोताराम की आकृति भी उभरती है। एक निहायत ही बेमेल जोड़ा शीशे पर अंकित हो जाता है। निर्मला के चेहरे का उल्लास बुझ जाता है। एक ठंडा निःश्वास लेकर वह पलंग पर बैठ जाती है, फिर धीरे-धीरे सब कुछ उतार देती है।

एक अजीब-सी घुटन महसूस होती है तो छत पर चली जाती है। पास-पड़ोस की छतों के कुछ दृश्य दिखाए जाएँ। एक छत पर छिड़काव हो रहा है—एक छत पर कुछ बच्चे पतंग का माँजा सूत रहे हैं। कहीं तीन-चार लड़कियाँ लँगड़ी-टाँग खेल रही हैं। अपने घर की याद—कृष्णा की साथ अपनी छत पर गिट्टे खेलते हुए...फिरकी खाते हुए...पकड़म-पकड़ाई खेलते हुए...उनके दृश्य कौंध जाते हैं। वह उन्हीं में खोई हुई है कि मूंजी की आवाज़ सुनाई देती है।]

मूंजी : बहूजी, बुआजी बुला रही हैं नीचे। *(निर्मला हड़बड़ाकर उठती है और जल्दी-जल्दी नीचे उतर आती है।)*

रुक्मिनी : यह साँझ पड़े तुम जब देखो तब छत पर क्या करने चली जाती हो बहू? *(निर्मला कुछ जवाब नहीं देती...गर्दन झुका लेती है...चेहरे पर अपराध-बोध। जल्दी से रुक्मिनी के हाथ से लेकर सब्जी काटने लगती है।)*

रुक्मिनी : देखो बहू, पास में और भी तो बहू-बेटियाँ हैं। देखा है कभी किसी को यों सरे-साँझ छत पर जाते-टहलते। मान लिया कि तुम दूध की धुली हो, पर देखनेवाले की नज़र में तो खोट हो सकती है। मरदों का क्या है, उन्हें तो बे-पैसे का नजारा देखने को मिले तो सब छत पर चढ़े चले आएँगे।

निर्मला : बस, कमरे में ज़रा जी घुटने लगा था सो ऊपर चली गई।

रुक्मिनी : लो, और सुनो। औरतों का अगर घर में जी घुटने लगेगा तब तो हो गया। तुम तो बड़ी भागवान हो बहू...तुम्हें तो तोता तमाशों, सैर-सपाटों को भी ले जाता है—वरना कितनी औरतों को घर से बाहर क़दम रखना नसीब होता है भला? *(निर्मला कुछ नहीं बोलती, चुपचाप सब्जी काटती रहती है।)*

दृश्य-परिवर्तन

[दोपहर के तीन बजे का समय। निर्मला अपने कमरे में सो रही है। तोताराम आते हैं। सोती निर्मला को देखते रहते हैं...मुग्ध भाव से, फिर उन्हें रसिकता सूझती है। पास आकर झुकते हैं...निर्मला एकदम हड़बड़ा जाती है और सरककर दूर बैठ जाती है।]

निर्मला : आप! इतनी जल्दी?

तोता : अरे हमारा बस चले तो और भी जल्दी आ जाएँ...पर हमारी ऐसी किस्मत कहाँ?...अच्छा सुनो, जल्दी से एक गिलास शिकंजी

बनाकर पिला दो। एक मुक़दमे के बारे में थोड़ा मशविरा करने मुझे अभी फिर बाहर जाना है।

[निर्मला जल्दी से निकलकर शिकंजी बनाती है। रुक्मिनी अपने कमरे के दरवाज़े से उसे देख रही है। तोता आ जाते हैं। शिकंजी पीकर जेब से एक मोटा-सा लिफाफा निकालकर देते हैं।]

तोता : लो, ये रुपए हैं...गिनकर रख लेना।

निर्मला : आपने अभी तक पिछले महीने का हिसाब भी नहीं देखा।

तोता : मैं कौन होता हूँ हिसाब देखने वाला...तुम्हारा रुपया है, तुम जैसे चाहो खर्चो। *(इस वाक्य की प्रतिक्रिया रुक्मिनी के चेहरे पर। तोताराम निकल जाते हैं...निर्मला रसोई का कोई काम करने लगती है। जिया-सिया कन्धों पर बस्ता लटकाए स्कूल से लौटते हैं।)*

सिया : बुआजी...बुआजी पैसा दो, मलाई का बरफ लेंगे।

रुक्मिनी : मैं कहाँ से लाऊँ पैसा...माँग अपनी अम्मा से।

सिया : तुम दो न जल्दी वरना बरफ वाला चला जाएगा...जिया भैया रोकना उसे।

रुक्मिनी : कहा न, नहीं हैं मेरे पास ऐसे।

निर्मला : सवेरे स्कूल जाते समय दोनों को दी थी न एक-एक इकन्नी।

जिया : वह तो स्कूल में ही ख़त्म हो गई।

निर्मला : पूरी इकन्नी ?...*(समझाने के से स्वर में)* सवेरे बताया था न कि रोज़ बस एक इकन्नी मिलेगी...पूरा दिन इसी में चलाना है।

रुक्मिनी : हाँ, बच्चों को तो अब एक-एक चीज़ को तरसना ही है। तुम्हें तो रोज़ मेवे, मिठाइयाँ, मुरब्बे खाने को मिल जाते हैं। अरे, देखने को हमें चाहे न मिलते हों पर ख़ाली दोनो-पत्तों से पता तो चल ही जाता है कि रात में क्या-क्या तर माल उड़े। इस घर में बच्चों के लिए खाने की चीज़ें भरी रहती थीं...खाये-अघाये बच्चे आँख उठाकर नहीं देखते थे उनकी तरफ़ और आज है कि एक-एक चीज़ को...

निर्मला : *(अपराधी के से स्वर में)* परसों जब मैंने दुबारा पैसे दिए तब आपने ही तो डाँटा था कि मैं आदतें बिगाड़ रही हूँ... इसीलिए मैंने मना किया।

जिया : चल सिया, नहीं खानी हमें बरफ और नहीं चाहिए हमें किसी के पैसे। *(सिया दुखी मन से जिया के साथ जाता तो है पर इस*

उम्मीद में पीछे मुड़-मुड़कर देखता है कि शायद अम्मा या बुआ बुलाकर पैसा दे दे।)

[वही दृश्य कन्टीन्यू होता है। निर्मला अपने कमरे में आ जाती है। तोताराम लौटकर आते हैं...निर्मला का उदास, आँसुओं से धुला चेहरा देखकर]

तोता : क्या बात है...तबीयत ख़राब है क्या?

निर्मला : जी नहीं, ठीक हूँ।

तोता : रोकर चुकी हो? *(निर्मला गर्दन हिलाती है, लेकिन आँखें फिर छलछला जाती हैं।)* ज़रूर जीजी ने कुछ कहा होगा। लिहाज के मारे मैं कुछ बोलता नहीं...लेकिन कब से देख रहा हूँ कि उल्टा-सीधा जब तब कोसती ही रहती हैं तुम्हें। *(तैश में आकर)* अब मुझे साफ़-साफ़ कहना ही पड़ेगा। *(गुस्से में उठते हैं...निर्मला रोकती है,...सुनिए तो, भगवान के वास्ते...पर वे निकल जाते हैं।)*

तोता : जीजी घर में शान्ति बनाकर रखोगी तो तुम भी सुखी रहोगी, दूसरे भी सुखी रहेंगे...ज़्यादा कहने-सुनने की ज़रूरत नहीं है, वरना...

रुक्मिनी : *(फेंटा कसकर लड़ने की मुद्रा में)* वरना क्या...निकाल दोगे मुझे घर से? मुझे क्या अपनी बीबी की लौंडी बनाकर रखना चाहते हो...सो नहीं रहने की मैं, हाँ...घर की तुम सोचो कि बच्चे पैसे-पैसे को तरसें और मैं कुछ न बोलूँ...घर की मान-मर्यादा पर कोई सरेआम बट्टा लगाए और मैं चुप्पी साध लूँ तो ये सब मुझसे नहीं होने का।..निकल गई सारी बुद्धिमानी...कल की लौंडिया चोटी पकड़कर नचाने लगी और तुम नाचने लगे। कुछ पूछना न ताछना, बस उसने तीर खींचा और तुम काठ के सिपाही की तरह तलवार निकालकर खड़े हो गए।

तोता : *(थोड़ा खिसियाए से स्वर में)* क्या उल्टा-सीधा बके जा रही हो! अरे कुछ सीख ही देनी है तो प्यार से, मीठे शब्दों से भी तो दी जा सकती है...ज़रूरी है कि सारे समय जली-कटी ही सुनाई जाए।

रुक्मिनी : ठीक है, मेरा बोलना ज़हर लगता है तो मुझे कौन पागल कुत्ते ने काटा है जो मैं बोलूँ...पर कल को घर बर्बाद हो तो फिर मुझे मत दोष देना। *(भीतर चली जाती है। तोता थोड़े असमंजस में*

वहीं खड़े रहते हैं कि जिया-सिया आते हैं। जिया एकदम लड़ने की मुद्रा में)।

जिया : आप हमारा हाथ ख़र्च बाँध दीजिए।

तोता : क्यों, मिलते तो हैं तुम्हें रोज़ पैसे।

जिया : *(उतनी ही बदतमीजी से)* दो पैसे मिलेंगे और चार बातें सुनाई जाएँगी...हमें नहीं चाहिए ऐसे पैसे।

तोता : यह कौन-सी तमीज़ है बात करने की?

जिया : घर में खाने को अच्छा कुछ बनता नहीं...बाहर के लिए पैसे नहीं मिलते। हमारा मन नहीं चलता खाने के लिए...सिया क्या कह रहा था अभी...बोलता क्यों नहीं?

सिया : *(डरते हुए जिया की तरफ़ देखता है...वह इशारा करता है बोलने के लिए तो रटे हुए पाठ की तरह दोहरा देता है।)* आप अम्मा को तो रोज़ रात में मिठाई खिलाते हैं और...

तोता : बदतमीज *(गुस्से से भन्नाते हुए तोताराम कसकर दो-तीन थप्पड़ रसीद कर देते हैं। सिया बिलबिलाकर चीख उठता है। उधर से रुक्मिनी और इधर से निर्मला दौड़कर आती हैं। निर्मला पहले पहुँचकर सिया को गोदी में उठा लेती है...रुक्मिनी आग बरसाती नज़रों से उसे देखती है...जिया ग़ुस्से में तोता को देख रहा है। रुक्मिनी सिया को लेने के लिए निर्मला की तरफ़ बढ़ती भी है...लेकिन वह उसे छाती से चिपकाए-चिपकाए भीतर चली जाती है।)*

चार

[तोताराम और नयनसुख बैठे हैं। बीच में नाश्ते की प्लेटें रखी हैं।]

नयन : अमाँ यार, बड़े भागवान हो तुम...रश्क होता है हमें तो। रूठी जवानी मनाने का इससे अच्छा और कोई उपाय नहीं कि नई शादी कर लो *(ज़रा आगे झुककर रस लेते हुए)* और वह भी किसी कमसिन से...ज़िन्दगी का लुत्फ़ आ रहा होगा आजकल तो। *(तोताराम जवाब में सिर्फ़ एक गहरी साँस लेते हैं। मित्र उसे अनदेखा करके अपने उसी अन्दाज़ में)* यार, हमारा भी कहीं डौल बिठवा दो न—पाँच-सात साल हम भी ऐश कर लें। सच कहते हैं, ज़िन्दगी भर अहसान मानेंगे तुम्हारा...

तोता : भूलकर भी ऐसी ग़लती मत कर बैठना। ये कमसिन लौंडियाएँ हमारे तुम्हारे बस की नहीं—अपने हमउम्र लौंडों के साथ ही खुश रहती हैं।

नयन : क्या बात करते हो? लौंडियों को बस में करना कौन मुश्किल काम है। अरे ज़रा सैर-तमाशे दिखा दो...उनके रंग-रूप की तारीफ़ कर दो बस क़िला फतह।

तोता : कुछ नहीं, सब बेकार की बातें हैं।

नयन : तो गहनों-कपड़ों के तोहफ़े दो...गजरे, इत्र-फुलेल लाओ *(आगे झुककर जैसे कोई राज़ की बात बता रहे हों)* और लाकर दो मत...*(ज़रा बाँकी अदा और शायराना अन्दाज़ में)* गजरा ख़ुद गूँथों बालों में...गहने ख़ुद पहनाओ, इत्र ख़ुद मलो...फिर देखो, न आकर लग जाए सीने से तो नाम पलट देना।

तोता : अजी ये सारे मंत्र आजमाकर देख लिये...मुझे तो लगता है कि शादी करके मैंने ग़लती ही की।

नयन : अमाँ यार, तुम तो बड़े हौसलापस्त आदमी हो, अभी से हिम्मत हार बैठे।...अरे ये नहीं तो और बहुत से नुस्खे हैं...शागिर्दी

करो कुछ दिन अपनी, फिर देखो। *(एक क्षण रुककर)* असली तकलीफ़ क्या है...हत्थे नहीं चढ़ रही? तो किसी वैद्य को दिखाओ।...और अमाँ यार, ये अपना ढीला-ढाला वेष तो बदलो। अरे ज़रा तंजेब की चुस्त अचकन और चुन्नटदार पजामा हो...गले में सोने की जंजीर...आँखों में सुरमा और बालों में हिने का तेल हो—समझे *(पेट को दबाते हुए)* और ये तोंद पिचकाओ अपनी। इन खिचड़ी बालों में खिजाब मैं लगा दूँगा। आजकल की लड़कियों को बस में करने के दो ही अचूक नुस्खे हैं...एक ज़रा छैलचिकनिया रूप और दूसरा—जवाँमर्दी के करतब। करतब न दिखा सको तो कम से कम क़िस्से तो गढ़-गढ़कर सुना ही सकते हो। *(हँसते हैं। तोताराम को जिनके चेहरे पर अभी तक हताशा का भाव था अब इन नए नुस्खों से आशा और उत्साह की एक नई किरण दिखाई देती है।)* एक महीने गुरु के दिए मंत्र पर चलो, रंग जमे तो जैसी तुम्हारी श्रद्धा हो आकर गुरु-दक्षिणा दे जाना *(हँसता है।)*

दृश्य-परिवर्तन

[कुछ दृश्य ऐसे दिखाए जाएँ जिसमें निर्मला को बच्चों का काम करते हुए दिखाया जाए। ज़रूरत होने पर एक-दो संवाद भी डाले जा सकते हैं। एक दृश्य में निर्मला सिया को स्कूल के लिए कपड़े पहना रही है—दूसरे दृश्य में जिया के पैर में पट्टी बाँध रही है—'देखो, अब पानी मत लगाना वरना पक जाएगा...तुम्हारी शैतानियों का भी जवाब नहीं है'...तीनों बच्चों को हाथ-ख़र्च देते हुए जिया-सिया से 'ये तुम्हारी इकन्नी और मनसा को ये इकन्नी हाथ ख़र्च की और दस आने किताब के।'...सिया को कहानी सुनाते हुए—बहुत नाटकीय अन्दाज़ में...'फिर राक्षस ने कहा—'मैं तुम्हें खाऊँगा' सिया के चेहरे पर भय और कौतूहल का भाव...। एक दृश्य में तीनों बच्चे साथ बैठे हैं। मनसा कुछ सुना रहा है और निर्मला दोनों बच्चों के साथ खिलखिलाकर हँस रही है। अन्तिम दृश्य में घर का कोई काम करते हुए जैसे मूंजी के साथ रजाई-गद्दे धूप में डाल रही है या तार पर से सूखे हुए कपड़े उठाकर तह बना रही है।

दृश्य कटकर तोताराम के कमरे में जाता है। वे शीशे के सामने खड़े होकर बाल देख रहे हैं कि खिजाब ठीक से लग गया या नहीं। उसके बाद वैद्यजी की दी हुई

दवाइयाँ खा रहे हैं। वे ख़ुद कोई ग़ज़ल गुनगुना रहे हैं या पीछे से कोई ग़ज़ल बज रही है। दृश्य कटकर भीतर जाता है। आँगन में एक पट्टे पर जाँघिया पहने सिया बैठा है...सामने एक पट्टे पर निर्मला बैठी है। पास में तेल की कटोरी रखी है। मालिश खत्म करती है।]

सिया : अम्माजी, नहाऊँगा मैं अपने आप।

निर्मला : अच्छी तरह से नहा सकोगे? इतवार-इतवार को मुझसे नहा लिया करो।

सिया : नहीं, मैं अपने-आप नहाऊँगा।

निर्मला : अच्छा बाबा, जाओ पर अच्छी तरह नहाना मल-मल कर। *(तार पर से तौलिया देती है, सिया गुसलखाने में भाग जाता है)* जिया थोड़ा-सा तेल तुम भी लगवा लो आज।

जिया : धत्, मैं कोई बच्चा हूँ।

निर्मला : नहीं, तुम तो बूढ़े हो—चलो उठो। हाथ-पैर देखे हैं अपने? धूल-मिट्टी में खेल-खेलकर कैसे सूखे भुरभुरे हो रहे हैं...*(मनुहार करते हुए)* थोड़ा तेल लगवा लो...चिकनाई आ जाएगी शरीर में...

[दृश्य कटकर तोताराम के कमरे में। अपने चेहरे पर कोई क्रीम मलते हैं—फिर आँखों में सुरमा डालते हैं...शीशे में अपनी छवि देखते जाते हैं। दृश्य फिर बाहर। सिया नहाकर तौलिया लपेटे निकलता है।]

सिया : मैं नहा लिया अम्माजी। *(निर्मला देखती है—बाल गीले हैं, पीठ सूखी है)*

निर्मला : *(हँसकर)* वाह, क्या कहने तुम्हारे नहाने के। *(हाथ पकड़कर फिर उसे अन्दर ले जाती है।)* आँगन में ही कुछ दूरी पर रुक्मिनी और मूंजी सब्जी काट रही हैं।

मूंजी : देख रही हो बुआजी आई थी तो ख़ुद बिलकुल बच्ची थीं बहूजी, छह महीने में ही असली माँ बन गईं...सारे दिन बच्चों की सार-सँभाल में ही लगी रहती हैं...बच्चे भी कैसे परच गए इनसे।

रुक्मिनी : इस उमर में आदमी ब्याह करता है तो अपनी खातिर तो करता नहीं...बच्चों को सँभालने के लिए ही करता है।

[दृश्य कटकर तोताराम पर। वे दोहरा कमरबन्द और तंजेब की चुस्त अचकन पहनकर शीशे के हर कोण से

अपने को देखते हैं...अपने पर ही मुग्ध होते हैं। फिर इत्र का फाहा कान में लगाते हैं। दरवाज़े की ओर मुँह करके।]

तोता : अरे सुनती हो *(कोई शेर गुनगुनाते हैं। निर्मला आती है। बाल बिखरे-साड़ी ऊँची करके फेंटा-सा कस रखा है।)*

निर्मला : जी?

तोता : *(नाराज़ होकर)* ये क्या वेष बना रखा है?

निर्मला : जी सिया को नहला रही थी।

तोता : तुम?...तुम ख़ुद अभी *(वाक्य अधूरा छोड़ देता है)* ये जीजी क्या करती रहती हैं आजकल?

निर्मला : नहीं तो...वे खाने की तैयारी कर रही हैं।

तोता : देखो, ज़रूरत हो तो एक नौकरानी और रख देता हूँ...तुम्हें ये घर-धंधा करने की ज़रूरत नहीं है सारे दिन *(हाथ पकड़कर पास खींचता है।)* ये हुस्न, ये रूप...*(रसिक अन्दाज़ से उसे देखते हैं)* ये जो नित नए गहने-कपड़े लाता हूँ वे अलमारी में सजाने के लिए नहीं लाता...इस हुस्न पर चार-चाँद लगाने के लिए लाता हूँ और हमारी हुस्ना बीबी हैं कि...

निर्मला : *(प्रसंग बदलने के लिए)* आपने ये नई अचकन सिलवाई है? *(तोताराम एकदम प्रसन्न हो जाते हैं। हाथ पकड़े-पकड़े निर्मला को थोड़ा-सा परे हटाकर खड़ा कर देते हैं)*

तोता : कैसी लग रही है?

निर्मला : बहुत अच्छी लग रही है...बहुत जँच रहे हैं आप *(मुस्कुराती है)*।

तोता : वह बजाज भी तो यही कहकर पीछे पड़ गया। बोला, कपड़े की अपनी कोई कीमत नहीं होती...पहनने वाला ही उसे कीमती बनाता है...आप चाहे मुफ्त में ले जाइए लेकिन आप पहनेंगे तो सच कहता हूँ...मेरा कपड़ा दस गुना दामों में बिकेगा।

निर्मला : और क्या? कितनी तो सज रही है आप पर *(तोताराम निर्मला को फिर अपने पास खींच लेते हैं)*

तोता : सच कह रही हो?...मैं जरा नयनसुख के यहाँ जा रहा हूँ...लौटूँ तब तक हमारी हुस्ना बीबी भी पूरी तरह सज-सँवर जाएँ...आज थोड़ा सैर को चलेंगे।

दृश्य-परिवर्तन

[तोताराम दोपहर का खाना खाकर अपने कमरे में आते हैं—पीछे से निर्मला पान लेकर आती है...उसके हाथ से पान लेकर]

तोता : नयनसुख के यहाँ आज तो इतना पीछे पड़े, इतना पीछे पड़े वे लोग कि जान मुसीबत में कर दी।

निर्मला : कौन पीछे पड़े।

तोता : नाटक वाले लोग। बहुत समझाया कि भई, अब नाटक-वाटक करना छोड़ दिया पर मानने को तैयार ही नहीं।... *(निर्मला बड़े कौतुक से उनको देखती है)* कहने लगे, कोई और नाटक होता तो आपको छोड़ देते, लेकिन इतने बरसों बाद फिर से लैला-मजनूँ कर रहे हैं और आपका मजनू वाला पार्ट तो लोग आज तक नहीं भूले हैं...अगर आप मंच पर उतर आए तो सारा शहर देखने के लिए उमड़ आएगा।

निर्मला : *(उसी कौतुक भाव से)* आप नाटक करते थे ?

तोता : करता था ?...अरे मंच पर मैं आया नहीं कि तालियों की गड़गड़ाहट से छत फटने लगती थी और बाहर निकलता तो वंस मोर...वंस मोर के शोर से दिवालें हिलने लगती थीं।...तुम्हें विश्वास नहीं हो रहा है ?

निर्मला : *(मुस्कुरा कर)* होगा क्यों नहीं...कितना अच्छा तो नाटक करते हैं आप।...

तोता : अब नाटक क्यों करें...असली मजनू का काम नहीं करेंगे *(निर्मला को पकड़कर अपने ऊपर झुकाते हुए अपनी असली लैला के साथ नाटकीय ढंग से मजनू का कोई संवाद बोलते हैं तभी दरवाज़े के बाहर से मूंजी की आवाज़ आती है।)*

मूंजी : बहूजी...ओ बहूजी...जीजी मसाले मिला रही हैं, आकर देख लो।

निर्मला : *(अपने को छुड़ाते हुए)* जीजी से मैं अचार डालना सीख रही हूँ—अभी थोड़ी देर में आऊँगी *(जल्दी से निकल जाती है। तोताराम के चेहरे पर प्रतिक्रिया।)*

दृश्य-परिवर्तन

[जिया-सिया का कमरा या बाहर का बरामदा। दृश्य ऐसे शुरू होता है मानो मंसाराम निर्मला को पढ़ा रहा था।]

मंसा : तो इन दसों क्वेश्चन्स के आन्सर आप लिखेंगी...और इस पाठ के सारे कठिन शब्दों की स्पेलिंग याद करेंगी। ये नहीं कि मैं तो

मँगोड़ी तोड़ने बैठ गई थी या दाल पीसने बैठ गई थी।...अंग्रेजी पढ़ना कोई हँसी-खेल नहीं!

निर्मला : (हँसकर) अच्छा मास्टरजी सब करके रखूँगी...

मंसा : (हँसकर) नहीं किया तो सज़ा मिलेगी बैंच पर खड़ी होने वाली...समझी अम्माजी।

[दोनों हँसते हैं, मंसाराम निकल जाता है]

[रात का समय। निर्मला अपने कमरे में बैठी अंग्रेजी की एक किताब पढ़ रही है—थोड़ा अटक-अटक कर। कोई कठिन शब्द आता है तो तीन बार उसकी स्पेलिंग बोलकर याद करती है। तोताराम रात की सैर करके लौटते हैं। निर्मला जल्दी से किताब छिपा देती है। तोताराम थक कर पलंग पर बैठ जाते हैं।]

तोता : आज तो बस, बाल-बाल बच गया।

निर्मला : *(घबरा कर)* क्या हो गया?

तोता : ये पूछो कि क्या नहीं हुआ? सैर करते-करते ज़रा दूर निकल गया रेल लाइन के पार। क्या देखता हूँ कि तलवारें लिये तीन चोर झाड़ियों से निकले और डपटकर बोले—जो कुछ है सामने धर दो। एक मिनिट को तो होश उड़ गए...समझ गया कि बस, आज काम तमाम, लेकिन फिर सोचा, मरना है तो वीरों की तरह क्यों न मरूँ...सो आव देखा न ताव...बस, ये छड़ी लेकर उलझ गया उनसे।

अब सोचो, वे तलवारों के साथ तीन और मैं इस छड़ी के साथ अकेला। मुझे यों लोहा लेते देख ग़ुस्से से भर-भरकर वे वार करते थे।

निर्मला : हे भगवान, यह इन्हें क्या होता जा रहा है...क्यों रात-दिन ऐसी बहकी-बहकी बातें किया करते हैं।

[तोताराम का संवाद चल रहा है लेकिन साउंड ट्रैक गायब हो जाता है। निर्मला का चेहरा बिलकुल निश्चल है लेकिन एस.टी. नं. 2 पर उसकी आवाज़ उभरती है।]

निर्मला : अब तो इन पर न ग़ुस्सा आता है, न हँसी—सिर्फ़ दया आती है। मुझे खुश करने के लिए ही तो ये ऐसे-ऐसे स्वांग रचते हैं और मैं हूँ कि...

तोताराम : आख़िर मैंने भी अखाड़े में सौ-सौ दंड पेले हैं...मुगदर घुमाए हैं...उठक-बैठक लगाई हैं। शरीर में फौलाद ताक़त तो आज भी है ही...वे भी मान गए कि हाँ, किसी से पाला पड़ा है।

निर्मला : उम्र का अन्तर तो नहीं मिटा सकती लेकिन सज-सँवरकर हँस-बोल तो सकती हूँ...प्रेम की बातें तो कर सकती हूँ...मैं इनकी इतनी-सी इच्छा भी पूरी नहीं कर सकती-और ये हैं कि मेरे लिए क्या-क्या नहीं करते?

तोता : आख़िर वे मेरा लोहा मान गए...हथियार डाले, बहादुरी के आगे सिर झुकाया और मेरी पीठ थपथपाकर चलते बने।

निर्मला : हे प्रभु, मुझे शक्ति दो। अब से इनकी सेवा करने में, इन्हें खुश करने में कोई क़सर न उठा रखूँ। *(आँखों से आँसू चू पड़ते हैं। तोताराम जो इतनी देर से कुछ न कुछ बोले चले जा रहे हैं...निर्मला से कोई रेसपोन्स न पाकर एकाएक उसकी तरफ़ देखते हैं...उसकी आँखों में आँसू देखकर)।*

तोता : अरे, तुम रो रही हो?

निर्मला : *(भर्राई आवाज़ में)* आप ये सब क्यों करते हैं...मत किया करिए ये सब...भगवान के वास्ते मत किया करिए ये सब पागलपन...

तोता : पागलपन...कैसा पागलपन?

निर्मला : *(एक क्षण अंसुवाई आँखों से उसे देखती है, फिर आवेग के साथ)* यह पागलपन नहीं है तो और क्या है...क्यों इस तरह के खतरे मोल लेते हैं...अगर आपको कभी कुछ हो गया तो...आपके सिवाय मेरा है ही कौन? *(पहली बार निर्मला अपनी तरफ़ से तोताराम के गले में बाँहें डालकर उसकी छाती पर सिर रख देती है और रोती रहती है। तोताराम के चेहरे पर विजय का अपार सुख और सन्तोष फैल जाता है।)*

[रुक्मिनी अपने कमरे से भागती हुई आती है और तोताराम का दरवाज़ा भड़भड़ाते हुए]

रुक्मिनी : तोता...तोता, अरे निकल ज़रा। मेरे कमरे में साँप। *(तोताराम दरवाज़ा खोलकर)*

तोता : *(स्वर में खीज)* क्या बात है—क्यों चिल्ला रही हो?

रुक्मिनी : डंडा लेकर चलो ज़रा—मेरे पलंग के नीचे साँप।

तोता : साँप ?...कमरे में कहाँ से साँप आ गया ?—कोई रस्सी-वस्सी होगी—अँधेरे में बहम हो गया होगा तुम्हें। *(निर्मला भी पास आकर खड़ी हो जाती है)*

रुक्मिनी : बहम कैसा ? साँप है, कोई दो गज लम्बा और फन उठा रहा है। यह तो गनीमत है, कमरे में घुसते ही दिख गया।...कहीं सो जाती तो...तुम चलो तो—

तोता : साँप ! *(घबरा जाता है। हिम्मत करके थोड़ा आगे बढ़ते हैं, फिर ठिठक जाते हैं)* लेकिन साँप को डंडे से कभी नहीं मारना चाहिए—ठहरो, मैं किसी के यहाँ से भाला माँगकर लाता हूँ। *(जल्दी से घर के बाहर निकल जाता है। मंसाराम अपने कमरे से हॉकी-स्टिक लेकर निकलता है।)*

मंसा : कहाँ है साँप ? *(कमरे की ओर बढ़ने लगता है।)*

निर्मला : रुको-रुको, ये आ रहे हैं भाला लेकर *(मंसा कमरे में घुस जाता है)* जीजी इन्हें रोकिए न, कहीं साँप ने काट लिया तो—

रुक्मिनी : मंसा, निकल आ बेटे— *(कमरे से पहले खाट खींचने की, फिर हॉकी को ज़मीन पर पटकने की आवाज़ें आती हैं...ये दोनों डरी-सहमी-सी खड़ी हैं। इधर मंसा हॉकी में मरा हुआ साँप लटकाए कमरे के दरवाज़े पर दिखाई देता है...उधर तोताराम चार-पाँच आदमियों को लेकर घर में घुसते हैं। हॉकी पर साँप लटका देखकर।)*

तोता : अरे-अरे, यह क्या, हॉकी से साँप मारा ?

निर्मला : मना करते-करते भी भीतर घुस गए और मार भी दिया। *(चेहरे पर आश्चर्य और प्रशंसा का मिला-जुला भाव। तोता ने इसे लक्ष्य किया है।)*

तोता : यह बहादुरी नहीं—बेवकूफी है।...साँप को कभी डंडे से नहीं मारना चाहिए। हमेशा भाले से मारना चाहिए...अब दे दो किसी को फेंक आएगा।

[निर्मला अभी भी मंसा को ही देखे जा रही है और तोताराम निर्मला का मंसाराम को देखना देखते रहते हैं। चेहरे पर प्रतिक्रिया। फिर उसे एक तरह से धकेलते हुए भीतर ले जाते हैं...पर सब कुछ बहुत नामालूम ढंग से हो।]

दृश्य-परिवर्तन

[शाम का समय। निर्मला अपने कमरे में सज-सँवर रही है। अच्छी साड़ी, गहने। बाहर ताँगा रुकने की आवाज़ आती है तो मुस्कुराती हुई तोताराम की अगवानी के लिए दरवाज़े पर आकर खड़ी हो जाती है। तोताराम उसका यह रूप देखते हैं तो देखते ही रह जाते हैं। फिर दोनों अन्दर आते हैं... सामने के आदमकद शीशे में अपने को निर्मला के साथ देखते हैं... सारे दिन की थकान झुर्रीदार चेहरे पर अंकित है। अपना और निर्मला का कन्ट्रास्ट उन्हें भीतर तक त्रस्त कर देता है। वे हटकर खिड़की की तरफ़ चले जाते हैं।]

निर्मला : आज इतनी देर कहाँ लगाई ?... दिन-भर राह देखते-देखते आँखें फूट जाती हैं।

तोता : *(बाहर देखते हुए उखड़े हुए स्वर में)* मुक़दमे के मारे दम मारने की छुट्टी नहीं मिलती। अभी एक मुक़दमा और था, लेकिन मैं सिर-दर्द का बहाना करके भाग खड़ा हुआ।

निर्मला : तो क्यों इतने मुक़दमे लेते हो ? काम उतना ही करना चाहिए, जितना आराम से हो सके। प्राण देकर थोड़े ही काम किया जाता है। *(पास जाकर पीठ पर हथ रखती है)* देखो तो चेहरा कैसा मुरझा गया है। चलो, आराम करो। निर्मला पकड़कर पलंग पर लिटा देती है। माथे पर हाथ फेरकर, कोमल स्वर में...

निर्मला : शिकंजी बनाकर लाऊँ ?

तोता : नहीं, बस यहीं बैठो। *(उसका हाथ अपने हाथ में ले लेते हैं। बाहर से ही मंसा की आवाज़ आती है—'अम्माजी, कुछ खाने को दीजिए जल्दी से' निर्मला जल्दी से उठकर दूर खड़ी हो जाती है। मंसाराम भीतर आता है। धूप में चलकर आने के कारण चेहरे पर सुर्खी... तोताराम उसे देखता है, फिर निर्मला को देखता है, फिर शीशे में पड़ते दोनों के प्रतिबिम्ब को देखता है। चेहरे पर प्रतिक्रिया।)*

मंसा : अम्माजी जल्दी कीजिए न... मुझे अभी खेलने जाना है।

निर्मला : *(तोताराम के भावों से बिलकुल बेख़बर मंसा के प्रति अपना कन्सर्न दिखाते हुए)* ये घर में घुसते बाद में हैं, निकलने की इन्हें पहले पड़ी रहती है। अभी-अभी तो स्कूल से लौटे हो, जरा दम तो ले लो।

मंसा : आज गोरों के साथ मैच है...बारक यहाँ से बहुत दूर है। *(निर्मला बाहर जाती है, मंसा भी निकलने लगता है, लेकिन तोताराम उसे रोक लेते हैं।)*

तोता : *(काफ़ी रुखाई से)* मंसा...सुनो जरा! तुम्हारी पढ़ाई कैसी चल रही है?

मंसा : जी ठीक चल रही है।

तोता : हाँ, अपना सारा ध्यान पढ़ाई में ही लगाओ अब। *(निर्मला खाना लेकर आती है।)*

निर्मला : *(थाली देते हुए)* लौटोगे कब तक? बहुत देर कर दी और खाना ठंडा हो गया तो फिर कहोगे मुझे भूख नहीं है।

मंसा : मुझे देर हो जाए तो समझ लीजिए, वहीं खा रहा हूँ। मेरे लिए बैठने की ज़रूरत नहीं है।

निर्मला : वाह! ऐसा कैसे हो सकता है? तुम्हें खिलाए बिना मैं चौका उठा सकती हूँ क्या? *(मंसा राम निकल जाता है...दरवाज़े की ओर मुँह करके)* कोशिश जल्दी आने की ही करना।

तोता : *(चेहरे पर तनाव, ललाट पर सल)* यह खाने-पीने की चीज़ें माँगने तुम्हारे पास क्यों आता है। जीजी के पास क्यों नहीं जाता?

निर्मला : *(तोताराम के मनोभावों से एकदम अनजान)* महीनों तक तो ये घर में नहीं आते थे...मुझसे बात भी नहीं करते थे, शर्माते थे। बड़ी मुश्किल से तो मैंने यह हिचक तुड़वाई। अब तो मुझसे खूब खुलकर हँसते-बोलते हैं।...अच्छा अब आपके लिए भी तो कुछ खाने को लाऊँ। *(निकल जाती है। तोताराम के चेहरे पर तरह-तरह की आशंकाओं और सन्देह के बादल घिर आते हैं। अभी-अभी शीशे में देखा जोड़े का प्रतिबिम्ब...बच्चों के साथ कुछ दृश्य कौंध जाते हैं। चेहरे पर भयंकर तनाव और कठोरता...)*

पाँच

[शाम का समय। स्कूल से लौटकर मंसाराम अपने कमरे में बैठा पढ़ रहा है। तोताराम कचहरी से आते हैं। कचहरी वाले कपड़े पहने पिता को देखकर वह चौंक जाता है।]

तोता : पढ़ाई कैसी चल रही है तुम्हारी?

मंसा : जी ठीक चल रही है।

तोता : सुना है, मटरगश्ती बहुत बढ़ गई है आजकल तुम्हारी...पढ़ने के लिए समय ही कहाँ मिलता होगा?

मंसा : *(पिता के इस आरोप पर चकित रह जाता है)* मटरगश्ती?...मैं तो स्कूल और खेलने के सिवाय और कहीं जाता ही नहीं। खेलने के लिए भी हैडमास्टर साहब ज़ोर देकर बुलाते हैं इसलिए जाना पड़ता है।

तोता : तो जो लोग मुझसे आए दिन शिकायत करते हैं—वे यों ही कहते हैं?

मंसा : किसने शिकायत की आपसे?

तोता : कोई भी हो—लेकिन इतना जान लो कि उनकी तुमसे कोई दुश्मनी नहीं है जो झूठी शिकायत करेंगे...।

मंसा : *(तैश में आकर)* मेरे सामने आकर कोई कहे कि मैंने मंसा को घूमते देखा तब मैं बताऊँ।

तोता : इतना तैश में आने की ज़रूरत नहीं है...यह उम्र ही ऐसी होती है कि ज़रा सावधानी न बरतो तो बिगड़ते देर नहीं लगती...

मंसा : *(गुस्से से)* लेकिन...

तोता : लेकिन कुछ नहीं...बहुत सोचने के बाद मैंने यही तय किया है कि तुम्हें होस्टल में डाल दूँ...अपने साथियों के साथ रहोगे तो पढ़ाई अच्छी रहेगी और वहाँ के नियम-कायदों के कारण अनुशासन भी रहेगा। *(मंसाराम कुछ बोलता नहीं...लेकिन उसके चेहरे से गुस्सा ज़ाहिर हो रहा है)* ये तुमने मुँह क्यों लटका

लिया? आख़िर तुम्हें वहाँ रहने में तकलीफ़ क्या है? *(तीखी नज़रों से उसे देखते है मानो उसकी अप्रसन्नता का कारण जानते हो।)*

मंसा : मुझे कोई तकलीफ़ नहीं है रहने में, मैं कल ही चला जाऊँगा... लेकिन वहाँ जगह आपको दिलवानी पड़ेगी।

तोता : सब लड़कों को जगह मिल जाती है तो तुम्हें क्यों नहीं मिलेगी। अगर कोई दिक्कत हुई तो मैं देख लूँगा...

[तोताराम निकल जाते हैं। एक क्षण मंसा तोता के जाने वाले दरवाज़े की तरफ़ ही देखता रहता है, फिर ग़ुस्से से भरा हुआ मंसाराम रुक्मिनी के पास जाता है।]

मंसा : बुआजी, बाबूजी ने मुझे कल से स्कूल में रहने को ही कहा है।

रुक्मिनी : क्यों?

मंसा : मैं क्या जानूँ? कहने लगे कि तुम पढ़ते-लिखते नहीं, आवारों की तरह सारे दिन मटरगश्ती करते हो।

रुक्मिनी : *(एक क्षण सोचती है)* ज़रूर यह आग तेरी नई अम्मा की लगाई हुई होगी...वह इस घर का सत्यानाश करके ही मानेगी।

मंसा : नहीं, वे क्यों करेंगी ऐसा? वे तो बहुत प्यार से रखती हैं हम सबको।

रुक्मिनी : ये तिरिया-चरित्तर तू नहीं समझेगा—ठहर जा, अभी पूछकर आती हूँ मैं। (निकलकर सीधे निर्मला के कमरे में जाती है। *निर्मला अपने पलंग पर बैठी कुछ लिख रही है—रुक्मिनी आती है।)*

निर्मला : आइए दीदी, बैठिए।

रुक्मिनी : मैं पूछती हूँ, क्या तुम सबको घर से निकालकर ही चैन लोगी?

निर्मला : क्या हुआ दीदी जी, मैंने तो किसी से कुछ नहीं कहा।

रुक्मिनी : मंशा को घर से निकलवाए दे रही हो और ऊपर से कह रही हो कि मैंने तो कुछ भी नहीं कहा।

निर्मला : कौन निकाल रहा है मंसा बाबू को?

रुक्मिनी : जिसकी नकेल तुम्हारे हाथ में है। अरे आज तक जो तोता कभी ऊँची आवाज़ में बोला नहीं मंसा से...आज वही उसे घर से निकालकर स्कूल में डाल रहा है।

निर्मला : *(बेहद आश्चर्य के साथ)* लेकिन...

रुक्मिनी : लेकिन-वेकिन का यह नाटक छोड़ो। मैं कहे देती हूँ, तुम जो यह आग लगा रही हो...तुम्हीं को बुझाना पड़ेगा इसे—नहीं

तो मुझसे बुरा नहीं होगा कोई। *(जैसी आई थी, वैसी ही दनदनाती हुई निकल जाती है। निर्मला अवाक्-सी देखती रहती है—उसे कुछ भी समझ में नहीं आता कि यह सब क्या हो गया।)*

[वही दिन। रात का समय। बैठक में तोताराम अपने मुक़दमे के काग़ज़ देख रहे हैं। चेहरे पर चिन्ता और परेशानी। तभी निर्मला आती है। बिलकुल सहज भाव से सामने या पास बैठ जाती है।]

निर्मला : सुनिए। आप क्या मंसा बाबू को बोर्डिंग-हाउस भेज रहे हैं?

तोता : *(घूरकर निर्मला को देखते हैं, मानो इस प्रश्न का आशय समझना चाहते हो।)* हाँ, भेज रहा हूँ।

निर्मला : लेकिन क्यों?

तोता : बहुत ज़रूरी हो गया है उसे भेजना।

निर्मला : *(जिसे तोताराम के मनोभावों का दूर-दूर तक कोई अहसास नहीं है—बिलकुल सहज भाव से।)* ऐसी क्या मुसीबत आ गई जो ज़रूरी हो गया है।

तोता : मुसीबत। यहाँ रहकर पढ़ाई-लिखाई सब चौपट नहीं हो रही है उसकी?

निर्मला : *(उसी सहज भाव से)* कहाँ?...वे तो बहुत अच्छे नम्बरों से पास हुए हैं।

तोता : अच्छे नम्बर आए थे क्योंकि पहले सारा ध्यान पढ़ाई में था... लेकिन अब?...कहाँ ध्यान है उसका आजकल पढ़ाई में?

निर्मला : *(तोताराम के ग़ुस्से को देखकर थोड़ा सहमकर)* घर में जितनी देर रहते हैं, पढ़ते ही तो रहते हैं...। *(थोड़ा रुककर झिझकते हुए)* बल्कि मुझे भी अंग्रेजी पढ़ाते हैं।

तोता : *(चौंककर)* तुम्हें?...तुम उससे अंग्रेजी पढ़ती हो? कब से? पहले तो तुमने मुझे कभी नहीं बताया।

निर्मला : *(बिलकुल सहज भाव से थोड़ा-सा मुस्कुराकर।)* सोचा था, जब अच्छी तरह सीख जाऊँगी तो एक दिन अंग्रेजी में बोलकर आपको बस चकित कर दूँगी।

तोता : हूँ...! चकित तो मैं यह सुनकर ही हो रहा हूँ। *(कुछ सोचने लगते हैं)* वह क्या पढ़ाता होगा अंग्रेजी, तुम्हें अंग्रेजी पढ़नी है तो मैं एक मिस रख देता हूँ।

निर्मला : नहीं, पढ़ाते तो मंसा बाबू खूब अच्छा हैं...और फिर पढ़ाते भी तो कितना मन लगाकर हैं। कौन मिस पढ़ाएगी इतना मन लगाकर?

तोता : हूँ... *(तीखी नज़रों से निर्मला को देखते हैं... चेहरे पर दुख और परेशानी का भाव। उठकर सामने अलमारी से एक किताब निकालते हैं। पीठ निर्मला की तरफ़ है, मन ही मन बुदबुदाते हैं।)* तो इतने मन मिल गए हैं और मुझे पता तक नहीं। *(फिर अपने को सँभाल कर। वापस लौटकर।)* बन्द करो यह पढ़ना-पढ़ाना। कल को फेल हो गया तो साफ़ कह देगा कि क्या करता, दिन-भर अम्मा जी को पढ़ाने के बाद अपना पढ़ने के लिए समय ही कहाँ मिलता था।

निर्मला : *(सफाई पेश करते हुए)* लेकिन मैं तो हमेशा उनके ख़ाली समय में ही पढ़ती हूँ। *(तोताराम चुप... सिर्फ़ चुभती नज़रों से निर्मला को देखे जा रहे हैं। मानो स्थिति की असलियत जान लेना चाहते हों।)*

तोता : और इसीलिए उसने अपना सारा समय ख़ाली कर लिया लगता है।

निर्मला : *(अपराधी की तरह)* आप कहते हैं तो मैं उनसे पढ़ना छोड़ दूँगी... लेकिन आप उन्हें बोर्डिंग हाउस मत भेजिए।

तोता : मेरी समझ में नहीं आता, उसके बोर्डिंग हाउस जाने से तुम्हें इतनी परेशानी क्यों हो रही है?

निर्मला : *(अभी भी तोता के मनोभावों का अहसास नहीं है)* अब क्या बताऊँ?

तोता : क्यों... बताओ-बताओ। आख़िर मैं भी तो जानूँ कि बात क्या है? *(निर्मला चुप-अजीब पसोपेश में कि रुक्मिनी की बात कैसे बताए? सहमी-सी नज़रों से तोता को देखती है।)*... बोलो, चुप क्यों हो गई?

निर्मला : *(झिझकते हुए)* कहूँगी तो लगेगा कि शिकायत कर रही हूँ, लेकिन जीजी से कितना सुनना पड़ा है मुझे इस बात को लेकर—वे तो समझती हैं कि मैं ही आपको भड़काकर उन्हें घर से बाहर कर रही हूँ... सौतेली माँ जो हूँ। *(स्वर में हल्का-सा आवेश आ जाता है।)* करे चाहे कोई, सूली पर तो मुझे ही चढ़ना है। *(आँखों में आँसू आते हैं।)*

तोता : *(पीछे से तोता की आवाज़ उभरती है।)* ये कल की छोकरी।

एस.टी.-2 : जीजी की आड़ लेकर मुझी को चलाने चली।

निर्मला : क्या सोचने लगे आप? मेरी बात कुछ समझ में आ रही है या नहीं? *(कुछ रुककर कन्धा पकड़कर हिलाते हुए आजिजी के*

स्वर में) मैं फिर कहती हूँ कि मत ऐसा काम करो जिससे घर में क्लेश घुले।

तोता : हद हो गई। तुम तो ऐसे कह रही हो, जैसे मैं उसे बोर्डिंग-हाउस में नहीं फाँसी के तख्ते पर भेज रहा हूँ।...भविष्य चौपट करना है मुझे लड़के का...इस घर का? *(ठहर कर)* सारी दुनिया-जहान के बच्चे जाते हैं...बल्कि खुश होकर जाते हैं लेकिन यहाँ तूफान मचा रखा है...। *(ठहरकर)* उधर उस लौंडे की नानी मरी जा रही है हॉस्टल के नाम से। साफ़-साफ़ क्यों नहीं कहती कि तुम...। *(ग़ुस्से में वाक्य अधूरा छोड़ देते हैं। सामने की फाइल बन्द करके झटके से उठकर बाहर निकल जाते हैं।)*

[निर्मला तोताराम के मन का भाव समझते ही एकदम सन्नाटे में आ जाती है। उसके चेहरे पर दुख, ग़ुस्से, नफ़रत के भाव घुल जाते हैं। कुछ देर तक कैमरा निर्मला के चेहरे पर रहे, सिर्फ़ एक्सप्रेशन से उसे ये सारे भाव व्यक्त करने हैं]

[मोंताज में कुछ दृश्य तोताराम के स्कूल में घुसते हुए या स्कूल से निकलते हुए दिखाए जाएँ यह एस्टेब्लिश करने के लिए कि वे हॉस्टल के लिए कोशिश कर रहे हैं।]

दृश्य-परिवर्तन

[कोई महीने भर बाद। छुट्टी का दिन। तोताराम खाना खाने बैठते हैं। रुक्मिनी खाना परोस रही है...निर्मला थाली में कुछ बीन रही है। सिया-जिया भी खाने बैठते हैं।]

तोता : मंसा किधर है?

रुक्मिनी : आज ख्याल आया तुम्हें मंसा का? इत्ती भाग-दौड़ करके भी तुम तो उसे बोर्डिंग में जगह दिला नहीं पाए...पर उसने तो अपने कमरे को ही कैदख़ाना बना लिया है। उस दिन के बाद स्कूल के अलावा एक मिनट के लिए भी जो उसने अपने कमरे से क़दम बाहर निकाला हो तो। इस गर्मी में दुनिया-जहान के बच्चे बाहर खेलते हैं, घूमते-फिरते हैं, लेकिन वह अपने कमरे में ही घुटता-घुलता रहता है।

तोता : *(बहुत आश्चर्य के साथ)* क्यों?

रुक्मिनी : मुझसे पूछ रहे हो? बाप होकर भी अपने बेटे को नहीं जानते तुम? तुमने आवारापन की जो झूठी तोहमत लगा दी...भूल सकेगा वह उसे ज़िन्दगी-भर? जानते तो हो, वह उन बेशरम बच्चों जैसा नहीं है कि आज डाँट खाई और कल फिर वैसे के वैसे। बात पत्थर की लकीर बन जाती है उसके मन में तो।

तोता : *(इस आक्षेप से थोड़ा सिटपिटा जाते हैं।)* बड़ा पागल है वह। यह मैंने कब कहा था कि खेलना-कूदना या घूमना-फिरना बन्द कर दे। सिया, जा मंसा को बुलाकर ला तो।

रुक्मिनी : वह नहीं आएगा...एक महीने से घर के आँगन में क़दम नहीं रखा है उसने।

तोता : कहना, मैंने बुलाया है...जैसा बैठा हो, वैसा ही पकड़ लाना। *(यह संवाद बोलने के बाद ही तोता बाबू की नज़र निर्मला की ओर जाती है। वह हमेशा की तरह सजी-सँवरी बैठी है...बिलकुल निश्चिन्त मानो इस सारे प्रसंग से उसका कोई लेना-देना नहीं। मंसा सिर्फ़ धोती पहने, नंगे बदन आ खड़ा होता है...शरीर जैसे आधा रह गया हो। निर्मला उठकर बाहर चली जाती है। मंसा को देखकर तोता को जैसे धक्का-सा लगता है।)*

तोता : अरे, यह क्या, तबीयत ठीक नहीं है क्या तुम्हारी?

मंसा : जी, मैं तो बिलकुल ठीक हूँ।

तोता : क्या ठीक हो, देह आधी भी नहीं रह गई। चलो खाना खाओ।

रुक्मिनी : *(थाली मंसा के सामने रखती है।)* पूछो, कै दिन से दूध नहीं पिया है बच्चे ने! नाश्ते की प्लेट ज्यों की त्यों लौट आती है कमरे से तो कोई पूछता नहीं कि क्यों नहीं खाया? सो भैया, ऐसे वे बच्चे तो रह लेते हैं, जिन्होंने लाड़-प्यार का कभी मुँह भी न देखा हो...मैंने तो पान-फूल की तरह पाला है इन्हें...ये बच्चे नहीं रह सकते।

तोता : *(चेहरे पर चिन्ता और सोच)* देखो जीजी, बच्चे तुम्हारे हैं और इनकी देखभाल की पूरी जिम्मेदारी भी तुम्हारी है। *(थोड़ा रुककर)* और हाँ, बच्चों के लिए तुम्हें रुपया-पैसा जो भी चाहिए मुझसे लो...लेकिन इन्हें किसी तरह की कोई तकलीफ़ नहीं होनी चाहिए।

[रुक्मिनी के चेहरे पर विजय का उल्लास छलक उठता है। मंसा एक चपाती खाकर उठ जाता है।]

तोता : यह क्या,...तुम्हारा खाना हो गया...कुल एक फुल्का।

मंसा : जी दाल-तरकारी भी तो थी...ज़्यादा खा लेता हूँ तो गला जलने लगता है, खट्टी डकारें आने लगती हैं।

तोता : इसका मतलब तुम्हारी तबीयत ठीक नहीं है और किसी ने मुझे बताया तक नहीं।

रुक्मिनी : कौन बताए...माँ को तो अपने सजने-सँवरने से ही फुर्सत नहीं।

[कैमरा बाहर जाता है। बाहर रसोई के दरवाज़े के पास ही पानदान और पान का सामान रखा है। निर्मला खड़ी पान लगा रही है। आँखें नम और चेहरे पर वेदना। जल्दी से आँसू भी पोंछती है।]

तोता : देखो बेटा, आज शाम को ही मैं तुम्हें वैद्य जी के यहाँ लेकर चलूँगा। *('बेटा' सम्बोधन सुनकर ही मंसा की आँखों में आँसू छलक पड़ते हैं। वह तेज़ी से बाहर निकल जाता है।)*

रुक्मिनी : जाने क्या तो हो गया है मेरे बच्चे को।

[तोताराम परेशान से उसे जाता हुआ देखते हैं। फिर जल्दी से थाली में ही हाथ धोकर मंसा के कमरे की ओर चल देते हैं।]

[मंसाराम अपने कमरे में मेज़ पर सिर टिकाकर रो रहा है। तोताराम चुपचाप कमरे में आते हैं। एक क्षण उसे रोता हुए देखते रहते हैं—उनकी अपनी आँखें नम हो जाती हैं। आगे बढ़कर बहुत प्यार से मंसा की पीठ पर हाथ रखकर।]

तोता : मंसा बेटा, तुम रो रहे हो? *(मंसा एकदम हड़बड़ा कर उठता है और जल्दी से आँसू पोंछते हुए।)*

मंसा : जी नहीं, रोता कहाँ हूँ!

तोता : छिपाओ नहीं बेटे, मुझे बताओ, क्या बात है?

मंसा : जी कुछ नहीं।

तोता : अम्माजी तो डाँट-फटकार नहीं करतीं?

मंसा : जी नहीं, वो तो मुझसे बोलती तक नहीं।

तोता : बोलती नहीं, कब से?

मंसा : महीने से ऊपर हो गया!

तोता : अच्छा! *(कुछ देर सोचते रहते हैं फिर जैसे मंसा के इसी वाक्य में उन्हें अपने लिए रास्ता दिखाई दे जाता है। बड़े खिन्न से स्वर में, जैसे अपने से ही बोल रहे हों)* शादी इसलिए की थी कि तुम बच्चों को माँ मिल जाएगी, लेकिन सौतेली माँ। *(मंसा नज़रें उठाकर तोताराम की ओर देखता है... चेहरे पर आश्चर्य और अविश्वास का भाव)* उसी ने मुझसे कहा कि तुम कुसंगत में पड़ गए हो और सारे दिन आवारागर्दी करते हो।

मंसा : *(आश्चर्य और अविश्वास के उसी भाव से)* अम्माजी ने... *(चेहरे पर विषाद पुत जाता है।)*

तोता : और मैं बेवकूफ़ उसकी बातों में आ गया और तुम्हें हॉस्टल भेजने का निश्चय कर लिया। *(मंसा की आँखें नम हो जाती हैं, वह फिर नज़रें झुका लेता है... उसकी गर्दन नकारात्मक भाव से धीरे-धीरे हिलती रहती है, मानो इस बात पर विश्वास करना बहुत कठिन हो रहा हो। तोताराम उसकी पीठ पर हाथ रखकर बहुत प्यार से)* देखो बेटा, तुम पहले की तरह खूब खेलो... सुबह-शाम घूमो... सेहत के लिए बहुत ज़रूरी है यह। तुम्हें जिसकी ज़रूरत हो मुझसे कहो, बुआजी से कहो। *(ठहर कर)* वो तुमसे नहीं बोलती तो तुम भी उससे दूर ही रहो ?... तुम्हारी माँ छोड़कर चली गई तो क्या हुआ, मैं तो हूँ। अब से मुझे ही अपना बाप भी समझो, माँ भी। *(तोताराम मंसा को खींचकर अपनी बाँह में भर लेते हैं। प्यार का यह स्पर्श पाकर मंसाराम फूट-फूटकर रोने लगता है और उनकी छाती में सिर छिपा लेता है। वे उसका माथा-पीठ सहलाकर दिलासा देते हैं... रो मत बेटे... रो मत... उनकी अपनी आँखें छलछला आती हैं और अन्त में उनके मुँह से निकलता है..*

'हे ईश्वर मुझे माफ़ करना।' *(चेहरा बेहद कातर और दयनीय)*

दृश्य-परिवर्तन

[शाम का समय। जिया-सिया बैठे स्कूल का होमवर्क कर रहे हैं। निर्मला भी वहीं कुछ काम कर रही है। काम करते-करते।]

निर्मला : सिया, सुलेख पूरा करके एक बार मुझे ज़रूर दिखाना।

जिया : सुलेख लिखने में भी दस गलतियाँ करेगा और खाएगा सजा।

सिया : देखो अम्मा जी, जिया भैया। मारने की मुद्रा में हाथ उठाता है।

निर्मला : *(डाँटते हुए)* तुम अपना करो न जिया, क्यों उसे चिढ़ा रहे हो? *(तोताराम बाहर जाने के लिए अपने कमरे से बाहर निकलते हैं—अचकन के बटन लगाते हुए, भीतर की ओर देखकर)*

तोता : अरे मेरा रूमाल किधर है, देना ज़रा।

[निर्मला रूमाल लेकर वहीं आती है। हाथ से तोताराम की जेब में रखती है, तोताराम हल्के से उसका गाल छूते हैं, बड़ी अदा के साथ मुस्कुराती है।]

निर्मला : जल्दी आना, खाने के लिए इन्तज़ार मत करवाना।

[मंसाराम अपने कमरे से इसे देख लेता है। तोता-निर्मला को इस बात का कतई अहसास नहीं कि मंसा ने देखा है। तोताराम निकल जाता है। निर्मला वापस आकर अपना काम करने लगती है। जिया की कॉपी का आख़िरी पेज भर जाता है तो उठकर मंसा के कमरे में जाता है।

[मंसाराम अपने कमरे में बैठा है। जिया आता है।]

जिया : भैया, तुम्हारे पास एक ख़ाली कॉपी हो तो दो, मेरी गणित की कॉपी भर गई।

मंसा : दूँगा, पर पहले एक बात सुन। देख, जहाँ तक हो सके तुम और सिया भी अब अम्माजी से दूर-दूर ही रहो। कोई ज़रूरत नहीं है उनके पास बैठकर पढ़ने की—उनसे बातें करने की या कि उनसे कुछ माँगने की...समझे।

जिया : क्यों?

मंसा : वरना तुम्हारी भी वही दुर्गति होगी जो मेरी हो रही है। घर से निकाल दिए जाओगे।

जिया : लेकिन क्यों, मैंने क्या किया है?

मंसा : करने को मैंने ही क्या किया था...पर उनको डर है न कि बड़े होकर ये लड़के उनके पति की सम्पत्ति के मालिक बन जाएँगे...जैसे पिताजी उनके पति ही हैं बस, हमारे तो कुछ हैं ही नहीं।...अरे रखें सारी सम्पत्ति...नहीं चाहिए हमें कुछ।

जिया : तुम क्या कह रहे हो...मेरी कुछ समझ नहीं आ रहा।

मंसा : मैं ही कहाँ समझ पाया था...कोई समझ भी कैसे सकता था...कैसा तो प्यार जताया जाता था...आवभगत होती थी...रोज़ सवेरे हलवा खिलाया जाता था। मैंने माँगी नहीं फिर भी सौ रुपए की घड़ी मँगवा कर दी।...पूरी तरह बस में करके ऐसा वार किया कि चारों खाने चित्त।...घुटा हुआ शिकारी ऐसे ही वार करता है।...अब देखना, मेरे बाद तुम दोनों के साथ भी एक-एक करके यही होने वाला है...

[जिया भौंचक भाव से मंसा को देखता रहता है...वह सारी बात समझ तो नहीं पा रहा, लेकिन एक अनजान-सा भय उसके चेहरे पर छा जाता है। मंसाराम वैसे जिया को सम्बोधित करके यह सब कह रहा है पर कहने का ढंग ऐसा है मानो अपने भीतर के ग़ुस्से को, दुख को, विश्वासघात किए जाने की तकलीफ़ को निकालकर हल्का होना चाहता है।]

: अरे, दोष ही लगाना था तो कुछ और कह देती... लेकिन नहीं, आवारा कहा। *(बहुत तकलीफ़ के साथ।)*

: जानता है, आज तक मेरे चरित्र पर कभी किसी ने उँगली नहीं उठाई...हैडमास्टर साहब सबके सामने तारीफ़ करते नहीं थकते...लेकिन इन्होंने मुझे आवारा कहा...। *(फोटो की ओर देखकर)*

: सुन रही हो अम्मा, तुम्हारा बेटा आवारा हो गया है अब से। मन तो करता है, मैं ख़ुद ही घर छोड़कर चला जाऊँ... रहें अपना राज-पाट लेकर। *(आँसू छलछला आते हैं।)*

जिया : भैया, क्या होता जा रहा है आजकल तुम्हें...मुझे बताओ न...मैं तुम्हारे साथ हूँ।

मंसा : *(कुछ देर चुप रहकर अपने को संयत करता है, फिर बहुत शान्त स्वर में)* कुछ नहीं जिया, तुझे पढ़ना है तो यहीं आ जा, मैं कॉपी निकाल देता हूँ और मैं ही पढ़ाया करूँगा तुझे अब से।

[जिया बाहर आता है तो देखता है कि निर्मला फूट-फूटकर रो रही है...कोई संवाद नहीं...चेहरा भी नहीं दिख रहा है, लेकिन दुख के आवेग से सारा बदन थरथरा रहा है। जिया भौंचक्का-सा उसे देखता है।]

दृश्य-परिवर्तन

[दो-तीन दिन बाद। रात का समय। तोताराम ताँगे में बैठे हुए जा रहे हैं। ताँगे वाले से।]

तोता : जरा जल्दी चलाओ भाई, वैसे ही बड़ी देर हो गई।

[ताँगा बगीचे के बीच बनी एक कोठी के सामने ठहरता है। पुराने समय की कोठी है। दूर कहीं पेड़ के नीचे खाना बन रहा है। कुछ लोग दिखाई देते हैं। तोता तेज़ क़दमों से कोठी के अन्दर जाते हैं। अन्दर पन्द्रह-बीस लोग हैं, कुछ लोग अन्दर शतरंज या ताश खेल रहे हैं, कुछ लोग एक तख्त पर बैठकर गप्प लगा रहे हैं, हँसी-मज़ाक़ चल रहा है। तोताराम को देखते हैं।]

पहला आदमी : कमाल है तोता...ये तुम्हारे आने का टाइम है! तुमने तो हद कर दी।

दूसरा आदमी : अमाँ यार, तुमने शादी क्या की, दोस्तों के लिए तो बिलकुल ही बेगाने हो गए।

पहला आदमी : इस उमर में कमसिन बीबी मिले तो दोस्तों को कौन पूछेगा?

तीसरा आदमी : *(तोता के पास आकर नाटकीय अदा में)* क्यों भैये, ये तुम्हारा सुहागरात का दौर अभी कित्ते दिन और चलने वाला है? उत्ते दिन के लिए हम भी तुम्हारा नाम काटकर दफ़ा करें। *(हाथ से नाम काटने का इशारा करता है।)*

तोता : *(घबरा कर)* ओ...हो...तुम सब लोग तो ऐसे टूट पड़े जैसे—पहले यह तो सुनो कि मैं कहाँ फँस गया था।

पहला : *(छेड़ते हुए)* बीबी की बाँहों में?

तोता : *(चिढ़कर)* बिशन, कुछ तो अपनी उमर का लिहाज करो।

तीसरा : लो भैये, अब ये हमें उमर का लिहाज करना सिखाएँगे। *(पीठ पर धौल जमाते हुए)* ख़ुद तो स्साले...

[तीसरा आदमी ये संवाद बोल ही रहा है कि नयनसुख आते हैं। भीतर की बातों से एकदम बेख़बर...घोषणा करते हुए।]

नयनसुख : साहबान...खाना तैयार है, अब जब भी हुकुम हो पत्तल लगवा दूँ। *(एकाएक तोता की तरफ़ नज़र जाती है।)* अरे तोता, शन्नो के यहाँ इतनी देर लग गई या कि...

तोता : *(खीज के साथ)* वहीं से आ रहा हूँ। झगड़ा सिर्फ़ ज़मीन का ही नहीं, उसमें तो काफ़ी पेंच जुड़े हुए हैं। मामला काफ़ी पेचीदा है, तुमसे भी सलाह लूँगा।

पहला : आज नयनसुख बेचारे बहुत दुखी हैं...इन्हें कचहरी में जौहर दिखाकर झंडे गाड़ने थे आज...वहाँ सारा पासा ही पलट गया।

तोता : अरे हाँ, तुम्हारे केस का क्या हुआ?

नयन : मरने से पहले वह औरत बाक़ायदा पति के नाम एक पत्र लिखकर अपने गहनों के डिब्बे में रख गई, जिसे किसी ने देखा ही नहीं। आज सवेरे ही मेरा मुवक्किल वह पत्र लेकर आया।

तोता : इतने दिनों बाद ?...कहीं कोई नक़ली पत्र तो नहीं तैयार किया गया।

नयन : मरहूम औरत का बाप और भाई ख़ुद अदालत में मौजूद थे और उन्होंने तसदीक की कि लिखाई हू-ब-हू लड़की की है।

तोता : लेकिन आत्महत्या क्यों की? लिखा क्या है उस चिट्ठी में?

नयन : *(जेब से चिट्ठी निकालकर)* लो तुम भी सुनो। *(पढ़ता है)*

प्राणनाथ,

जिस दिन से मुझे पता चला कि आपके मन में मेरे और लालाजी के सम्बन्धों को लेकर शक पनप रहा है, उसी दिन से मुझे अपना जीवन बेकार लगने लगा। मैंने बहुत कोशिश की कि जैसे भी हो आपका मन साफ़ कर दूँ, पर एक बार सन्देह का बीज पड़ जाए तो वह फैलता ही चलता है। मेरी वजह से आप रात-दिन दुखी रहें...सन्देह की आग में झुलसें, इससे क्या यह अच्छा नहीं कि मैं अपने को ही खत्म कर दूँ। मरता हुआ आदमी कभी झूठ नहीं बोलता। ईश्वर की सौगन्ध खाकर कहती हूँ कि मेरा रोम-रोम पाक और पवित्र है। आपके सिवाय इस अभागिन ने सपने में भी किसी को बुरी नज़र से नहीं देखा। आप ही मेरे पति थे, आप ही मेरे परमेश्वर।

आपके चरणों की अभागिन

दासी
पार्वती

[नयनसुख बड़े नाटकीय अन्दाज़ में यह पत्र पढ़ते हैं और समाप्त करके उसे मोड़कर वापस जेब में रखते हैं। पत्र की प्रतिक्रिया तोताराम के चेहरे पर दिखाई जाए...कुछ

समय के लिए कैमरा तोताराम के चेहरे पर टिका रहे। नयनसुख का उधर ध्यान बिलकुल नहीं है, वह अपनी ही रौ में]

(कोफ़्त के साथ) अपनी तो छुट्टी ही कर दी इस चिट्ठी ने वरना आज वो कमाल दिखाता कि बस। बाल भी बाँका नहीं होने देता अपने मुवक्किल...

पुरुष : कैसी बात करते हो...साफ़ बच गया बेचारा।

नयन : हाँऽऽ, अदालत से तो बच गया, अब तो स्साला गिल्ट में घुल-घुल कर मरेगा सारी ज़िन्दगी। *(सब लोग उठकर खाने के लिए बाहर निकलते हैं। दरवाज़े तक आते-आते सब बातचीत कर रहे हैं, लेकिन साउंड ट्रैक कट जाता है—सिर्फ़ ओंठ हिल रहे हैं तोताराम के चेहरे पर परेशानी...कानों में एक ही शब्द गूँज रहा है—'गिल्ट में घुल-घुल कर मरेगा स्साला।' सब लोग दरवाज़े के बाहर और दृश्य कटकर सड़क पर! तोताराम बग्घी में बैठे हैं...चेहरे पर वही परेशानी का भाव और कानों में वही वाक्य!*

छह

[निर्मला रसोई में बैठी है। रात दस बजे का समय। घर में एकदम सन्नाटा।]

निर्मला : मूंजी, जाकर कह न कि भूख कैसे नहीं है, स्कूल से आकर भी तो कुछ नहीं खाया...ज़्यादा नहीं तो दो-चार कौर ही खा लें।...यहाँ न आना चाहें तो वहाँ ले जा...पर भूखे तो न रहें।

मूंजी : बहूजी, मैं तो सब कहकर हार गई, बुआजी आज देवी जागरण में गई हैं और बाबूजी बगीची की दावत में। सो वे भी नहीं खाएँगे खाना।...दस तो बज गए, और कब तक बैठी रहोगी...अपना खा-पीकर चौका उठाओ।

निर्मला : अच्छा तूने यह कहा कि मैं भी बिना खाए बैठी हूँ...एक बार ये कहकर तो देख।

मूंजी : नहीं बहूजी, ये तो मैंने नहीं कहा। झूठ क्यों बोलूँ। पर अब कुछ भी कहने गई तो वे कमरे से उठाकर बाहर ही फेंक देंगे। कैसा तो फटकारते हैं हर बार।

निर्मला : मेरी अच्छी मूंजी...एक बार यह और कह आ...कुछ नहीं कहेंगे।

मूंजी : अब तुम मुझे डाँट ही पड़वाना चाहो तो क्या करूँ, चली जाती हूँ।

[निर्मला का सारा चेहरा प्रतीक्षा की साकार मूर्ति बन जाता है और रोम-रोम जैसे कान बनकर मंसा के कमरे की आहट लेने लगते हैं। मूंजी आती है।]

मूंजी : बहूजी, वह तो मेज़ पर सिर टिकाकर रो रहे हैं...झूठ क्यों कहूँ, मेरे से तो कुछ बोला ही नहीं गया।

निर्मला : रो रहे हैं? *(एकदम उठकर दो क़दम आगे बढ़ती है, फिर ठिठक जाती है। फिर हिम्मत करके जाती है...एक बार बाहर*

के कमरे के दरवाज़े पर खड़ी होकर देखती है...मंसा कोहनियाँ मेज़ पर टिकाए, दोनों हथेलियों से सिर थामे बैठा है... शायद रो ही रहा है। एकटक उसे देखती रहती है...उसकी अपनी आँखों में आँसू छलछला आते हैं। एकदम मंसा सिर उठाता है, दरवाज़े पर अँधेरा होने के कारण पहचान नहीं पाता।)

मंसा : कौन?

निर्मला : *(भर्राई आवाज़ में)* मैं हूँ...खाना खाने क्यों नहीं आए?

मंसा : कहा न, मुझे भूख नहीं है, बेकार तंग मत करिए।

निर्मला : थोड़ा-सा ही खा लो। *(मंसा उठकर दरवाज़े तक आता है।)*

मंसा : *(कटुता-भरे व्यंग्य से)* ज़्यादा भूख लगेगी तो आएगा कहाँ से?...आपके घाटा नहीं पड़ जाएगा। *(यह कहते ही वह दरवाज़ा बन्द करना चाहता है, निर्मला दरवाज़ा ठेलकर घुस जाती है।)*

निर्मला : *(आँसू भरी आँखों से...बहुत ही अनुनय के साथ)* मुझसे नाराज़ हो तो जितनी चाहे जली-कटी सुनाओ...चूँ तक नहीं करूँगी...पर खाने पर क्यों गुस्सा निकाल रहे हो? *(हाथ पकड़कर)* चलो दो ही कौर खा लो।

[हाथ पकड़ने के साथ ही मंसा भरपूर नज़रों से निर्मला की ओर देखता है तो देखता ही रह जाता है। स्नेह, वात्सल्य और विनय की मूर्ति...आँखों में आँसू, यह रूप सच है या वह?]

निर्मला : क्या मुझे भी रात-भर भूखों मारना चाहते हो?

मंसा : *(बहुत धीमी आवाज़ में)* आप जाकर खाना खाइए...आप क्यों भूखी बैठी हैं?

निर्मला : तुम्हें खिलाए बिना मैं खाकर सो सकती हूँ क्या? खाया है कभी आज तक?...बस, इतना ही जाना है तुमने मुझे... *(मंसाराम फिर एक बार निर्मला की ओर देखता है...आँसुओं से भीगा कातर चेहरा। वह जैसे भयंकर पसोपेश में...निर्मला का यह स्पर्श...ये आँखें, ये चेहरा...तभी बाहर से तोताराम के खाँसने की आवाज़ सुनाई देती है। निर्मला झटके से हाथ खींच लेती है...उसके चेहरे का रंग उड़ जाता है...झपटकर दरवाज़े के बाहर आती है, लेकिन तब तक मुंशीजी सामने आ पहुँचते*

हैं। रात के नीम अँधेरे में निर्मला को मंसा के कमरे के दरवाज़े पर देखकर चौंक उठते हैं...आवाज़ में हल्की-सी गरमी और गुस्सा।)

तोता : ये इतनी रात गए तुम यहाँ क्या कर रही हो?

निर्मला : *(कर्कश स्वर में)* करूँगी क्या, रो रही हूँ अपनी किस्मत को। सारी बुराइयों की जड़ तो मैं हूँ ही। कोई इधर रूठा बैठा है, कोई उधर मुँह फुलाए पड़ा है। किस-किस को मनाऊँ और कहाँ तक मनाऊँ।

तोता : *(डाँटते हुए)* बात क्या है, साफ़-साफ़ कहो न। *(मंसा के कमरे में झाँकते हैं, मानो अनुमान लगाना चाहते हैं कि भीतर क्या हो रहा होगा।)*

निर्मला : भोजन करने नहीं आते। बुआजी देवी-जागरण में गई हैं...महरी को भेज-भेजकर थक गई। तब ख़ुद दौड़ी आई। सारे घर-भर की लौंडी जो हूँ...सबकी मिन्नत-खुशामद तो करनी ही है। इन्होंने तो कह दिया कि भूख नहीं है...पर मेरे मुँह पर तो कालिख पुतनी ही है कि सौतेली माँ खाना नहीं देती...कहे देती हूँ, दस-दस बजे तक चौका लेकर बैठे रहने का मेरा बूता नहीं है।

[गुस्से से भन्नाती हुई निर्मला भीतर चली जाती है। निर्मला के इस परिवर्तन पर मंसाराम स्तम्भित-सा खड़ा रहता है...तरह-तरह की शंकाओं से त्रस्त तोताराम चुभती नज़रों से पहले मंसा की तरफ़ देखते हैं, फिर निर्मला की तरफ़]

दृश्य-परिवर्तन

[दूसरा दिन। सवेरे का समय। तोताराम अपने घरेलू दफ्तर में आज के मुक़दमे की तैयारी कर रहे हैं, पर उनका मन उखड़ा हुआ है। रात की घटना जैसे उन्हें परेशान कर रही है। एक तरफ़ मुंशी फाइलें ठीक कर रहा है। मंसा आता है।]

मंसा : पिताजी, मैं बोर्डिंग हाउस जा रहा हूँ।

तोता : *(चौंक कर)* बोर्डिंग हाउस...लेकिन वहाँ जगह कहाँ है जो जा रहे हो?

मंसा : हैडमास्टर साहब से प्रार्थना करके मैंने जैसे-तैसे एक कमरे का इन्तज़ाम कर लिया है।

तोता : *(आश्चर्य से)* लेकिन कब? कल तक तो ऐसी कोई बात नहीं थी...*(एकाएक...वाक्य अधूरा छोड़ देते हैं और मंसा के चेहरे पर नज़रें गड़ा देते हैं, मानो जानना चाहते हैं कि एकाएक इस निर्णय के पीछे क्या है)* और फिर तुम्हें कमरा दे कैसे दिया?...मैंने तो इतनी खुशामद मिन्नत की लेकिन...

मंसा : कमरा तो नहीं था, पर उन्होंने मेहरबानी करके अपने एक पुराने ऑफ़िस का कमरा मेरे लिए ख़ाली करवा दिया।

तोता : *(बेहद असमंजस की स्थिति में लेकिन फिर अपने को सहज बनाते हुए)* अच्छा!...तुमने तो कमाल ही कर दिया। यह तो बहुत अच्छा हुआ। अब बोर्डिंग हाउस में रहकर पढ़ोगे तो देखना प्रान्त-भर में अव्वल आओगे...वहाँ रहने की बात ही दूसरी होती है। बराबरी के लड़कों के साथ, पढ़ाई का माहौल...

मंसा : जी ताँगा आ गया है।

तोता : *(आश्चर्य और परेशानी का भाव)* ताँगा आ गया...तो क्या तुम अभी जा रहे हो? *(बेहद असमंजस में पड़ जाते हैं...मानो समझ नहीं पा रहे हों कि एकाएक इस तरह जाने के पीछे के कारण क्या हैं, कहीं मंसा को उनके मन की बात पता तो नहीं लग गई। साथ ही कहीं मन में हल्की-सी राहत का भाव भी है। तोताराम को मन के इस द्वंद्व को चेहरे के भाव और बोलने के ढंग से व्यक्त करना है। वाक्य तोड़-तोड़कर बोलते हैं)* लेकिन...लेकिन ऐसी जल्दी भी क्या थी...*(उठकर बाहर आते हैं। ताँगे में सामान जम चुका है)* यह क्या! सामान भी जम चुका...अरे...पर...दो-चार दिन रुककर चले जाते। इस बीच मैं तुम्हारे लिए एक रसोइये का इन्तजाम कर देता हूँ। तुम्हारी गिरती हुई सेहत को देखते हुए खाने-पीने की पूरी एहतियात बरतनी होगी। *(स्वर में स्नेह और वात्सल्य)*

मंसा : आप चिन्ता न करें, वहाँ का रसोइया बहुत अच्छा भोजन पकाता है।

तोता : देशी घी और मेवे वगैरह तो ले लिये न...और देखो सेहत का पूरा ध्यान रखना...ऐसा न हो कि पढ़ने के पीछे अपनी सेहत ही बिगाड़ लो।

मंसा : वहाँ नौ बजे के बाद कोई पढ़ ही नहीं पाता...नियम के अनुसार खेलना भी पड़ता है।

तोता : *(ताँगे पर रखे सामान को देखते हुए)* अरे यह क्या...बिस्तर नहीं लिया...सोओगे किस पर?

मंसा : कम्बल ले लिया है, बिस्तर की ज़रूरत नहीं।

[नीचे ताँगे के पास बाज़ार से लौटी हुई मूंजी दिखाई देती है। फिर वह जल्दी-जल्दी चढ़ती हुई ऊपर आती है। भीतर जाकर...]

मूंजी : बहूजी...बुआजी, मंसा बाबू तो अपना काग़ज़-पत्तर सब इक्के पर लादकर जा रहे हैं?

[नहा-धोकर निर्मला तुलसी को जल चढ़ा रही थी... मूंजी की बात सुनकर उसका हाथ जहाँ का तहाँ थम जाता है।]

निर्मला : इक्के पर लाद कर...कहाँ जा रहे हैं? *(कमरे से रुक्मिनी निकलकर आ जाती है।)*

मूंजी : स्कूल रहने जा रहे हैं। सवेरे पाँच बजे उठकर गए थे, मैंने पूछा तो कुछ बताया नहीं...ज़रूर कमरे की बात करने ही गए होंगे।

रुक्मिनी : वहाँ रहने का किस्सा तो ख़त्म हो गया था, फिर क्या हो गया जो घर से भागा जाता है?

निर्मला : आप उन्हें रोकिए न जीजी...जैसे भी हो रोकिए। *(हाथ जोड़कर अनुनय करते हुए)* उन्हें घर से मत जाने दीजिए। *(भीतर से जिया-सिया भी निकलकर तेज़ी से बाहर जाते हैं...मंसा और तोता नीचे ताँगे के पास खड़े हैं।)*

जिया : *(मंसा का हाथ पकड़कर)* भैया हम भी साथ चलेंगे...तुम्हारे बिना हम यहाँ नहीं रहेंगे।

सिया : हम भी नहीं रहेंगे।

मंसा : पागल हो गए हो क्या? और मैं कोई परदेस जा रहा हूँ? ...स्कूल में तो रोज़ ही मिलेंगे *(आगे बढ़कर तोता के पैर छूता है। तोताराम उसके सिर पर हाथ फेरते हैं...आँखें नम हो जाती हैं।)*

तोता : बुआजी से रुपए तो ले लिये न...और किसी चीज़ की ज़रूरत हो तो बता दो...*(मंसा ताँगे में बैठ जाता हैं)* और देखो, हर छुट्टी में घर आ जाया करना। *(ताँगा चल पड़ता है।)*

[भीतर से रुक्मिनी आती है। ये तीनों ऊपर आ चुके हैं...बल्कि आख़िरी सीढ़ी चढ़ रहे हैं।]

रुक्मिनी : क्या चला गया मंसा ?...भीतर मिलने तक नहीं आया... *(तीखी नज़रों से तोताराम को देखती है...तोताराम कुछ सिटपिटाए से)*

तोता : अरे, तुम लोगों से मिला तक नहीं...मैंने तो सोचा मिलकर बोल-बता कर गया है...अजीब पागलपन है।

रुक्मिनी : *(तीखी नज़रों से देखती हुई)* पता नहीं, किसका पागलपन है।

[रुक्मिनी आँसू पोंछती हुई भीतर जाती है...तोता अन्दर की ओर झाँकते हैं। निर्मला ने तुलसी के चबूतरे पर ही सिर टिका रखा है। उनकी नज़र वहीं टिक जाती है, चेहरे पर तनाव...ललाट पर सल पड़ जाते हैं...पर तय नहीं कर पाते कि सिर पूजा में टिका हुआ है या निर्मला रो रही है। दृश्य यहीं डिज़ोल्व हो जाता है।]

[इसके बाद बिना किसी संवाद के मंसाराम के जाने की प्रतिक्रिया हर पात्र पर दिखाई जाए और अन्त में कैमरा मंसाराम के ख़ाली कमरे को फोकस करे...ख़ाली अलमारी, ख़ाली मेज़, ख़ाली पलंग।

दृश्य-परिवर्तन

[चार दिन बाद। निर्मला रसोई में बैठी मूँग की दाल के लड्डू बना रही है, पर उसका ध्यान दरवाज़े की ओर है...मानो किसी की प्रतीक्षा कर रही हो। जिया-सिया स्कूल से लौटते हैं, निर्मला जल्दी से उठकर हाथ धोती है, उनके बस्ते लेकर उन्हें कमरे में ले जाती है।]

निर्मला : जिया, भैया से मिले थे...क्या हाल है उनका ?

जिया : ठीक हैं।

निर्मला : तुमने कहा नहीं कि चार दिन हो गए, एक बार भी घर क्यों नहीं आए ?

जिया : *(लापरवाही से)* कहा था लेकिन टाइम ही नहीं है उनके पास।

सिया : खाने को क्या दे रही हो अम्माजी...बहुत भूख लगी है।

[निर्मला जल्दी से दो प्लेटों में खाना रखकर देती है]

निर्मला : ऐसा आख़िर क्या करते रहते हैं कि ज़रा-सी देर के लिए घर आने को भी टाइम नहीं। *(जिया कुछ नहीं बोलता, खाता रहता है)* देखो जिया, कल तुम जाकर कहना कि अम्माजी ने बुलाया है...चाहे ज़रा-सी देर के लिए ही आएँ पर आएँ ज़रूर...*(फिर अपने-आप से)* जाते समय भी मिलने तक भीतर नहीं आए। *(स्वर भर्रा-सा जाता है)*

जिया : परसों इतवार है न! हो सकता है परसों आएँ।

निर्मला : हो सकता है नहीं, तुम मेरी सौगन्ध देकर कहना कि बस आना ही है।...और देखो, अगर नहीं आए तो मैं छुट्टी के दिन तुम्हें दौड़ा दूँगी स्कूल, पकड़कर लाने के लिए।

जिया : नहीं भैया, मुझे उनसे आजकल बहुत डर लगने लगा है...जब देखो, डाँट देते हैं ज़रा-ज़रा-सी बात पर।

सिया : मैं नहीं डरता...मैं ले आऊँगा पकड़ कर...*(ज़रा झेंपते हुए)* पर पहले मुझे एक बरफी और दो।

निर्मला : *(स्नेह से उसकी ओर देखकर मुस्कुरा देती है...बरफी देती है)* हाँ, सिया तुम ज़रूर लाना पकड़कर। *(फिर लड्डू बनाने बैठ जाती है)*

[निर्मला मूँग के लड्डू बना रही है]

रुक्मिनी : ये मूँग के लड्डू किसलिए बन रहे हैं आज।

निर्मला : परसों इतवार है, सब लोग घर रहेंगे तो खाने में आ जाएँगे...इनके मिलने वाले भी कोई न कोई आ ही जाते हैं...

रुक्मिनी : *(गहरा निःश्वास छोड़कर)* मंसा को बहुत पसन्द थे। उसके जाने के बाद उसकी पसन्द की चीज़ों का नाम सुनकर भी मेरा तो कलेजा मुँह को आने लगता है।...पता नहीं वहाँ क्या खाता होगा...कैसे रहता होगा?...यहाँ तो मैं चिरौरी कर-करके खिलाती थी, तब कहीं दो कौर गले के नीचे उतरता था...वहाँ किसे चिन्ता होगी कि बच्चे ने खाया या नहीं।

[निर्मला कुछ नहीं बोलती...लेकिन चेहरे पर तकलीफ़ उभर आती है।]

दृश्य-परिवर्तन

[वही दिन-रात का समय। घर का काम-धन्धा समाप्त करके निर्मला अपने कमरे में आती है।]

तोता : लगता है जैसे सारी गृहस्थी का बोझ तुमने अपने ही ऊपर ले लिया हैं *(आशिकाना अन्दाज़ से)* हमारे लिए तो अब समय ही नहीं रहता तुम्हारे पास।

निर्मला : *(इठलाकर)* गृहस्थी भी तो तुम्हारी ही करती हूँ...वह समय भी तुम्हारे ही नाम।

तोता : अच्छा कर क्या रही थीं इतनी देर तक?

निर्मला : करती क्या...*(बहुत लाड़ से)* तुम्हारे लिए मूँग के लड्डू बना रही थी...तुम्हें पसन्द हैं न?

तोता : हमें तो मूँग के लड्डू से भी ज़्यादा मीठे लगते हैं *(निर्मला के चेहरे पर झुकने लगता है...लेकिन वह झटककर परे कर देती है)*

निर्मला : चलो हटो, तुम्हें तो सारे दिन बस यह लड़कपन ही सूझता रहता है *(सरक कर दूर बैठ जाती है।)*

तोता : अच्छा दीदी किस बात पर भुनभुना रही थीं?

निर्मला : मैं कुछ भी करूँ, उन्हें तो चार बात सुनानी ही हैं। अब तुम्हारे लिए लड्डू बनाए तो उसी पर नाराज़।

तोता : क्यों इसमें क्या हुआ?

निर्मला : अब मुझसे तो यह नहीं होता कि एक लड़का चला गया तो घर के बाक़ी लोगों को अच्छी चीज़ों के लिए तरसा दूँ...उनके गले के नीचे नहीं उतरता कुछ तो न खाएँ...मैं तो खाऊँगी भी और खिलाऊँगी भी।

तोता : इस समय छोड़ो न ये सारे पचड़े *(फिर निर्मला को अपने पास खींच लेते हैं।)* डिज़ोल्व।

दृश्य-परिवर्तन

[इतवार का दिन। प्रतीक्षारत निर्मला। उसके हाव-भाव और हर काम से लग रहा है जैसे वह मंसा की प्रतीक्षा कर रही है। अकेले में जिया से पूछती है।]

निर्मला : मंसा भैया ने पक्की तरह कहा था न कि आएँगे!

जिया : पक्की तरह, कच्ची तरह क्या होता है, बस कहा था आ जाएँगे।

निर्मला : सवेरे आने को कहा था?

जिया : अम्माजी, आप भी बस...अब कोई आने का टाइम तो मुझे बताया नहीं था कि कितने बजकर कितने मिनट पर आएँगे...आ जाएँगे जब उनका मन होगा।

[जिया के इस लापरवाह रवैये पर निर्मला थोड़ा खीज जाती है पर करे क्या? फिर अपने रोज़मर्रा के कामों में लगती है, पर ध्यान बराबर बाहर के दरवाज़े पर ही रहता है। ज़रा-सी आहट होने पर ही बाहर झाँकती है, पर किसी और को देखकर हताश हो जाती है। दोपहर के खाने पर तोताराम, जिया, सिया बैठे हैं।]

तोता : लड्डू तो बहुत अच्छे बने हैं। जीजी, आख़िर ठोक-पीटकर तुमने अपनी इस बहू को होशियार बना ही दिया।

[मुग्ध भाव से निर्मला की तरफ़ देखते हैं।]

सिया : मैं एक लड्डू और लूँगा।

तोता : सो तो हम भी लेंगे।

रुक्मिनी : तुम्हारी बहू ने लड्डू बनाए और तुम गटागट खा रहे हो सो तो ठीक, लेकिन मैं पूछती हूँ...मंसा का हाल पूछने भी गए या एक बार भेजकर उसे बिलकुल भूल ही गए।

तोता : *(इस समय इस प्रसंग से चिढ़कर)* तुम भी कैसी बात करती हो जीजी...वह कोई दूध पीता बच्चा है जो हाल पूछने जाऊँ...और हाँ, आज तो इतवार है...छुट्टी के दिन तो उसे ख़ुद घर आना चाहिए...

रुक्मिनी : आया तो नहीं।

तोता : जाने के बाद यह पहली ही छुट्टी तो पड़ी है...हो सकता है, अपना कमरा-वमरा जमा रहा हो...अगले इतवार को आ जाएगा...या बीच में कभी आ जाएगा...अरे शहर के शहर ही में तो है...कोई परदेस में तो है नहीं।

रुक्मिनी : मेरी बात गाँठ बाँध लो...वो नहीं आएगा अब इस घर में।

तोता : क्यों, ऐसी क्या बात हो गई?

जिया : नहीं बुआजी आने को तो कहा था आज। हाँ, पहले ज़रूर मना करते रहे थे, लेकिन मैंने जब कहा कि अम्माजी ने अपनी सौ-

सौ क़समें देकर बुलाया है, ज़रूर-ज़रूर आने को कहा है, तब जाकर कहीं आने को तैयार हुए।

[जिया अम्माजी के बुलाने की बात को खूब ज़ोर देकर... कहे]

[इस वाक्य के साथ ही तोताराम की नज़र निर्मला के चेहरे पर गड़ जाती है और बहुत सँभालने के बावजूद निर्मला का रोटी बेलता हाथ हल्के से काँप जाता है। नज़रें उसकी नीचे ही झुकी रहती हैं। तोताराम थाली में ही हाथ धोकर उठते हैं, रसोई से बाहर निकल जाते हैं।]

दृश्य-परिवर्तन

[वही दिन, शाम का समय। मूंजी मंसाराम के पास से लड्डू का डिब्बा वापस लाकर निर्मला के हाथ में थमा देती है। निर्मला डिब्बा खोलकर।]

निर्मला : यह क्या, नहीं रखे लड्डू!...कम से कम तू एक लड्डू खिला ही देती।

मूंजी : अरे बहूजी, वो तो देखते ही मुझे फटकारने लगे।...बोले ख़बरदार जो आगे से कभी कुछ लाई। मुझे नहीं चाहिए किसी की कोई सौगात-वौगात।...और बोल देना अपनी बहूजी से कि लड़कों के साथ मेरे पास सन्देश न भिजवाया करे। जब देखो, आकार खोपड़ी पर सवार हो जाते हैं। *(निर्मला के मुँह से एक ठंडी साँस निकल जाती है और आँखों में नमी छा जाती है।)*

निर्मला : तूने पूछा नहीं कि आज आए क्यों नहीं?...कम से कम बुआजी के लिए ही आ जाते। तूने बताया नहीं कि कितना तरसती रहती हैं, वे उन्हें देखने के लिए।

मूंजी : सो तो मैंने पूछा भी नहीं, बताया भी नहीं बहूजी...झूठ क्यों बोलूँ?

निर्मला : अच्छा मूंजी, यहाँ से जाकर कुछ हरे हुए?

मूंजी : ख़ाक हरे हुए...और सूख गए...मुँह तो चिड़िया जैसा निकल आया है।

निर्मला : तबीयत तो ठीक है...वैद्यजी वाली दवाई तो बराबर लेते हैं न?

मूंजी : सो तो मैंने पूछा नहीं बहूजी, झूठ क्यों बोलूँ?...हाँ, वहाँ का कहार देवर लगता है मेरा। वह कह रहा था कि तुम्हारे बाबूजी की तो खुराक ही नहीं है कुछ। बस, दो फुल्के खाकर उठ जाते हैं...अच्छा चलूँ बहूजी...सारा काम पड़ा है, नहीं तो बुआजी चिल्ला-चिल्लाकर ढेर कर देंगी। *(अन्दर चली जाती है। निर्मला जैसी की तैसी बैठी रह जाती है, जैसे किसी ने उसके प्राण ही हर लिये हों...आँखों से आँसू ढुलक पड़ते हैं। उसके मुँह से केवल निकलता है...'इतनी नफ़रत मुझसे!')*

सात

[मंसाराम अपने एक दोस्त के साथ स्कूल से कमरे की तरफ़ आ रहा है।]

मंसा : यार, कोई ऐसा उपाय हो सकता है कि मुझे छात्रवृत्ति मिल जाए।

दोस्त : क्यों, तुम्हें क्या करना है छात्रवृत्ति का।

मंसा : बस, मैं चाहता हूँ कि किसी से कुछ न लूँ।...अपने पैरों पर खड़े होने का भी अपना ही एक मज़ा है।

दोस्त : पढ़ाई तो पूरी कर लो, फिर अपने पैरों पर खड़े होना।

मंसा : मैं तो चाहता हूँ कि पढ़ाई भी बस अपने ही बूते पर करूँ।

दोस्त : लेकिन छात्रवृत्ति या तो ग़रीब विद्यार्थियों को मिलती है या फिर जो फ़र्स्ट आते हैं, उनको।

मंसा : *(एक क्षण कुछ सोच में पड़ जाता है)* इस बार तो मुझे फ़र्स्ट आना ही है...बस, दिन-रात पढ़ाई में झोंक दूँगा अपने को।

दोस्त : रात-दिन झोंके बिना भी तुम्हारे लिए तो कोई मुश्किल बात नहीं है फ़र्स्ट आना...बल्कि हेडमास्टर साहब तो उम्मीद लगाए बैठे हैं कि तुम पूरे प्रान्त में फ़र्स्ट आओगे।

मंसा : जानता हूँ यार...यह कमरा भी तो उन्होंने मुझे इसी उम्मीद पर दिया है...कोशिश करने में तो मैं कोई क़सर नहीं रखूँगा—फिर देखो।...लेकिन यार यह तो इम्तहानों के बाद की बात है...तब तक के लिए मुझे कोई ट्यूशन दिलवा सकते हो?

दोस्त : ऐसी भी क्या मुसीबत आ गई है...तुम तो अच्छे-खासे अमीर बाप के बेटे हो।

मंसा : मुसीबत क्या आएगी, कुछ नहीं...बस, चाहता हूँ कि अपना ख़र्च ख़ुद ही चलाऊँ।

[कमरा आ जाता है...बिदा लेने के लिए दोस्त मंसा से हाथ मिलाता है। चौंककर...]

दोस्त : अरे बुख़ार है क्या तुम्हें...तुम्हारा हाथ इतना गरम कैसे है?

मंसा : *(हाथ खींचते हुए)* नहीं-नहीं, कोई बुख़ार-वुख़ार नहीं...यों ही शाम को ज़रा हो जाता है गरम बदन।...असल में मैं खेलता खूब हूँ न...इसलिए ख़ून में गर्मी आ जाती है।

दोस्त : नहीं यार, बुख़ार है तुम्हें और बुख़ार भी काफ़ी तेज़ लग रहा है। थर्मामीटर है तुम्हारे पास...।

मंसा : पागल हो क्या...यहाँ कहाँ से आया थर्मामीटर...और मुझे कुछ है भी नहीं।

दोस्त : बुख़ार में जल रहे हो और कह रहे हो कि मुझे कुछ नहीं हुआ! मरना चाहते हो क्या? *(मंसा चुप। दोस्त ग़ौर से मंसा के चेहरे को देखता है, फिर बहुत ही अपनत्व से)* क्या बात है मंसा। लगता है, कोई बात है, जिसे तुम भीतर ही भीतर छिपा रहे हो। जब से हॉस्टल आए हो, शरीर आधा भी नहीं रह गया है तुम्हारा।

मंसा : *(आँखें नम हो जाती हैं, फिर भी अपने को भरसक संयत करके)* नहीं-नहीं बात क्या होगी...कोई बात नहीं है...मैं तो बिलकुल ठीक हूँ।

दोस्त : *(एकाएक जैसे कुछ याद आया हो)* आज तो डॉ. सिन्हा आए होंगे बोर्डिंग-हाउस के बच्चों को देखने के लिए। ठहर मैं उन्हें लेकर आता हूँ। *(जल्दी से बाहर निकलता है मंसा चिल्लाता ही रहता है—*'नहीं-नहीं, डॉक्टर साहब को लेकर मत आना...सुन तो...*दोस्त तो निकल जाता है, लेकिन इतना चिल्लाने से ही मंसा जैसे लस्त हो जाता है। दोनों हाथ पीछे टिकाकर आँखें मूँद लेता है। कन्धे पर बस्ता लटकाए जिया स्कूल से आता है।)*

जिया : भैया! *(मंसा आँखें खोलकर एक क्षण सूनी-सी नज़रों से उसे देखता है, फिर जैसे पहचाना हो)*

मंसा : घर जा रहे हो? क्या हाल है तुम्हारे घर के...नई अम्माजी तो आजकल खूब प्रसन्न होंगी कि चलो, एक बला तो टली!

जिया : पता नहीं, मेरी तो कुछ समझ ही नहीं आता। उनके मन का हाल तो मैं नहीं जानता। पर जब से तुम गए हो, न तो वे ठीक से खाती-पीती हैं, न हँसती-बोलती हैं...जब देखो रोती ही रहती हैं...हाँ, बाबूजी के आने पर ज़रूर हँसने लगती हैं...उस

समय तो कोई पहचान ही नहीं सकता कि यह थोड़ी देर पहले वाली अम्माजी हैं *(इस बात पर मंसाराम भी कुछ सोचने लगता है)* अच्छा भैया, तुमको क्या सचमुच नई अम्मा ने ही निकलवाया?

मंसा : और क्या, बाबूजी के सामने मुझे आवारा, बिगड़ा हुआ जाने क्या-क्या तो कहा जिससे बाबूजी मुझे निकाल दें...मैं ख़ुद ही निकल आया।

जिया : जानते हो भैया, परसों जब तुमसे मिलकर गया तो मुझे भी इतना ग़ुस्सा आ रहा था कि घर जाकर मैं भी अपनी कॉपी-किताबें बाँधने लगा। जाने कैसे उन्हें पता लग गया...झपटकर मेरी किताबें छीन लीं और रोकर बोलीं—'अगर मेरे कारण तुम लोग घर छोड़-छोड़कर जा रहे हो तो मैं ही कहीं चली जाती हूँ।' मैं तो झल्लाया हुआ था ही, उलटकर जवाब दिया—'आप क्यों जाएँगी...आपका तो घर है, हमीं ग़ैर हैं...हमें ही निकालकर आराम से रहिए अकेले।'

मंसा : खूब अच्छा किया।...इस पर तो खूब झल्लाई होंगी कि उनकी असलियत पकड़ में आ गई। बाबूजी से उल्टी-सीधी शिकायत करके डाँट नहीं पड़वाई तुझे?

जिया : नहीं, बल्कि फूट-फूटकर ऐसे रोने लगीं कि मुझे भी रोना आ गया। बार-बार यही कहती रहीं कि ईश्वर को साक्षी देकर कहती हूँ जिया जो तुम्हारे भैया के ख़िलाफ़ कभी एक शब्द भी मैंने बाबूजी से कहा हो...परसों का उनका रोना...

मंसा : अरे ये बड़ी गहरी चालें हैं, तुम नहीं समझोगे।

जिया : पता नहीं, लेकिन भैया, उन्हें देखकर, उनकी बातें सुनकर मुझे तो विश्वास ही नहीं होता कि उन्होंने तुम्हें यहाँ भिजवाया होगा...सिया को भी कितने प्यार से रखती हैं...सारे दिन छाती से चिपकाए-चिपकाए घूमती हैं।

मंसा : शायद मुझे भी नहीं होता, लेकिन उस दिन रात में जो देखा *(एकाएक जैसे वह दृश्य उसकी आँखों के आगे तैर आता है और वह उसी में खोया हुआ बोलता है)* खाने के लिए बुलाने आईं तो जैसे प्रेम और ममता की मूर्ति...मैं जाने के लिए तैयार भी हो गया, लेकिन बाबूजी को देखते ही वो तेवर बदला कि बस...मैं क्या कभी भूल सकता हूँ...बहुत स्वाँग करना आता है उन्हें।

जिया : हाँ, मुझसे भी कह रही थीं कि बाबूजी को खुश रखने के लिए जाने कैसे-कैसे स्वाँग रचने पड़ते हैं मुझे...अब कम से कम तुम लोग तो मत तड़पाओ।

मंसा : खुश रखने के लिए स्वाँग रचने पड़ते हैं...क्यों? *(जैसे दिमाग़ में कोई चीज़ कौंधती है)*

जिया : मुझे क्या मालूम।...वे रोती जाती हैं और जाने क्या-क्या तो कहती रहती हैं...बहुत सारी बातें तो न मेरी समझ में आती हैं...न मुझे याद ही रहती हैं।

मंसा : क्या-क्या कहती हैं...याद करके बता तो ज़रा। *(जानने की उत्सुकता जागती है। दोनों हाथ पकड़कर)* बता, क्या-क्या कहती हैं।

जिया : *(कुछ याद करते हुए)* हाँ, एक दिन कुछ कह रही थीं कि मेरे भाग्य में तो कलंक ही लिखा हुआ है...सो मुझे तो भोगना ही है...पर प्राण रहते उनको कलंक नहीं लगने दूँगी... फिर कुछ धर्म-अधर्म की बात...कुछ बाबूजी की बात... लेकिन तुम घर चलो न...आज तो पकड़कर तुम्हें घर ले ही जाना है...ख़ुद ही बैठकर उनसे जो पूछना हो पूछ लेना... समझ लेना।

[इसके बाद जिया अपने साथ ले जाने की चिरौरी में कुछ न कुछ बोलता रहता है लेकिन साउंड ट्रैक कट जाता है। मंसा एकदम पत्थर की मूर्ति हो गया है...उसके कानों में सिर्फ़ एक ही शब्द सुनाई देता रहता है...कलंक...कलंक...प्राण रहते उनको कलंक नहीं लगने दूँगी। और फिर उसका सारा बदन थरथराने लगता है।]

[यह अति नाटकीय लग सकता है...तब यहीं समाप्त कर दिया जाए कि जिया की बात सुनकर उसका सारा बदन थरथराने लगता है। या इसके बाद ये संवाद भी जोड़े जा सकते हैं]

जिया : अरे, तुम ऐसे काँप क्यों रहे हो...सर्दी लग रही है क्या *(पकड़ता है)* यह क्या, तुम्हें तो बुख़ार है—तेज़।

मंसा : *(पागलों की तरह)* नहीं-नहीं, मुझे कुछ नहीं है...मुझे कुछ होता क्यों नहीं...मैं मर क्यों नहीं जाता।

जिया : भैया...क्या हो रहा है तुम्हें *(एकदम रुआँसा-सा हो जाता है)* मैं ताँगा लेकर आता हूँ...तुम घर चलो...वैसे भी आज मुझे तुम्हें पकड़कर ले ही जाना था।

मंसा : कोई घर-वर नहीं, मुझे कुछ नहीं हुआ। तू चला जा यहाँ से...और देख जिया, ख़बरदार जो तूने किसी से कुछ भी कहा।

जिया : तुम घर चलो न भैया। तुम नहीं जाते हो और वे सोचती हैं मैं तुमसे कहता ही नहीं।

मंसा : *(डपट कर)* कहा न, जा यहाँ से...एकदम चला जा और अब से तू भी कभी मत आना मेरे पास। जा...चला जा। *(जिया सहमा हुआ-सा अपना बस्ता उठाकर चलने लगता है)* और देख, मेरे बारे में किसी से कुछ भी कहा तो फिर देखना। *(जिया के निकलते ही मंसा बिस्तर पर लेटकर छटपटाते हुए बिलख-बिलखकर रोने लगता है।)*

[दोस्त डॉक्टर और अध्यक्ष [वार्डन) को लेकर आता है। मंसा बिलख-बिलख कर रो रहा है।]

अध्यक्ष : *(जल्दी से पलंग के पास आकर)* अरे रो रहे हो तुम...मंसा, देखो डॉक्टर साहब आ गए हैं, दवाई देकर अभी ठीक कर देंगे।

डॉक्टर : क्या बात है मंसा, बहुत तकलीफ़ है...सिर दर्द कर रहा है? *(नब्ज़ देखने के लिए हाथ उठाते हैं। जिस मंसा ने आज तक अपनी तकलीफ़ किसी से नहीं की, वही मंसा अपना हाथ खींच लेता है और पागलों की तरह चीखता है।)*

मंसा : कुछ नहीं हुआ है मुझे...धिक्कार है...धिक्कार है मेरे जीवन को...सब चले जाओ यहाँ से...मरने दो...मरने दो मुझे...मरने दो...मरने दो *(बाद के 'मरने दो' बहुत धीमी आवाज़ में निकलते हैं...आवाज़ जैसे रुँध जाती है और वह बेहोश-सा हो जाता है।)*

अध्यक्ष : *(घबराई-सी आवाज़ में)* यह कब से ऐसी हालत है इसकी...मुझे किसी ने ख़बर भी नहीं दी। *(डॉक्टर मुँह में थर्मामीटर लगाकर नब्ज़ पकड़ लेता है।)*

दोस्त : *(सफाई देता-सा)* अभी कुछ देर पहले तो ऐसी हालत नहीं थी बस, तेज़ बुख़ार था, सो मैं तुरन्त ही आपको और

डॉक्टर साहब को कहने चला आया। पीछे पता नहीं क्या हो गया।

डॉक्टर : *(थर्मामीटर देखकर)* तेज़ बुख़ार के कारण डिलीरियम में चला गया है। मैं दवाई देता हूँ, बुख़ार तो इससे उतर जाएगा, लेकिन घरवालों को ख़बर कर दीजिए कि तुरन्त आकर ले जाएँ। इसे पूरी देखभाल की ज़रूरत है। *(दोस्त से)* तुम मेरे साथ चलकर दवाई ले आओ।

[दोनों निकलते हैं]

दृश्य-परिवर्तन

[दूसरा दिन। सवेरे 8 बजे का समय। तोताराम जल्दी-जल्दी तैयार हो रहे हैं। निर्मला आती है।]

निर्मला : यह क्या, आज इतनी जल्दी कचहरी जा रहे हैं?

तोता : नहीं। *(एक क्षण निर्मला की तरफ़ देखते हैं कि उसे बताएँ या नहीं, फिर बहुत ही कैजुअल से ढंग से)* अभी-अभी हैडमास्टर साहब की चिट्ठी आई है कि मंसा को बुख़ार हो गया है, सो आकर उसे घर ले जाओ। *(फिर निर्मला के चेहरे की ओर देखते हैं, उसके चेहरे पर कोई प्रतिक्रिया नहीं...इस बात से थोड़ा आश्वस्त होकर)* वैसे तो मैं जिया से बराबर ही उसका हाल-चाल पूछता रहता था...परसों तक तो ठीक था...कल-कल में ऐसा क्या हो सकता है? *(ये सारे संवाद बोलने के दौरान तोताराम तैयार होते रहेंगे और निर्मला भी कमरे में कोई काम करती रहेगी बहुत ही लापरवाही के अन्दाज़ में)* अरे प्रान्त में अव्वल आने के लिए वह जमकर पढ़ाई कर रहा है...रात में ज़्यादा जाग लिया होगा तो हरारत हो गई होगी। अगर ऐसी-वैसी कोई बात होती तो जिया नहीं बताता आकर। *(बाहर की ओर मुँह करके)* अरे जिया...इधर आना।...स्कूल वाले तो ज़रा से में घबरा जाते हैं। *(जिया आता है।)*

जिया : जी बाबूजी।

तोता : कल भैया से मिले थे?

जिया : *(एक बार सहमी-सी नज़रों से निर्मला को देखता है, फिर हिचकिचाते हुए)* जी कल तो बोर्डिंग-हाउस की तरफ़ नहीं गया।

तोता : स्कूल में भी नहीं देखा।

जिया : *(सहमे हुए भाव से)* जी नहीं।

तोता : अजीब लड़के हो तुम! जब स्कूल में नहीं दिखाई दिया तो कमरे पर जाकर नहीं देखना चाहिए था तुम्हें।

जिया : *(डरते-डरते)* जी गया तो था।

तोता : गए थे तो फिर बोलते क्यों नहीं? कैसी तबीयत थी उसकी? *(जिया डर के मारे चुप)* अरे मैं पूछ रहा हूँ कि तबीयत ख़राब थी क्या उसकी?

जिया : जी उन्हें बुख़ार था और वो बुरी तरह काँप रहे थे।

तोता : घर आकर बताया नहीं तुमने? इतने लापरवाह हो तुम! भाई बीमार है और तुम्हें कहने तक का होश नहीं।

जिया : नहीं, वो...भैया ने...

तोता : क्या बात है, हक़लाने क्यों लगे हो तुम? सीधी-सी बात का जवाब नहीं दिया जा रहा! *(मंसाराम को घर लाने की बात से ही तोताराम को एक तरह की परेशानी-सी हो रही है...वही ग़ुस्से के रूप में जिया पर निकल रही है।)*

जिया : *(सारा लिहाज़-संकोच छोड़कर अपने असली रूप में आता है और साफ़ कहता है)* जी कह तो सकता था और कहना भी चाहता था, लेकिन भैया ने मना कर दिया था कि ख़बरदार जो घर में जाकर किसी से भी कुछ कहा तो।...कहता तो उनकी डाँट खानी पड़ती मुझे।

तोता : *(आश्चर्य से)* मना कर दिया...क्यों?

जिया : यह मैं क्या जानूँ...उनसे जाकर पूछिए। *(जिया तेज़ी से बाहर निकल जाता है। तोताराम के चेहरे पर चिन्ता। एक बार निर्मला की तरफ़ देखते हैं मानो जानना चाहते हों कि इसके पीछे कहीं निर्मला तो नहीं है। अपने हाथ का काम रोककर अब निर्मला बोलती है।)*

निर्मला : यह सब आपकी वजह से हो रहा है।

तोता : *(चिढ़कर)* मेरी वजह से...मैंने क्या किया?

निर्मला : यह अपने आप से पूछिए?

तोता : *(भेदती नज़रों से देखते हुए)* कहना क्या चाह रही हो तुम?

निर्मला : *(बात जैसे टालते हुए)* कुछ नहीं...अभी तो इतना ही कहना है कि आप उन्हें आज ही घर ले आइए। यहाँ जीजी जैसी तीमारदारी कर सकती हैं, कोई नहीं कर सकता...यों भी वहाँ देखने-भालने वाला कौन होगा? *(निर्मला का यह दृढ़ स्वर, मंसा को लाने का आग्रह...तोताराम को भीतर तक गड़बड़ा-सा देता है, वे जैसे कुछ जवाब नहीं दे पाते।)*

निर्मला : अगर मेरे कारण आप उन्हें यहाँ न लाना चाहते हों तो मुझे घर भेज दीजिए, जैसे भी होगा मैं वहाँ रह लूँगी।

तोता : *(अपने को सँभालकर सारी बात को सहज़ बनाने के इरादे से)* तुम्हें भेजने की बात कहाँ से आ गई...देखो तो...मंसा आएगा तो तुम क्यों जाओगी? हैं...यह भी कोई बात हुई, बताओ तो...

निर्मला : *(बिलकुल शान्त, आवेगहीन स्वर में)* सब कुछ जानकर भी जब कोई नासमझी का नाटक करे तो उसे क्या बताया जाए। *(तोता हकबकाए से कुछ जवाब नहीं दे पाते)* सज़ा ही देनी है तो मुझे दीजिए...मुझे घर से निकालिए...उन्हें क्यों निकाला?

तोता : क्या हो गया है तुम सब लोगों को?...पढ़ने-लिखने के लिए भेजना निकालना हो गया...सज़ा देना हो गया?...मैं अपने बेटे के भविष्य की बात नहीं सोच सकता? *(स्वर में खीज़, ग़ुस्सा और गर्मी)*

निर्मला : *(शान्त लेकिन दृढ़ स्वर में)* भविष्य की बात सोचकर ही कह रही हूँ कि उन्हें घर ले आइए...*(ज़ोर देकर)* आज ही! *(बाहर निकल जाती है। तोताराम स्तब्ध से बैठे रह जाते हैं, फिर निर्मला के वाक्य को ही दोहराते हैं...'ले आइए...आज ही!' चेहरे पर ऐसा भाव मानो निर्मला के इस आग्रह के पीछे का भाव वे खूब अच्छी तरह समझते हैं। एक क्षण को कैमरा उनके चेहरे पर टिका रहे, फिर जैसे वे एकाएक सँभलते हैं और बाहर निकल जाते हैं।)*

दृश्य-परिवर्तन

[मंसाराम अपने कमरे में लेटा है। दवाई से बुख़ार कम तो हो गया है, लेकिन चेहरा और सारा शरीर एकदम जैसे निर्जीव हो गया है। उसकी आँखें बन्द हैं। पास में दोस्त बैठा है। बाहर से तोताराम आते हैं।]

तोता : *(दरवाज़े से ही)* क्या हो गया मंसा को, कैसी तबीयत है। *(उन्हें दूर-दूर तक इस बात का अन्दाज़ नहीं है कि मंसा की सेहत इतनी गिर चुकी है और उसकी हालत काफ़ी गम्भीर है। भीतर घुसकर जैसे ही उसकी शक्ल देखते हैं, एकाएक घबरा जाते हैं)* अरे ये क्या हाल बना लिया बेटा अपना...इतने कमज़ोर हो गए और मुझे ख़बर तक नहीं की *(सिरहाने बैठकर प्यार से उसके सिर पर हाथ फेरते हैं।)* मंसा, आँख खोलो बेटे, देखो मैं आया हूँ।...*(मंसा वैसे ही निश्चल पड़ा है)* कुल दो दिन के बुख़ार में हड्डियों का ढाँचा कैसे बन गए तुम *(स्वर भर्रा जाता है)।*

दोस्त : जी बुख़ार तो इसे पिछले कई दिनों से हो जाया करता था...मैंने कई बार कहा भी कि डॉक्टर साहब को दिखा दो...पर सुनता ही नहीं था...यह तो कल...*(अध्यक्ष आ जाते हैं उसकी बात अधूरी ही रह जाती है।)*

अध्यक्ष : अरे आप आ गए वकील साहब, बहुत अच्छा हुआ। कल तो इसकी तबीयत इतनी ख़राब हो गई कि हम भी घबरा गए...

तोता : यह हाल हो गया मेरे मंसा का और मुझे किसी ने ख़बर तक नहीं दी...जिया भी हमेशा यही कहता रहा कि बस, पढ़ रहे हैं...प्रान्त में अव्वल आना है सो जमकर पढ़ रहे हैं...मैं भी यही समझता रहा...मुझे क्या मालूम था कि...किसी को मुझे ख़बर तो देनी चाहिए थी...*(स्वर भर्रा जाता है...आँखें छलछला आती हैं।)*

अध्यक्ष : *(दिलासा देते हुए)* घबराइए मत...घबराइए मत, ठीक हो जाएगा। इस समय ज़रूर नीमबेहोशी की हालत में है। आप तुरन्त डॉक्टर सिन्हा का इलाज शुरू कर दीजिए...कल उन्हीं को दिखाया था...बड़ा हुनर है उनके हाथ में। *(मंसा कराहता है)*

तोता : कैसे हो मंसा बेटे...आँखें खोलो लल्लू! *(मंसा का माथा सहलाते हैं, इस उम्मीद से कि एक बार आँखें खोलकर वह उनको देख ले।)*

अध्यक्ष : देखो मंसा, तुम्हारे पिताजी आए हैं...तुम्हें घर ले जाने के लिए। *(मंसा वैसे ही बेहोशी की हालत में। दोस्त से)* मोहन, बाहर से गाड़ी के साइस को बुला लाओ *(तोता से)* अब आप इसे तुरन्त घर ले जाइए। *(दोस्त निकल जाता है।)*

तोता : घर! *(एक क्षण असमंजस की-सी स्थिति में रहते हैं, फिर झिझकते हुए)* ऐसी स्थिति में इसे घर ले जाना ठीक होगा...बाहर हवा लगकर कहीं सरसाम न हो जाए।

अध्यक्ष : वाह! हवा कैसे लग जाएगी—खूब अच्छी तरह ओढ़ाकर ले जाइए। *(आगे बढ़कर मंसा को चारों तरफ़ से अच्छी तरह से ढँकने लगते हैं। साइस और मोहन का प्रवेश)* हाँ भई, ज़रा सँभलकर उठाओ तो।

[साइस और मोहन जैसे ही उठाने लगते हैं, मंसा चिल्लाने लगता है]

मंसा : कौन हो...कौन हो तुम लोग *(अपने को छुड़ाते हुए)* छोड़ो मुझे!

तोता : मैं हूँ बेटा...बाबूजी।

अध्यक्ष : देखो मंसा, तुम्हें घर ले जाने के लिए बाबू जी आ गए।

मंसा : *(चीख कर)* नहीं, मैं घर नहीं जाऊँगा...कभी घर नहीं जाऊँगा... मेरा कोई घर नहीं है...छोड़ो मुझे...छोड़ो-छोड़ो *(बाद के 'छोड़ो' तक आते-आते उसकी आवाज़ धीमी हो जाती है और वह फिर बेहोश-सा हो जाता है। तोताराम पस्त होकर धम्म से पलंग पर बैठ जाते हैं। अध्यक्ष एक क्षण तोताराम को देखते हैं मानो सारी स्थिति का अनुमान लगाना चाहते हों, फिर थोड़ा झिझकते हुए।)*

अध्यक्ष : क्या बात है वकील साहब...घर को लेकर यह...कल भी इसी तरह बड़बड़ाता रहा था...घर में कुछ...

तोता : *(एक क्षण चुप रहते हैं, फिर रुँधे गले से)* क्या बताऊँ...सौतेली माँ है...ऐसा जानता तो कभी...

अध्यक्ष : ओह! *(जैसे सारी बात समझ में आ गई हो। मंसा फिर चीख पड़ता है।)*

मंसा : मेरा कोई घर नहीं है...अम्माजी मुझे अपने पास बुला लो। *(तोताराम आँखों पर हाथ रखकर एकदम फूट पड़ते हैं...अध्यक्ष उनके कन्धे पर हाथ रखकर उन्हें दिलासा देता है।)*

अध्यक्ष : हिम्मत से काम लीजिए वकील साहब *(कुछ देर तक कन्धा थपथपाते रहते हैं। तोताराम थोड़ी देर बाद अपने को सँभालकर)*

तोता : हालत इसकी ठीक नहीं है...मैं समझता हूँ ऐसी हालत में इसे अस्पताल ले जाना बेहतर होगा। डॉक्टर और नर्सों की जैसी देखभाल वहाँ मिलेगी घर में कहाँ मिलेगी। *(साइस से)* उधर से तुम पकड़ो...*(एक तरफ़ से ख़ुद उठाने लगते हैं, लेकिन साइस अकेला ही गोदी में उठा लेता है...वे जल्दी से उसका कम्बल अच्छी तरह लपेट देते हैं। दोस्त दवाइयों की शीशियाँ उठा लेता है। सब लोग बाहर आकर मंसा को बग्घी में लिटा देते हैं। दोस्त भी साथ चढ़ जाता है। थोड़ी दूर तक बग्घी को जाता हुआ दिखाया जाए, फिर वह एक तरफ़ मुड़ जाती है।)*

आठ

[सवेरे का समय। मूंजी मंसाराम का कमरा साफ़ कर रही है। निर्मला खाट पर गद्दा बिछाती है—नई धुली चादर बिछा रही है।]

निर्मला : मूंजी, जल्दी से खिड़की-दरवाज़े की धूल भी पोंछ दे। ये बस, मंसा बाबू को लेकर आते ही होंगे। *(थोड़ा ठहरकर चिन्तित स्वर में)* पता नहीं क्या हाल है उनका।

मूंजी : *(जल्दी-जल्दी हाथ चलाते हुए)* शरीर जैसा घुल गया था—बुख़ार तो पकड़ना ही था। घर जइसा आराम और खाना कहाँ रखा है वहाँ बुर्डिंग में! घर आएँगे, सब ठीक हो जाएगा।

निर्मला : देख, काम के बाद तू सारे समय यहीं बैठी रहा करना।

मूंजी : अरे तुम जमा ख़ातिर रखो...हम न तकलीफ़ होने देंगे उन्हें ज़रा भी।

[मूंजी यह अन्तिम वाक्य बोल रही है—निर्मला तकिए का गिलाफ़ बदल रही है। गिलाफ़ पुराने जमाने का फूल कढ़ा हुआ है...चारों तरफ़ झालर लटक रही हैं। तभी तोताराम दरवाज़े पर आकर खड़े हो जाते हैं...कमरे के चारों ओर नज़र डालते हैं—कमरा ठीक करने में निर्मला की तत्परता पर उनके चेहरे पर थोड़ा तनाव आ जाता है। निर्मला की नज़र पड़ते ही वह उठकर खड़ी हो जाती है—चेहरे पर प्रश्नवाचक भाव कि 'मंसा कहाँ है'। वह बोलती कुछ नहीं।]

तोता : *(आवाज़ में थोड़ा व्यंग्य घोलकर)* नहीं आया वह—घर आने से साफ़ इनकार कर दिया उसने। *(इस तरह कहते हैं मानो निर्मला की वजह से वह नहीं आया! निर्मला इस पर भी कुछ नहीं कहती पर चेहरे से जता देती है कि वह पहले ही जानती थी कि तोताराम उसे नहीं लाएँगे। वह हाथ का तकिया पलंग पर डालकर ग़ुस्से और दुख से भरी हुई तेज़ी से निकल जाती*

है...भीतर रुक्मिनी उसे देखकर—'तोता आ गया क्या' कहती हुई मंसाराम के कमरे में जाती है। तोताराम हाथ पीछे टिकाकर पस्त से बैठे हैं। मूंजी भी निकल जाती है—झाड़ू-पोंछे का कपड़ा लेकर।)

रुक्मिनी : कैसी तबीयत है मंसा की?...तुम तो उसे लेने गए थे?

तोता : हालत उसकी ठीक नहीं है जीजी...उसे अस्पताल में भरती करवा कर आ रहा हूँ।

[रुक्मिनी नज़रें गड़ाकर तोता को देखती है, मानो असली बात समझना चाहती है। फिर थोड़ी कटुता के साथ]

रुक्मिनी : मैं पहले ही जानती थी कि तुम उसे घर लेकर नहीं आओगे।

तोता : कैसे लाता मैं—घर आने को वह बिलकुल तैयार नहीं था...साफ़ मना कर दिया उसने घर आने से! *(स्वर में खीज और मजबूरी)* और जो हालत थी उसमें वहाँ छोड़ा नहीं जा सकता था।

रुक्मिनी : *(उसी तीखेपन से)* सो तुम उसे अस्पताल पटक आए...मैं कहे देती हूँ, वह अस्पताल में कभी ठीक नहीं होगा। उसकी बीमारी शरीर की नहीं, मन की है।

तोता : *(जो पहले से ही काफ़ी परेशान है, इस बात से चिढ़ जाता है)* कल उसे 106 डिग्री बुख़ार था। बुख़ार शरीर में चढ़ता है या मन में?

रुक्मिनी : बुख़ार कहीं चढ़े पर उसकी बीमारी मन की है। *(तोताराम के बिलकुल पास आकर)* अभी तक चुप थी तो यह मत समझना कि इस घर में जो कुछ हो रहा है, वह मुझे दिखता नहीं या कि मैं समझती नहीं।

तोता : *(भन्नाए स्वर में)* क्या बकवास कर रही हो, ऐसा क्या अनोखा हो रहा है इस घर में?

रुक्मिनी : *(तोताराम के चेहरे पर नज़रें गड़ाकर)* मन इतना ही कच्चा था तो शादी नहीं करनी चाहिए थी तुम्हें, वह भी इतनी कम उम्र की लड़की के साथ!...अरे पैंतालीस तो पार कर ही चुके थे...भगवान के दिए तीन-तीन होनहार बेटे थे—देखभाल के लिये मैं थी...ज़िन्दगी के सभी सुख साज भी भोग लिये थे...फिर क्या ज़रूरत थी शादी करने की?...लेकिन तुम मरद हो—सभी कुछ कर सकते हो। *(रुक्मिनी के इस संवाद में स्त्री-जीवन की सारी व्यथा और पुरुषों के अनाचार की बात अच्छी तरह उभरकर आनी चाहिए। यह संवाद बहुत महत्त्वपूर्ण है...उपन्यास की*

सेन्ट्रल थीम को उजागर करता हुआ) पर की तो फिर मरदों जैसा कलेजा भी रखते।

तोता : *(गुस्से से)* क्या बके चली जा रही हो...बच्चा वहाँ बुख़ार में तप रहा है और तुम हो कि...*(गला रुँध-सा जाता है...वाक्य अधूरा छोड़ देता है...लगता है जैसे रो पड़ेगा। रुक्मिनी कुछ देर तक उसे देखती रहती है, फिर उसके कन्धे पर हाथ रखकर बहुत कोमल स्वर में...।)*

रुक्मिनी : बुख़ार में तप रहा है तो जाओ और बच्चे को छाती से लगाकर कहो कि उसके लिए तुम्हारे मन में कोई मैल नहीं है *(ज़रा-सा ठहर कर)* और मैल निकाल भी दो...वरना यह घाव उसे घुला-घुलाकर मार देगा।...बाप होकर भी तुमने अपने हीरे जैसे बेटे को नहीं पहचाना।

तोता : *(रुक्मिनी के इस स्नेह-भरे स्पर्श से फूट पड़ता है—रुक्मिनी की हथेलियों में ही मुँह छिपाकर)* जी जी, मुझे किसी ने बताया तक नहीं और दो महीने में ही उसकी हालत इतनी ख़राब हो गई...मेरा बच्चा!

रुक्मिनी : ऐसा क्या हो गया मंसा को जो तुम यों बिसूर रहे हो? बुख़ार है तो उतर जाएगा...इतना घबरा क्यों रहे हो?

तोता : *(तोता केवल नकारात्मक ढंग से सिर हिलाते हैं, कुछ देर बाद)* उसकी हालत ठीक नहीं है जीजी...तुमको उसके पास रहना होगा।

[अभी तक रुक्मिनी समझ रही थी कि तोता अपने शक्की मिजाज़ के कारण ही मंसा को नहीं ला रहा है और मामूली बीमारी को ज़बरदस्ती तूल दे रहा है—अब पहली बार उसे लगता है कि मंसा की बीमारी कुछ गम्भीर है। बहुत परेशान होकर...]

रुक्मिनी : अरे ऐसा है तो मुझे अभी ले चलो...क्या हो गया मेरे बच्चे को रे...मैं तो तरस गई उसे देखने को...तुम मुझे अभी ले चलो।

तोता : *(किसी तरह अपने को सँभाल कर)* मैं अपने मुक़दमों की तारीख़ें डलवा कर अस्पताल पहुँचता हूँ...वहाँ से गाड़ी भेजूँगा। *(जल्दी से उठकर बाहर निकल जाता है। रुक्मिनी उसे जाता हुआ देखती रहती है...फिर आँचल से आँसू पोंछते हुए)*

रुक्मिनी : मेरे बच्चे का क्या कर दिया रे इन लोगों ने...*(निर्मला एक थाली में खाना लेकर आती है)*

निर्मला : *(जो इस सारी स्थिति से बिलकुल अनजान है)* ये क्या फिर चले गए—सवेरे से कुछ खाया नहीं...

रुक्मिनी : जिसका बेटा 106 डिग्री बुख़ार में तप रहा हो, उसके हलक के नीचे उतर सकेगा कुछ ?...बच्चे जनोगी तब जानोगी इस पीड़ा को।

निर्मला : *(रुक्मिनी के ताने को अनसुना करके)* इतना तेज़ बुख़ार !...तो घर क्यों नहीं लाए...आपने कहा नहीं जीजी...उन्हें घर बुलवा लीजिए जीजी...*(स्वर में दुख और आग्रह)*

रुक्मिनी : *(कटुता से)* उसने अभी लाज-हया घोलकर नहीं पी है।...इनकार कर दिया उसने घर आने से। मैं अस्पताल जा रही हूँ उसके पास। *(भीतर जाती है)*

[रुक्मिनी भी अपना सारा ग़ुस्सा जैसे निर्मला पर ही निकालती है और तोता भी, मानो इस सारी स्थिति के लिए निर्मला ही जिम्मेदार हो और निर्दोष निर्मला बेचारी समझ ही नहीं पाती कि वह क्या करे ? सिर्फ़ चेहरे और एक्सप्रेशन से ही उसे अपनी व्यथा उजागर करनी है।]

निर्मला : *(बुदबुदाते हुए)* इनकार कर दिया। *(उसके हाथ की थाली थरथरा जाती है—भीगी हुई आँखें मुँद जाती हैं। पीछे से आवाज़ उभरती है)* हे भगवान, मुझे मौत क्यों नहीं आ जाती ! *(कैमरा क्षण-भर को निर्मला के काँपते हाथ, मुँदी आँखों से बहते हुए आँसुओं पर फोकस करता है फिर दृश्य डिज़ोल्व हो जाता है।)*

अस्पताल का दृश्य

[मंसा के पलंग के पास डॉ. सिन्हा खड़े हैं। एक अंग्रेज़ सिविल सर्जन उसकी परीक्षा कर रहे हैं। छाती और पेट देखने के बाद नर्स मंसा को करवट बदलवाती है, फिर पीठ देखते हैं। इतने में तोताराम घुसते हैं। सिविल-सर्जन को देखकर घबरा जाते हैं—पास आकर।]

तोता : क्या हाल है डॉक्टर साहब ?

[सिन्हा उन्हें इशारे से बताते हैं कि सिविल सर्जन देख रहे हैं...तोताराम अभी चुप रहें। देखने के बाद सिविल-सर्जन तोताराम का नोटिस तक नहीं लेते, सिन्हा को

कहते हैं—'आइए' और बाहर निकल जाते हैं। चाल में स्मार्टनैस और चुस्ती है। सिन्हा भी उनके पीछे हो लेते हैं। परेशान से तोताराम पीछे-पीछे जाते हुए।]

तोता : बताइए तो सही कि मंसा का क्या हाल है?

सिन्हा : आप बैठिए, मैं अभी आता हूँ। *(तेज़ क़दमों से वे भी बाहर निकल जाते हैं। तोता बेहद परेशान से मंसा के पलंग के पास आते हैं। सिरहाने बैठकर उसके सिर पर हाथ फेरते हुए।)*

तोता : मंसा, कैसा जी है बेटे...मंसा आँखें खोलो बेटा। देखो, मैं हूँ... बाबूजी। *(मंसा के चेहरे पर कोई हलचल नहीं। नर्स से)* कैसी तबीयत रही इसकी पीछे?

नर्स : क्या बोलेगा...देख तो रहे हो आप...डॉक्टर सिन्हा ने सिविल सर्जन को तो बुलाया...एग्जामिन करके गया...देखो...अब क्या बोलता है!

तोता : मंसा एक बार आँख तो खोल मेरे बच्चे। *(स्वर रुआँसा हो जाता है। मंसा के चेहरे पर हल्की-सी हलचल...ललाट पर तीन सल पड़ जाते हैं...फिर वह तोताराम का हाथ अपने सिर पर से अलग कर देता है...हल्के से झटके के साथ।)*

नर्स : आप उधर बैठिए, पेशेन्ट के सिर पर नहीं बैठने का। *(तोताराम उठकर थोड़ी दूर रखी कुर्सी पर आकर बैठ जाते हैं। कैमरा मंसा के चेहरे पर फोकस किया जाए...ललाट के सल और गहरे हो जाते हैं, चेहरे पर तनाव, गले से हल्की-सी कराहने की आवाज़ भी निकलती है। फिर एकदम चीख उठता है—)* 'मार डालो-मुझे मार डालो...मुझे मार क्यों नहीं डालते...' *(तोताराम झपटकर फिर मंसा के पास आते हैं)* क्या बात है बेटे...घबराओ नहीं। देखो, मैं तुम्हारे पास हूँ...एक बार आँखें खोलो बेटे। *(मंसा आँख नहीं खोलता लेकिन उसकी साँस खूब तेज़-तेज़ चलने लगती है)* ये इसकी साँस ऐसी क्यों चल रही है...क्या हो रहा है इसको?

नर्स : हर बार चिल्लाने के बाद ऐसे ही तो साँस चलती है। *(डॉक्टर सिन्हा का प्रवेश)*

तोता : डॉक्टर साहब देखिए तो इसे क्या हो रहा है...इसकी साँस... *(डॉक्टर मंसा को देखते हैं, नर्स को एक इंजेक्शन देते हुए)*

डॉक्टर : यह सुई अभी लगाओ। *(तोता से)* आइए...*(दोनों बाहर निकलते हैं। तोता पीछे-पीछे चलते हुए)* डॉक्टर साहब, आप

मेरे बच्चे को बचा लीजिए...कलकत्ता और बम्बई के डॉक्टरों को तार देकर बुला लीजिए...आप मेरा सबकुछ ले लीजिए पर मेरे बच्चे को बचा दीजिए। *(दोनों कमरे में घुसते हैं—डॉक्टर कन्धे से पकड़कर तोता को कुर्सी पर बिठाता है—थोड़ा थपथपाता है, फिर ख़ुद बैठते हुए... ।)*

सिन्हा : आप थोड़ी तसल्ली रखिए वकील साहब। न तो इस तरह हाय-तौबा मचाने से कुछ होगा और न ही डॉक्टरों की फौज जमा करने से। ज़रूरत समझी तो मैंने ख़ुद सिविल-सर्जन को बुलाकर दिखा दिया।

तोता : क्या बताया सर्जन साहब ने...मेरा मंसा ठीक तो हो जाएगा न?

सिन्हा : अपनी तरफ़ से तो हम पूरी कोशिश कर ही रहे हैं। अभी एक नया इंजेक्शन दिया है...इससे बुख़ार उतरेगा...और बुख़ार उतरेगा तो होश में भी आएगा।

तोता : आप इसे एक बार होश में ला दीजिए...मैं एक बार इसे समझा सकूँ...जैसे भी हो, एक बार इसे होश में ला दीजिए।...मैं आपका अहसान कभी नहीं भूलूँगा।

सिन्हा : देखिए वकील साहब, ठीक करना जितना डॉक्टर के हाथ में होता है, उतना ही रोगी के हाथ में भी *(तोताराम भौंचक भाव से डॉक्टर को देखते हैं)* डॉक्टर बीमारी से लड़ता है और रोगी मौत से। लेकिन मंसा ने तो जैसे अपने को मौत के हवाले कर दिया है...वह भी इस उम्र में! *(एक क्षण ठहर कर)* नो विल टु लिव—बल्कि ही वॉण्ट्स टू डाइ...

तोता : *(भराए गले से)* मत कहिए डॉक्टर साहब...ऐसा मत कहिए—क्या बताऊँ *(फूट पड़ते हैं)* आप बस, एक बार इसे होश में ला दीजिए।

सिन्हा : सुना, सौतेली माँ के दुर्व्यवहार ने इसकी यह हालत कर दी—पर ऐसी स्थिति में आपको और अधिक ध्यान रखना चाहिए था...माँ सौतेली थी, लेकिन आप तो इसके अपने थे—हैडमास्टर साहब इतनी तारीफ़ कर रहे थे इसकी...आपने ज़रा भी...

तोता : *(बात काटकर)* आप जितना चाहे फटकारिए, धिक्कारिए मुझे—पर एक बार मेरे बच्चे को ठीक कर दीजिए।—मेरे कुल के दीपक को बचा दीजिए...*(फूट पड़ता है)* मेरे गुनाह की सज़ा इस बच्चे को मत दीजिए।

सिन्हा : अपने को सम्भालिए वकील साहब—इस तरह घबराने से कुछ नहीं होगा। अपनी तरफ़ से मंसा के इलाज में हम कोई कसर नहीं रखेंगे। *(उठकर तोताराम की पीठ थपथपाकर उसे तसल्ली देते हैं)* यों फिर बचाने वाला तो ईश्वर है।

[इसके बाद मोण्टाज़ में दृश्य दिखाए जाएँ...सिविल सर्जन को भी दिखाया जाए...डॉक्टर देख रहे हैं...नर्स सुई लगा रही है...सिर पर बरफ की पट्टी रख रही है...रुक्मिनी मंसा का सिर गोद में लिये बैठी है—कभी उसके पैर के तलुए सहला रही है...कभी तोता और डॉक्टर बातें कर रहे हैं...सिन्हा और सिविल-सर्जन सलाह कर रहे हैं...बरामदे में डॉक्टरों का तेज़-तेज़ चलना...मंसा की गम्भीर हालत।]

दृश्य-परिवर्तन

[दोपहर का समय। घर में रुक्मिनी, निर्मला और मूंजी। रुक्मिनी बेचैनी से किसी की प्रतीक्षा कर रही है।]

रुक्मिनी : पता नहीं कहाँ अटक गया जिया...कहा था, स्कूल से जल्दी आकर मुझे अस्पताल ले जाता। *(मूंजी से)* न हो तो मूंजी तू ही साथ चल।

निर्मला : जीजी खाना बनाने का तो मन नहीं किया...बच्चों के लिए बाज़ार से पूड़ी मँगवाई हैं, आप भी एक-दो जो बन पड़े खा लीजिए...सवेरे से कुछ भी तो नहीं खाया।

रुक्मिनी : वहाँ बच्चा जीने-मरने को हो रहा है...मेरे गले से तो कौर नहीं उतरता। चल मूंजी, जल्दी कर।

निर्मला : आपके हाथ जोड़ती हूँ जीजी...आपको मेरी क़सम...जैसे भी हो कुछ तो खा लीजिए।

रुक्मिनी : ऐसी क़समें मत दिलाया करो बहू...अब मुँह जुठाने की ज़बरदस्ती हो गई मेरे साथ तो। *(निर्मला जल्दी से खाना देती है—रुक्मिनी खाने बैठती है।)*

मूंजी : आपको तो बहूजी फिर भी घेरघार कर कुछ खिला ही देती हैं...पर आज तीसरा दिन है, बहूजी ने एक दाना भी जो मुँह में

डाला हो।...आँख का आँसू टूटे तो हलक़ के नीचे कुछ उतरे। मूंजी मरी की तो क़सम की भी क्या क़ीमत जो कोई माने।

[रुक्मिनी निर्मला की तरफ़ देखती है। पहली बार उसकी नज़रों में आरोप-आक्षेप नहीं, वरन सहानुभूति है।]

रुक्मिनी : तुम्हें भी मेरे सिर की सौगन्ध बहू!...बच्चों के साथ तुम भी ज़रूर कुछ खाना...देखो तो मुँह कैसा सूख गया है...अब तो जो है, ईश्वर के हाथ है।

निर्मला : जीजी *(रुक्मिनी उसकी ओर देखती है...वह जैसे कहने की हिम्मत जुटाती है)* मैं भी आपके साथ अस्पताल चलूँ?

रुक्मिनी : *(एक क्षण जैसे समझ नहीं पाती क्या जवाब दे)* क्या करोगी चलकर?

निर्मला : एक बार देख लूँगी। मंसा बाबू भी यही सोचते होंगे कि देखने तक नहीं आई...आख़िर सौतेली ही तो है।

रुक्मिनी : उसे कहाँ होश है कि कौन आया कौन नहीं आया...मेरा कहा मानो तो तुम यहीं रहो—पता नहीं, कहीं तुम्हें वहाँ देखकर फिर तोता...*(निर्मला के चेहरे पर नज़र जाते ही वाक्य अधूरा छोड़ देती है...फिर उसे समझाते हुए)* अच्छा मैं पूछकर बता दूँगी। चल मूंजी *(दोनों निकल जाती हैं। कैमरा रुक्मिनी के साथ। रुक्मिनी जब अस्पताल में प्रवेश करती है तो वहाँ सिन्हा और तोता में बात हो रही है, पास में जिया भी खड़ा है...मंसा के कमरे के बाहर ही। सिन्हा को देखकर रुक्मिनी थोड़ा सरककर एक ओर खड़ी हो जाती है।)*

सिन्हा : मंसा के शरीर में ताजा ख़ून चढ़ाना ज़रूरी हो गया है।

तोता : आप मेरा ख़ून ले लीजिए...जितना चाहें उतना ले लीजिए।

सिन्हा : आपका ख़ून नहीं जवान आदमी का ख़ून चाहिए।

तोता : किसी जवान आदमी से कहिए कि अपना ख़ून दे दे...बदले में जितना पैसा चाहे मैं उसे दूँगा...वह चाहे तो मेरा सब कुछ ले ले बस, मेरे बच्चे को बचा दे।

सिन्हा : ख़ून देने में जान का ख़तरा जो है। पैसे के बदले में जान देने को कौन तैयार होता है?...फिर भी हम कोशिश तो कर ही रहे हैं। अगर घर का कोई...

जिया : डॉक्टर साहब, आप मेरा ख़ून ले लीजिए। *(सिन्हा जिया की ओर देखते हैं, फिर नकारात्मक सिर हिला देते हैं।)*

सिन्हा : अच्छा मैं देखता हूँ। *(चले जाते हैं।) (रुक्मिनी तोता के पास आती है।)*

रुक्मिनी : क्या कहते हैं डॉक्टर साहब?

तोता : मंसा के चढ़ाने के लिए ख़ून चाहिए। जवान ख़ून मैं कहाँ से लाऊँ...मेरा ख़ून चाहें तो आख़िरी बूँद तक निचोड़ लें...पर मेरे बच्चे के लिए तो जवान ख़ून चाहिए।

रुक्मिनी : धीरज रखो भैया...तुम भीतर चलकर बैठो—जिया बाबूजी को भीतर ले जा। *(तोता और जिया भीतर जाते हैं। रुक्मिनी कुछ देर तक बरामदे में आने-जाने वाले लोगों को देखती रहती है। एक युवक आता है। रुक्मिनी जल्दी से उसके पास जाकर)* भैया, मेरे बच्चे के लिए अपना ख़ून दे दो...बदले में जो चाहे ले लो—मेरे बच्चे की जान बचा दो—बड़ा पुण्य हो जाए भैया *(वह आदमी भौचक्क भाव से रुक्मिनी को देखता है...फिर आगे बढ़ जाता है। रुक्मिनी इसी तरह एक-दो लोगों से और याचना करती है...लोग देखते हैं...चले जाते हैं। सुधा एक नौकरानी के साथ आती है। रुक्मिनी उसके पास भी जाकर यही कहती है। उधर से अस्पताल का एक वॉर्ड-बॉय आता है...रुक्मिनी की बात सुनकर।)*

वॉर्ड-बॉय : अरे-अरे माताजी, ये सिन्हा साहब के घर से हैं...*(सुधा से)* डॉक्टर साहब उधर हैं, आप उधर चलिए। *(सुधा रुक्मिनी को देखती है, फिर चली जाती है। रुक्मिनी एक दूसरे कर्मचारी नुमा आदमी से फिर वही बात दोहराती है।)*

कर्मचारी : माँजी, आपके बच्चे की जान तो बच जाएगी, लेकिन हमें कुछ हो गया तो हमारे बच्चों का क्या होगा? *(भीतर से जिया आता है)*

जिया : बुआजी, तुम बाबूजी को सँभालो...वे तो बस रो रहे हैं। मैं घर जा रहा हूँ। *(रुक्मिनी साड़ी से आँसू पोंछती हुई कमरे में जाती है। कैमरा जिया के साथ चल सकता है। जिया घर पहुँचता है। उसे देखते ही निर्मला निकल कर आती है।)*

निर्मला : इतनी देर कैसे हो गई?

जिया : अस्पताल चला गया था।

निर्मला : कैसी तबीयत है मंसा बाबू की?

जिया : डॉक्टर साहब कहते हैं ताज़ा ख़ून चढ़ना चाहिए मंसा के शरीर में...तुरन्त। वह भी जवान आदमी का।

निर्मला : तो चढ़ाते क्यों नहीं?

जिया : लाएँ कहाँ से...कोई देता ही नहीं अपना ख़ून...

निर्मला : *(जैसे अपने आप से ही)* ख़ून चाहिए।

जिया : मैंने तो कहा डॉक्टर साहब से कि मेरा ख़ून ले लीजिए, लेकिन नहीं लिया। जान का खतरा जो है... *(इसके बाद जिया कुछ न कुछ बोलता रहता है, लेकिन निर्मला जैसे कुछ नहीं सुन रही है... भीतर ही भीतर जैसे वह निर्णय ले रही है। चेहरे पर संकल्प का भाव।)*

निर्मला : जिया, दौड़कर एक ताँगा लाओ तो...मैं अस्पताल चलूँगी।

जिया : तुम क्या करोगी वहाँ चलकर?

निर्मला : *(डाँटकर आदेश देते हुए)* तुम जाकर ताँगा लाओ।

जिया : और बाबूजी ग़ुस्सा हुए तो।

निर्मला : मैंने कहा न, तुम ताँगा लाओ...जाओ तुरन्त। *(जिया सहमा-सा निर्मला को देखता है, फिर निकल जाता है। निर्मला जल्दी से साड़ी बदलती है। दोनों अस्पताल की ओर। अस्पताल के कमरे में घुसते ही।)*

रुक्मिनी : बहू तुम!

तोता : तुम यहाँ क्या करने आई हो? *(निर्मला को देखते ही दुख में भी तोताराम को जैसे ग़ुस्सा चढ़ आता है। उन्हें लगता है जैसे सारी मुसीबत की जड़ निर्मला ही है।)*

निर्मला : *(शान्त स्थिर स्वर में)* डॉक्टर साहब को बुलाकर कहिए, मेरा ख़ून लेकर चढ़ा दें।

रुक्मिनी : तुम अपना ख़ून दोगी बहू?...लेकिन...

निर्मला : जिया डॉक्टर साहब को बुलाकर लाओ तो। *(निर्मला मंसा के पलंग के पास जाती है—उसके माथे पर हाथ फेरकर)* मंसा बाबू...एक बार आँख खोलो मंसा बाबू...यह क्या हाल बना लिया है। *(मंसा के चेहरे पर हल्की-सी हरकत होती है...वह आँखें खोलता है, पर आँखें जैसे खुल नहीं रही हैं, फिर मूँद जाती हैं। होंठ फड़कते हैं...शब्द नहीं निकलने पर उनके हिलने से लगता है जैसे उसने 'अम्माजी' कहा है।)* हाँ मैं हूँ, अम्माजी...एक बार आँख खोलो *(निर्मला का स्वर भीग जाता है। मंसा दोनों हाथ उठाकर किसी तरह छाती तक लाता है—काँपते हाथों को जोड़ता है, मानो निर्मला से माफ़ी माँग रहा हो। निर्मला सिर्फ़ उसका माथा सहलाती रहती है।*

जिया के साथ डॉक्टर आते हैं—'कौन दे रहा है ख़ून।' निर्मला जल्दी से उठकर साड़ी के पल्ले से अपना चेहरा ओट में कर लेती है।)

जिया : अम्माजी देंगी। *(डॉक्टर आश्चर्य से उसे देखते हैं। चेहरे पर झटका लगने का भाव। उनके दिमाग़ में तस्वीर थी एक कर्कशा खूसट औरत की...और सामने खड़ी यह लड़की जैसी औरत। नज़र तोताराम की तरफ़ जाती है...जो एकदम निढाल से कुर्सी पर पीठ टिकाए बैठे हैं...पूरी तरह निराश, पस्त।)*

डॉक्टर : यह मालूम है न कि ख़ून देने में जान का खतरा है।

निर्मला : *(ओट किए-किए ही सधे हुए गले से)* मुझे अपनी जान का कोई मोह नहीं है। डॉक्टर साहब...बस आप मंसा बाबू की जान बचा दीजिए।...*(डॉक्टर अभी भी असमंजस की स्थिति में खड़े हैं)* जल्दी करिए आप!

डॉक्टर : तो फिर आइए *(तेज़ी से बाहर निकलते हैं, पीछे-पीछे रुक्मिनी भी जाती है। तोता के मुँह से निकलता है 'हे भगवान।')*

[कैमरा फिर मंसा के चेहरे पर चला जाता है...उसके होंठ फिर बुदबुदाते हैं—'अम्माजी' फिर उसकी आँखों के सामने कुछ दृश्य से तैरने लगते हैं।]

नौ

[समय शाम। तोताराम की बैठक। मंसाराम की मृत्यु के सात महीने बाद। तोताराम गावतकिए के सहारे अधलेटे से बैठे हैं। चेहरे पर हताशा और पस्ती। लगता है जैसे सात महीने की इस अवधि ने उनकी उम्र के दस साल बढ़ा दिए हैं। बैठक भी बेरौनक-सी लग रही है, मानो उसकी देखभाल नहीं होती हो। पास में कुर्सी या मूढ़े पर नयनसुख बैठे हैं... पहले की तरह ही चुस्त-दुरुस्त और ज़िन्दादिल। चेहरे पर रौनक!]

नयन : *(फटकारते हुए)* बहुत हुआ तोताराम, अब अपने को सँभालो। पूरे सात महीने हो गए इस तरह घुलते-घुटते। आख़िर कितने दिन और चलेगा यह सब? *(कैमरा तोताराम के चेहरे पर। जवाब नहीं देने पर चेहरे पर मन का दर्द उभर आता है। नयनसुख उसी तरह भिड़कते हुए)* ग़फ़लत की भी कोई हद होती है। बैठे-बिठाए मकान हाथ से गँवा दिया! *(ठहर कर)* इकतरफ़ा डिक्री हो गई...नीलामी के आर्डर्स आ गए और तुम्हें होश तक नहीं। *(कैमरा फिर तोताराम पर)* अरे मुझे ख़बर करवा देते। मैं चला आता पेशी पर...कुछ तो करना...कम से कम मकान तो हाथ से नहीं जाने देता *(नयनसुख के चेहरे पर खीज और ग़ुस्सा उभर आता है। तोताराम कुछ देर तक नयनसुख की ओर देखते रहते हैं, फिर बहुत थकी-टूटी आवाज़ में...)*।

तोता : जब मेरा हीरे जैसा बेटा ही चला गया तो अब मकान को क्या रोऊँ?

नयन : *(ग़ुस्से से डाँटते हुए)* फिर वही बात! एक बेटा चला गया तो ख़ुदा की मेहर से अभी दो बेटे हैं तुम्हारे पास!...उनकी तरफ़ कोई फर्ज़ नहीं बनता तुम्हारा? *(थोड़ा ठहर कर)* कुछ ही दिनों में एक बच्चा और आने वाला है...उसका क्या होगा?

[तोताराम कुछ नहीं बोलते। बस, उनकी आँखें गीली हो जाती हैं। नयनसुख कुछ देर तक उनकी तरफ़ देखते हैं,

जैसे आँसुओं से कुछ विचलित हुए हों। फिर अपने को सँभाल कर...]

नयन : देखो, अब ये टसुए और मत बहाओ। बहुत रहम-रिआयत कर दी मैंने, लेकिन अब एक दिन के लिए भी नहीं बख्शने वाला हूँ मैं। अरे ज़िन्दगी है तो सुख-दुख, मरना-जीना लगा ही रहता है पर यों कोई हाथ-पैर छोड़कर बैठता है भला।

तोता : क्या करूँ...

नयन : कल से कचहरी चलो। जानते तो हो, कैसा नाशुक्रा पेशा है यह वकालत का।...एक बार साख उठ जाए तो कोई दो टके को नहीं पूछता। *(.फ़ैसला सुनाते हुए)* कल मैं पकड़कर कचहरी ले जाऊँगा तुम्हें...और कुछ नहीं तो मन की आबोहवा तो बदलेगी कम से कम।

[डॉक्टर सिन्हा और सुधा का प्रवेश। डॉक्टर बैठक में जाते हैं और सुधा भीतर चली जाती है।]

डॉक्टर : बहुत नेक सलाह दे रहे हैं आप!

नयन : आइए-आइए डॉक्टर साहब। *(तोताराम भी ज़रा-सा उठते हैं और हाथ जोड़कर नमस्कार करते हैं)*

नयन : *(तोता को सम्बोधित करके)* लो, अब तुम्हारे असली खैरख्वाह आ गए, मैं चलूँ?

सिन्हा : वाह, यह क्या बात हुई भला? देखिए, मैं इनके शरीर का डॉक्टर ज़रूर हूँ, पर मन के डॉक्टर तो आप ही हैं...और अब वकील साहब मन से बीमार हैं।

नयन : हाँ-हाँ-हाँ, कभी हमें भी मुग़ालता था इस बात का...पर जब से आपसे जान-पहचान हुई, बिलकुल फालतू हो गए हैं हम तो। *जाने क्या जादू चला दिया है आपने।*

सिन्हा : *(मुस्कुराकर)* अब पता नहीं किसने किस पर जादू चलाया है। *(ठहरकर)* घर से भी साथ आई हैं। उन्हें तो मंसा की माँ से जैसे इश्क-सा हो गया है!

[कैमरा भीतर चला जाता है। निर्मला बहुत गर्मजोशी से सुधा के दोनों हाथ थामे हुए है। सुधा खुशमिजाज,

चुलबुली, हाजिरजवाब! उसके चेहरे पर सुखी-सन्तुष्ट जीवन का भरा-पूरापन है। कपड़े-गहने मामूली पर चेहरे पर चमक।]

दृश्य-परिवर्तन

निर्मला : तुम्हें देखकर ही मेरा तो जी जुड़ा जाता है सुधा...लगता है जैसे मेरे रिसते घावों पर किसी ने फाहा रख दिया हो। बड़ी मेहरबानी करती हो—

सुधा : *(बात काटकर)* बस-बस! देखो डॉक्टर की बीवी ज़रूर हूँ पर यह घाव-फाहे वाली कम्पाउंडरी नहीं करती-फिरती मैं। आती हूँ तो सिर्फ़ अपने सुख के लिए कुछ दिन न मिलूँ तुमसे तो मन छटपटाने लगता है मेरा...

[बड़े अधिकार भाव से पसरकर बैठ जाती है]

निर्मला : *(मुस्कुराकर)* तुम्हारी ये बातें...ये अदाएँ ही तो मन मोह लेती हैं!

सुधा : मुग्ध बाद में हो लेना, पहले यह बताओ कि वकील साहब घर से बाहर निकलने लगे या नहीं?

निर्मला : कितना तो कहती हूँ...हिम्मत करके उठते भी हैं, तैयार भी होते हैं फिर जाने क्या होता है कि पस्त होकर बैठ जाते हैं। इनकी हालत देखकर तो *(बात अधूरी छोड़कर एक गहरा निःश्वास छोड़ती है)* पता नहीं क्या होने वाला है?

सुधा : *(मुस्कुराकर)* होने वाला तो बच्चा है *(कुछ ठहर कर)* और इसलिए अब तुम्हें खूब खुश रहना चाहिए, अच्छी-अच्छी बातें सोचनी चाहिए, अच्छा-अच्छा खाना खाना चाहिए। *(एक क्षण ठहर कर)* आठवाँ महीना पूरा हो रहा है न?

निर्मला : यह चिन्ता और मारे डाल रही है। मुझे तो इसकी ज़रा भी चाहना नहीं थी। जाने कहाँ की आफ़त गले पड़ गई!

सुधा : देखो निर्मला, आगे से जो कभी ऐसी बात कही तो बहुत लड़ूँगी मैं। अरे पहले बच्चे को लेकर तो बड़ी उमंग होनी चाहिए... कौन जाने यह बच्चा अपने साथ सुख के दिन लेकर ही आए।

निर्मला : उमंग!...सुख के दिन! मैं तो यह शब्द ही भूल गई। *(अतीत में चली जाती है...अपने में ही खोई-खोई-सी बोलती है)* जाने

कैसे बुरे ग्रहों में जन्मी...शादी के ठीक एक महीने पहले पिताजी का देहान्त हो गया। उनके मरते ही जहाँ पहले मँगनी हुई थी, उन्होंने रिश्ता तोड़ लिया...

दृश्य-परिवर्तन

[कैमरा बाहर की बैठक में चला जाता है। किसी बात पर नयनसुख और सिन्हा हँस रहे हैं, तोताराम के चेहरे पर भी मुस्कान दिखाई देती है। नौकर गिलासों में शरबत, प्लेटों में नाश्ता लेकर आता है।]

नयनसुख : देखा, कुछ ग़लत कह रहा था मैं। *(बहुत नाटकीय अन्दाज़ में)* आप आए तो तोता के बदन में कुछ हरकत हुई...चेहरे पर मीठी मुस्कान आई और अब शरबत और मिठाई भी आ गई...वरना इतनी देर से मैं झख मार रहा था। किसी ने पानी तक को नहीं पूछा।

[फिर सब हँसते हैं। नौकर सबको गिलास, प्लेटें देता है]

सिन्हा : न हो तो आप महीने-पन्द्रह दिन को हवा-बदली के लिए बाहर चले जाइए। बहुत आराम मिलेगा।

नयनसुख : अमाँ छोड़ो अब ये सब। सात महीने से आराम ही तो फ़रमा रहे हो। कल को कचहरी जाना है इन्हें। काम-धंधे में लगेंगे तो अपने आप हवा बदल जाएगी।

तोता : कल से कचहरी जाना ही शुरू करूँगा। अब फिर से काम भी तो जमाना है।

नयनसुख : वाह! ये हुई न कुछ बात। लो इसी बात पर एक मिठाई और खाओ। *(उठकर तोता के मुँह में मिठाई डालता है। सब हँसते हैं। कैमरा अन्दर जाता है। वहाँ का दृश्य ठीक इसके उल्टा है। निर्मला और सुधा दोनों के सामने भी नाश्ते की प्लेटें और शरबत के गिलास रखे हैं, पर दोनों में से शायद किसी ने छुआ भी नहीं है। कैमरा निर्मला के चेहरे पर टिक जाता है जो आँसुओं से भीगा हुआ है। इसके बाद कैमरा सुधा के चेहरे पर जाता है। सुधा का चेहरा तमतमाया हुआ है। सुधा का यही चेहरा अगले दृश्य में कांटिन्यू करता है। अगला दृश्य डॉक्टर सिन्हा के घर में)।*

दृश्य-परिवर्तन

सुधा : एक बात पूछूँ।

सिन्हा : *(तोताराम के यहाँ से लौटकर बड़े हल्के-फुल्के मूड में है कपड़े बदल रहा है।)* ज़रूर पूछो!

सुधा : अगर कोई आदमी एक जगह मँगनी करके सिर्फ़ पैसे के लालच में (इन शब्दों पर ख़ास ज़ोर देकर) उसे तोड़कर दूसरी जगह सम्बन्ध कर ले...उसे तुम क्या कहोगे?

सिन्हा : *(बिना इस बात का सिर-पैर समझे, उसी लापरवाही के अन्दाज़ में)* उसे ऐसा नहीं करना चाहिए—और क्या?

सुधा : बस, इतना ही कहोगे?

सिन्हा : तो और क्या कहूँ?

सुधा : कहो कि यह घोर नीचता है...परले सिरे का कमीनापन है—टुच्चापन है। *(सुधा का चेहरा तमतमा जाता है। सिन्हा जो अभी तक कपड़े बदल रहा था और सुधा की तरफ़ पीठ किए-किए ही जवाब दे रहा था...सुधा के स्वर से चौंक कर, पलटकर उसकी तरफ़ देखता है। बेहद आश्चर्य से)*

सिन्हा : आख़िर बात क्या है...किस पर यह कोप बरस रहा है?

सुधा : दुर्भाग्य से ऐसा ही एक प्राणी मेरा पति भी है।...

सिन्हा : *(एकदम बौखला कर)* मैं-मैं-मैं?

सुधा : बात इतनी पुरानी नहीं कि बिलकुल भूल ही जाओ।

सिन्हा : *(सारी बात को उड़ा देने के लिए बहुत सहज होने का नाटक करते हुए)* अरे वो-वो-वो बिलकुल दूसरी बात थी...लेन-देन नहीं, वह तो लड़की के पिता मर गए थे और...

सुधा : *(बीच में बात काटकर, बहुत पैने ढंग से)* तुमको शादी लड़की से करनी थी या उसके पिता से।

सिन्हा : *(सफ़ाई देते हुए)* फिर लड़की में कोई ऐब भी था।

सुधा : ऐब था?...कानी-कुबड़ी थी...बदशक्ल थी...बदचलन थी...ज़रा सुनूँ तो क्या ऐब था?

सिन्हा : *(अपना बचाव करने के अन्दाज़ में)* अब वो...इतना सब तो मुझे नहीं मालूम!

सुधा : ऐब सिर्फ़ यह था कि बाप के मरने से लम्बी-चौड़ी रक़म देने वाला कोई नहीं रह गया था।

सिन्हा : *(इस प्रसंग को समाप्त करने के अन्दाज़ में)* उससे शादी हो जाती तो फिर तुम कहाँ से मिलतीं? *(पास आकर गले में हाथ डालने की कोशिश करता है, लेकिन सुधा झटककर हाथ अलग कर देती है।)*

सुधा : छुओ मत मुझे।

सिन्हा : *(थोड़े आवेश के साथ)* पागल हो गई हो क्या? कहाँ से सुन आई हो यह सब?

सुधा : सुनी-सुनाई बातों पर विश्वास नहीं करती...आँखों से देखकर बात करती हूँ।

सिन्हा : क्या देखकर आई हो? *(चेहरे पर जिज्ञासा)*

सुधा : जानना चाहते हो कौन है वह ऐबदार लड़की? *(सिन्हा केवल जिज्ञासावश देखता रहता है)*...वकील साहब की बीवी निर्मला।

सिन्हा : *(चौंककर)* क्या...!

सुधा : अगर उसे मालूम हो जाए कि उसकी ज़िन्दगी बर्बाद करने वाले महापुरुष आप ही हैं तो वह तो शायद इस घर में क़दम भी न रखे *(सिन्हा नज़रें ज़मीन में गड़ा देता है। सुधा एक क्षण उसे देखती रहती है)* बहुत शर्म आ रही है या कि अफ़सोस हो रहा है एक अनमोल हीरा खोने का। *(दोनों चुप)*

सिन्हा : *(झिझकते हुए)* ये वकील साहब को इस उम्र में शादी करने की क्या सूझी?

सुधा : तुम लोग तो अपनी तिजोरियाँ भरो...ग़रीब घर की लड़कियों की माँग में सिन्दूर भरने वाला भी तो कोई चाहिए न? *(सिन्हा नज़रें फिर ज़मीन में गड़ा लेते हैं। कुछ देर दोनों चुप रहते हैं।)*

सुधा : पश्चाताप करोगे? *(सिन्हा अपराधी भाव से आँख उठाकर सुधा की ओर देखते हैं।)*

सुधा : *(थोड़ी देर तक तौलती नज़रों से सिन्हा को देखती रहती है)* निर्मला की एक छोटी बहिन और है—निर्मला से भी ज़्यादा सुन्दर। *(कुछ ठहर कर)* बिना एक भी पैसा लिये अपने छोटे भाई का विवाह करवा दो उससे। उसकी ज़िन्दगी सँवर जाएगी...तुम्हारा प्रायश्चित हो जाएगा। *(सिन्हा चुप...फिर नज़रें ज़मीन में गड़ा लेते हैं। इतना सब सुनाने के बाद जैसे थोड़ी हल्की होकर निर्णय सुनाने के लहजे में)* सुझाव मैंने दिया है, थोड़ी-सी भी इन्सानियत हो तो अमल कर लेना। *(चादर खींचकर लेट जाती है। सिन्हा थोड़ी देर तक वैसे ही बैठे रहते हैं, फिर*

वह भी आकर लेट जाते हैं। सुधा सो जाती है...लेकिन सिन्हा की आँखों में नींद नहीं ख़ून देने के लिए आई हुई निर्मला का चेहरा रह-रहकर आँखों के आगे कौंधता रहता है। तोताराम का चेहरा भी आँखों के आगे घूमता है और सारी स्थिति की भयावहता उजागर हो जाती है। थोड़ी देर बाद वे उठते हैं। टेबिल पर बैठकर पत्र लिखना शुरू करते हैं...पूज्य बाबूजी...)

दृश्य-परिवर्तन

[दूसरे दिन सवेरे! तोताराम चिन्तित और परेशान से बैठे हैं। निर्मला अपने गहनों का डिब्बा लेकर आती है। तोताराम एकटक उसे देखते रहते हैं। वह पास आकर बैठती है।]

निर्मला : आज तक मैंने तुमसे ज़ोर देकर कभी कुछ करने को नहीं कहा...लेकिन आज कह रही हूँ। इन गहनों को बेच दो और जैसे भी हो, मकान बचा लो।

तोता : *(बेहद कातर नज़रों से निर्मला को देखते रहते हैं)* बहुत जुल्म तुम्हारे साथ किए...पर यह जुल्म मुझसे नहीं होगा *(नज़र निर्मला के चेहरे से हटा लेते हैं।)*

निर्मला : जुल्म कैसा?...जब हालत थी तुम्हीं ने नित नए गहने गढ़ाकर दिए...आज हालत कमज़ोर है तो लेने में जुल्म कैसा? *(कुछ ठहर कर)* और फिर तुमने तो एक बार भी मुँह से नहीं माँगे...मैं ख़ुद दे रही हूँ।

तोता : नज़रें फिर निर्मला के चेहरे पर...मन में उसके लिए श्रद्धा का ज्वार-सा उमड़ने लगता है। कंठ भिंच-सा जाता है *(तुम्हारे बड़प्पन के सामने मैं हमेशा ही बहुत छोटा सिद्ध होता रहा हूँ...अब इतना छोटा मत कर दो कि अपनी ही नज़रों से गिर जाऊँ)।*

निर्मला : *(तोताराम का हाथ अपने हाथ में लेकर प्यार से सहलाते हुए)* क्यों ऐसी बातें कर-करके मेरा जी जलाते हो...जो बीत गया, उसे भूलते क्यों नहीं?

[तोताराम बहुत स्नेह से निर्मला को देखते रहते हैं। उस नज़र में अपराध और पश्चाताप का भाव है।]

तोता : जाने कैसी ग़फ़लत में इस मकान से भी हाथ धो बैठा *(कुछ देर रुककर)* एक ही तो सुकून था कि जो भी ज़्यादती की तुम्हारे साथ...कम से कम तुम्हें गहनों, कपड़ों और पैसों से कभी मोहताज नहीं होने दूँगा...लेकिन शायद ईश्वर को... *(गला भर जाता है, वाक्य अधूरा छोड़ देते हैं।)*

निर्मला : *(दुलार से झिड़कते हुए)* फिर वही बात! मुझे नहीं शौक़ है गहने पहनने का। बेचो इन्हें और मकान बचा लो।

तोता : यह सिर्फ़ शौक़ नहीं, सहारा है तुम्हारा...इसे नहीं छीन सकता मैं।

निर्मला : *(एक-एक शब्द पर ज़ोर देकर)* मेरे असली सहारे तो तुम हो! बस अपने को भला-चंगा रखो।

[तोताराम एकटक निर्मला को देखते रहते हैं, फिर भावावेग से]

तोता : तुम भक्ति की चीज़ थी...मैं तुम्हें भोग की चीज़ समझता रहा।

निर्मला : *(तोताराम को भावुकता वाली इस मानसिकता से उबारने के लिए प्रसंग बदलती है।)* अच्छा, अब उठो और तैयार होओ... आज कचहरी जाना है न! *(पकड़कर उठाती है)* मैंने रात में ही सारे कपड़े तैयार करके रख दिए थे। *(अलमारी से कपड़े निकालकर देती है)* और देखो, जैसे भी हो मकान बचा लेना। जिस दिन से मकान की ख़बर सुनी है...जीजी की आँख का आँसू नहीं छूटा है। ये मकान गया तो वे तो ज़िन्दा भी नहीं रहेंगी।

तोता : *(निर्मला के हाथ से कपड़े लेते हुए)* और इस मकान में शायद मैं ज़िन्दा नहीं रह सकूँगा। कितनी मनहूस यादें चिपकी हैं इसके साथ। मेरा सब कुछ निगल लिया इस मकान ने। इस मकान को छोड़ना ही है।

[निर्मला तोताराम के इस बदले तेवर को देखती है]

[फिर बड़े असमंजस की स्थिति में।]

निर्मला : मुझे बहला तो नहीं रहे?

तोता : मेरा दम घुटता है इस मकान में। जाने क्यों लगता है कि अगर दिन बदलेंगे तो घर बदलकर ही...और आज से अब उसकी शुरुआत करनी ही है। *(चेहरे पर संकल्प का-सा भाव! कपड़े*

लेकर उठते हैं। निर्मला भौंचक सी उनके इस भाव को देखती है। निर्मला के पास आकर, उसके कन्धे पर हाथ रखकर) तुम घबराओ मत। तीन महीने की मोहलत मिलेगी...तुम पूरी तरह फ़ारिग़ हो लोगी तभी नए घर में चलेंगे। एक नई ज़िन्दगी शुरू करने...

निर्मला : *(चेहरे पर उत्साह की लहर-सी दौड़ जाती है)* सच?...तो फिर नया प्राणी भी नए घर में ही आए...सबकुछ नए सिरे से ही शुरू हो। *(आँखों में एक चमक-सी दिखाई देती है)*

[इस पूरे दृश्य के बीच में बाहर जियाराम खड़ा है...जिस पर दो बार कैमरा आता है। वह जैसे भीतर की बातें सुनने की कोशिश कर रहा है...उसके सारे हाव-भाव सन्देह पैदा करने वाले हैं। अन्त में भी कैमरा जिया पर ही आता है। पर इस बार रुक्मिनी भी उसे देख रही हैं। मानो उधर से गुज़रते हुए रुक्मिनी ने जिया को इस रूप में देखा...एक क्षण ग़ौर से उसे देखती रही फिर पास आकर]

रुक्मिनी : जिया, तू यहाँ खड़ा-खड़ा क्या कर रहा है?

जिया : *(हल्के से सकपका कर)* कुछ नहीं *(तेज़ी से सीढ़ियाँ उतरता हुआ बाहर निकल जाता है। बाहर के दृश्य)।*

दृश्य-परिवर्तन

[पाँच-सात दिन बाद। शाम का समय। रुक्मिनी अपने कमरे में बैठी है। रुक्मिनी भी काफ़ी कमज़ोर और पस्त-सी दिखाई देती है—उसकी पहले वाली कड़क और तेज़ी जैसी ग़ायब हो गई है। निर्मला वहीं बैठी कोई कपड़ा सिल रही है। तोताराम आते हैं—कचहरी के कपड़ों में! आकर बैठते हैं, जैसे बहुत थक गए हों।]

निर्मला : कोई मुक़दमा लिया?

तोता : *(इस बात का कोई जवाब नहीं देते)* जीजी, आज नए मकान की लिखा-पढ़ी हो गई *(इस बात की प्रतिक्रिया दोनों के चेहरों पर)* कल से ही सामान समेटना शुरू कर दो...जितनी जल्दी हो सके नए घर में जम जाएँ। *(निर्मला से)* कुछ खाने को दोगी।

(तोताराम निकलते हैं, पीछे-पीछे निर्मला भी। कैमरा रुक्मिनी के चेहरे पर)

रुक्मिनी : हे भगवान, यह दिन भी देखना बदा था!...सामान समेटने से पहले तू मेरे प्राण क्यों नहीं समेट लेता... *(आँखों से आँसू बहने लगते हैं।)*

(फेड आउट)

दृश्य-परिवर्तन

[अगला दृश्य...सामान ट्रक में जमाया जा रहा है। मूंजी, कहार, सिया सामान बाहर ट्रक में लदवा रहे हैं...निर्मला छोटी-मोटी चीज़ें समेट रही है।]

तोता : ये जिया कहाँ ग़ायब रहता है...उसे तो घर की ज़रा भी चिन्ता नहीं। *(घर बदलने का माहौल बनाना है—बाहर ट्रक ड्राइवर और सामान जमाने वाले मज़दूर की बातें—मूंजी और कहार की कहा-सुनी—सिया का दौड़-दौड़कर सामान ले जाना। ट्रक सारा सामान लेकर चला जाता है—बग्घी खड़ी है। घर छोड़ते समय सब लोग बहुत इमोशनल हो जाते हैं। निर्मला अपना तुलसी का चबूतरा देखती है...तोताराम मंसा का कमरा देखते हैं...रुक्मिनी एक-एक चीज़ छू-छूकर देखती है। गाड़ी में बैठकर रुक्मिनी हथेलियों में मुँह छिपा लेती है...तोताराम बहुत उदास नज़रों से उस ख़ाली सूने मकान को देखते हैं। निर्मला का चेहरा बिलकुल भाव-शून्य। गाड़ी चल देती है।)*

दस

[तोताराम का नया घर। नए घर की साज-सज्जा बहुत साधारण जो तोताराम की गिरी हुई आर्थिक स्थिति की जानकारी देती है। समय सवेरे दस बजे के आस-पास। एक खटोले पर निर्मला अपनी बच्ची को गोद में लिये बैठी है। औरतें ढोलक पर जच्चा गा रही हैं। एक तरफ़ टोकरी में लड्डू रखे हैं। मूंजी दोनों में चार-चार लड्डू जमा रही है। सिया उसकी मदद कर रहा है। दरवाज़े पर आम के पत्तों की बन्दनवार बँधी हुई है। गाना समाप्त होने पर औरतें अपना-अपना मिठाई का दोना लेकर चली जाती हैं। रुक्मिनी मूंजी को धोती और मिठाई देते हुए।]

रुक्मिनी : ले मूंजी, ये तेरी धोती और ये तेरे लड्डू। *(मूंजी प्रसन्न भाव से लेकर रुक्मिनी के पैर छूती है। बाहर से तोताराम आते हैं।)* लो भैया, नहान हो गया, पूजा हो गई और गीत भी हो गए, मैं तो फ़ारिग हुई। अब तुम ज़रा अपनी लक्ष्मी को गोद में लेकर देखो तो कौन आया है यह? *(निर्मला की गोद से बच्ची को लेकर)* क्यों भई, बाबूजी की गोद में भी तो खलेंगे अब *(तोताराम को देने लगती है। तोताराम पहले थोड़ा संकोच-सा करते हैं—पर जैसे ही नज़र निर्मला पर जाती है, जो बहुत उत्सुकता से तोताराम की ओर देख रही है—तो बच्ची को गोदी में ले लेते हैं। कुछ देर तक ग़ौर से उसका चेहरा देखते हैं। रुक्मिनी और निर्मला दोनों तोता को देख रहे हैं—जैसे बच्ची पर उसकी राय जानना चाहती हों। थोड़ी देर तक देखने के बाद।)*

तोता : जीजी, बिलकुल मंसा जैसी नहीं है...वही माथा, वही बड़ी-बड़ी आँखें...वैसे ही होंठ। *(मुग्ध भाव से उस देखते ही रहते हैं।)*

रुक्मिनी : *(विजय के उल्लास से)* देखा, मैं तो पहले ही दिन से कह रही हूँ कि मंसा ही आया है *(निर्मला के चेहरे पर मुस्कुराहट। चेहरा खुशी से चमकने लगता है।)*

तोता : *(थोड़ी देर तक बच्ची को उसी तरह देखने के बाद, बहुत भावुक होकर उसे सीने से चिपका लेते हैं)* मुझे तो लग रहा है जैसे मेरा मंसा ही लौट आया हो।

रुक्मिनी : और क्या?

तोता : *(कुछ देर ठहर कर)* कौन जाने जीजी मंसा के साथ पुराने दिन भी लौट आएँ। *(चेहरे पर आशा की एक लहर-सी दौड़ जाती है।)*

रुक्मिनी : लौटेंगे...ज़रूर लौटेंगे...बहुत शुभ है यह बच्ची। घर में पाँव पड़ा और दूसरे दिन ही चिट्ठी आ गई कि मासी का रिश्ता तय हो गया। बहुत बड़े घर में और अगले साल ही शादी भी।

तोता : कितने दिनों बाद आज मन बड़ा हल्का-हल्का लग रहा है *(बच्ची को सीने से हटाकर फिर गोदी में लेते हैं...फिर उसका चेहरा देखते हैं)* क्यों री, तेरा नाम आशा रख दें? *(निर्मला की ओर देखकर)* पसन्द है यह नाम तुम्हें?

निर्मला : *(सलज्ज मुस्कान के साथ)* मैं क्या बताऊँ...जो आपको पसन्द, वही मुझे भी पसन्द है।

[पास में खड़ा सिया बच्ची के पास ताली बजा-बजाकर 'आशा-आशा' पुकारता है। रुक्मिनी भी बहुत खुश है...उसके चेहरे पर भी एक नई उमंग और आशा की लहर दिखाई देती है। मुस्कुराती हुई मूंजी भी वहीं खड़ी है]

रुक्मिनी : भगवान करे ये तुम लोगों की सारी आशाएँ पूरी कर दे।

[इस दृश्य में खुशी का माहौल दिखाना है...जैसे बच्ची के साथ-साथ इस घर में एक नये जीवन का संचार हुआ हो।]

[मोंटाज़ में आशा का बड़ा होना दिखाया जाए। उसकी मालिश हो रही है...उसे नहलाया जा रहा है... वह पेट के बल घिसट रही है...घुटनों चल रही है..फिर डगमगाती हुई क़दम रख रही है। साथ में कभी रुक्मिनी दिखाई देती है, कभी निर्मला। चलना सीख रही है तो सामने तोता दिखाई देते हैं...सामने खड़े होकर हाथ फैलाकर बुला रहे हैं...आजा...आजा और वह डगमगाती हुई वहाँ तक पहुँच जाती है तो उसे बाँहों में

भर लेते हैं। एकाध चित्र में सिया को खिलाते हुए ज़रूर दिखाया जाए!]

[आशा डेढ़ साल की हो गई है। रुक्मिनी उसे तैयार कर रही है। (समय सवेरे का)। नए कपड़े पहनाती है, बाल बनाती है, माथे पर काजल का टीका लगाती है। इसके साथ ही संवाद भी चल रहा है।]

रुक्मिनी : मौसी से कहना मैंने ही आपका रिश्ता तय करवाया है...अब मुझे सोने के कड़े तो पहना दो। *(कमरे से निर्मला का भाई सामान निकाल-निकालकर रख रहा है—दो टीन के ट्रंक जिस पर रंग-बिरंगे फूल छपे हुए हैं—दरी में बँधा हुआ बिस्तरा, टोकरी, सुराही। बाहर से तोता आते हैं)*

तोता : ताँगा आ गया...सामान जमाओ। *(कमरे से निर्मला भी निकलकर आती है। सिर पूरा ढँका हुआ है—बल्कि पल्ला ललाट तक है जैसे बाहर जाने के लिए तैयार होकर आई है)*

भाई : *(रुक्मिनी से)* जीजाजी के साथ आप ज़रूर आइए शादी में *(रुक्मिनी केवल मुस्कुराती है। निर्मला सिया को बाँह में भरकर प्यार करते हुए)* स्कूल की वजह से साथ तो नहीं ले जा सकती पर बाबूजी के साथ ज़रूर आ जाना। और देखो, खूब मन लगाकर पढ़ना...बुआजी को तंग नहीं करना!...अम्मा को चिट्ठी ज़रूर लिखना। *(निर्मला जब तक यह संवाद बोलती है, भाई सामान लेकर बाहर जमा रहा है। सामान जमाने के बाद।)*

भाई : जिया तो सवेरे से दिखाई ही नहीं दिए—*(जिया की अनुपस्थिति की प्रतिक्रिया रुक्मिनी के चेहरे पर दिखाई जाए—खीज और दुख का मिला-जुला भाव)* उनसे कह दीजिए शादी में ज़रूर आएँ। *(बाहर से तोताराम की आवाज़ आती है)*

तोता : जल्दी करो भाई...देर हो रही है!

[निर्मला रुक्मिनी के पैर छूती है। रुक्मिनी आशीर्वाद देती है...'दूधो नहाओ, पूतो फलो।' भाई भी पैर छूता है। 'खुश रहो'। निर्मला रुक्मिनी की गोदी से आशा को लेती है। बच्ची को देते हुए।]

रुक्मिनी : इस गुड़िया की तो बड़ी याद आएगी...घर कैसा तो सूना-सूना लगेगा इसके बिना! *(स्वर भीग जाता है। पल्ले से आँसू पोंछती है। सब लोग बाहर निकलते हैं। तीनों को लेकर ताँगा चला जाता है। रुक्मिनी जाते हुए ताँगे को देखती रहती है—ताँगा जब बिलकुल ओझल हो जाता है तो सड़क के दूसरी ओर से जिया आता दिखाई देता है। पास आने पर)...*

रुक्मिनी : सवेरे से कहाँ भटक रहा है रे तू? मालूम तो था कि आज बहू जा रही है, घर में नहीं रहना चाहिए था इस समय? बेचारे राह देखते-देखते चले गए।

जिया : बाबूजी थे तो उनकी हाज़री बजाने के लिए। मैं क्या करता? *(रुक्मिनी जिया की बात...उसका तेवर देखकर सन्न रह जाती है। जिया तो कहकर अपने कमरे में चला जाता है, लेकिन रुक्मिनी जड़ होकर जहाँ की तहाँ खड़ी रह जाती है।)*

रुक्मिनी : हे भगवान! ये क्या होता जा रहा है जिया को!

दृश्य-परिवर्तन

[ट्रेन में निर्मला और उसका भाई बैठे हैं। आशा सो रही है। निर्मला खिड़की से बाहर देख रही है—खेत-खलिहान, नदी-नाले। चेहरे पर प्रसन्नता का भाव...मुक्ति का भाव।

दोनों स्टेशन पर उतरते हैं। इसके बाद ताँगे में। ताँगा जिस सड़क से गुज़र रहा है, उसके दोनों तरफ़ मैदान हैं...हरियाली है...पेड़ है। निर्मला उत्सुकता से चारों ओर देखती है।]

निर्मला : इतने दिनों में यहाँ कुछ भी नहीं बदला?

भाई : मुश्किल से चार साल तो हुए हैं तुम्हें गए...इतने दिनों में क्या बदलेगा भला?

[ताँगा एक बग़ीचे के पास से गुज़रता है]

निर्मला : अरे...मुनीमजी की बग़ीची। मैं और कृष्णा कितना खेलते थे यहाँ आकर। कृष्णा आती है अभी भी यहाँ घूमने?

भाई : नहीं, तुम्हारे जाने के बाद सब कुछ छूट गया। अब न बग्घी न घूमना।

[ताँगा अब गली में घुसता है। दोनों तरफ़ घर बने हुए हैं]

निर्मला : लो, बिशन चाचा का मकान आ गया...गठिया ठीक हुई या नहीं इनकी ?

भाई : नहीं, गठिया कहाँ ठीक होती है!

निर्मला : और दुलारी बुआ कैसी हैं ?

भाई : उनका क्या होना है...वैसी ही हैं।

निर्मला : सब कोई वैसे ही हैं ? *(कहने का ढंग और चेहरे का भाव ऐसा मानो कह रही हो कि सिर्फ़ उसकी दुनिया में ही इतना कुछ बदल गया बाक़ी कहीं कुछ नहीं बदला...सब वैसा ही है। चेहरे पर हल्की-सी उदासी आ जाती है। ताँगा कल्याणी के घर के सामने जा पहुँचता है।)*

दृश्य-परिवर्तन

[कल्याणी का घर। घर की पलस्तर उखड़ी दीवारें। साज-सज्जा भी ऐसी जिससे मालूम हो कि उदयभानु के मरने के बाद इस घर की हालत भी काफ़ी ख़स्ता हो गई है। वही दिन। शाम का समय!]

कृष्णा : *(भीतर से दौड़ती हुई बाहर वाले दरवाज़े पर आती है)* जीजी आ गई—जीजी आ गई। *(निर्मला आशा को गोदी में लिये हुए घर में प्रवेश करती है। भाई सामान उतार-उतारकर भीतर रख रहा है। कृष्णा पहले तो 'जीजी' कहकर निर्मला से लिपट जाती है, फिर आशा को गोदी में लेकर)*

कृष्णा : अरे ये तो बिलकुल गुड़िया जैसी है...देख, पहचान ले अपनी मौसी को। जब तक यहाँ है, अपनी मौसी के पास ही रहना है बस!

[भीतर से कल्याणी निकलकर आती है]

कल्याणी : आ गई बेटी! *(आगे बढ़कर उसे बाँह में भर लेती है। निर्मला कल्याणी के गले से लिपटकर रो पड़ती है। कल्याणी भी आँखों*

में आँसू भरे हुए उसकी पीठ सहलाती है।) तू तो ऐसी ससुराल की हुई कि जाने के बाद झाँककर भी नहीं देखा।

[फिर अपने से अलग करते हुए]

कल्याणी : तुझे भी क्या दोष दूँ...एक बार भेजकर कभी बुला तक नहीं सकी...क्या करूँ, यहाँ के हालात ही ऐसे नहीं थे! *(निर्मला को ऊपर से नीचे तक देखकर)* क्यों री, ये क्या हाल बना रखा है अपना...शरीर तो जैसे आधा रह गया। वहाँ खाती-पीती नहीं थी क्या?

कृष्णा : *(चुहल-भरे स्वर में)* इतनी बड़ी गृहस्थी की मालकिन। नौकर-चाकर। पचास तरह की जिम्मेदारियाँ...खाने-पीने के लिए समय ही कहाँ मिलता होगा बेचारी जीजी को।

निर्मला : नहीं अम्मा, इसके होने के बाद से तबीयत पूरी तरह सँभली नहीं। खाँसी है कि पीछा ही नहीं छोड़ती। *(बच्ची रोने लगती है।)*

कृष्णा : *(चुप कराते हुए)* नईं-नईं, रोते नईं। चलो, चलो हम तो घूमने चलते हैं। *(कृष्णा आशा को लेकर बाहर निकल जाती है। कल्याणी मुस्कुराती हुई उनको जाते हुए देखती है।)*

कल्याणी : इसे तो बस, एक खिलौना मिल गया। *(निर्मला से)* चल भीतर चल। *(कमरे में कल्याणी सब्ज़ी काटते हुए छोड़ गई थी...सो फिर काटने बैठ जाती है। निर्मला तख़्त पर बैठ जाती है)* और वहाँ सब ठीक तो है...वकील साहब...बच्चे... *(एकाएक जैसे कुछ याद आया हो)* और क्यों री, तूने पाँच सौ रुपए क्यों भिजवाए? लाख गई गुज़री हूँ, फिर भी बेटी का धन...

निर्मला : *(बात बीच में ही काटकर आश्चर्य से)* पाँच सौ रुपए?...मैंने तो नहीं भिजवाए अम्मा!

कल्याणी : नहीं भिजवाए?... *(कुछ सोचकर)* तो वकील साहब ने भिजवाए होंगे।

निर्मला : इन्होंने? *(जैसे बात कुछ समझ में न आ रही हो)* इनका हाथ तो वैसे ही बहुत तंग है अम्मा...फिर भेजते तो मुझे बताते तो।

कल्याणी : ले, तो क्या अपने से उड़कर आ गए?...नाम तो किसी का नहीं था, पर मुहर तो तुम्हारे शहर की ही थी। *(कुछ ठहरकर गुत्थी सुलझाने के भाव से)*, तुझे भी नहीं बताया होगा और भेज दिए

होंगे। मैं तो कहूँ धन भाग जो ऐसे दामाद मिले। हम लोगों तक से कितनी ममता रखते हैं। रिश्ते की बात सुनी और झट से तैयारी के लिए रुपए भेज दिए। *(निर्मला के चेहरे का आश्चर्य और गहरा जाता है। कल्याणी का ध्यान निर्मला के चेहरे पर क़तई नहीं है। वह अपनी ही धुन में बोल रही है।)*

कल्याणी : एक मैं हूँ कि मंसा के गुज़रने पर भी नहीं पहुँच सकी। *(ठंडी साँस लेकर)* क्या बताऊँ, जब तक कृष्णा का रिश्ता नहीं हो गया, मेरा तो सोना और खाना तक हराम हो गया था। आदमी एक बार बिना खाए भले ही रह ले पर जवान बेटी को बिना ब्याहे तो नहीं रह सकता। *(कुछ रुक कर)* एक-एक पैसे को दाँत से पकड़कर रही हूँ...बच्चों का पेट काट-काटकर जो थोड़ा बहुत पैसा जमा किया, उससे भी कहीं ब्याह नहीं होता कृष्णा का...अगर ये लोग बिना दहेज के रिश्ता न माँगते तो!

निर्मला : अच्छा अम्मा, उन्हीं लोगों ने बिना कुछ लिए कृष्णा का रिश्ता कैसे माँग लिया अब?

कल्याणी : *(ठंडी साँस लेकर)* क्या कहूँ...होनहार है बस। *(निर्मला के चेहरे पर आश्चर्य के साथ-साथ दुख की हल्की-सी छाया भी तैर आती है। कल्याणी का ध्यान उसके चेहरे पर नहीं है। सब्ज़ी काटते हुए)* और तो और, जिस बड़े लड़के ने पैसों के पीछे तुझसे रिश्ता तोड़ा, उसी ने ज़िद करके छोटे भाई का रिश्ता यहाँ करवाया *(निर्मला के चेहरे पर प्रतिक्रिया)* पंडितजी ही बता रहे थे कि बड़े लड़के को पैसा तो मिल गया पर शायद बहू पसन्द नहीं...बड़ा पछतावा है उसके मन में।

[निर्मला कुछ बोलती नहीं...बस चेहरे की उदासी और अधिक बढ़ जाती है। कल्याणी का सब्ज़ी काटना समाप्त हो जाता है—वह उठती है।]

कल्याणी : अच्छा, अब तू जल्दी से नहा-धो ले। मैं खाने की तैयारी करती हूँ। *(कल्याणी रसोई में चली जाती हैं। निर्मला वैसी ही खोई-खोई बैठी रहती है। कानों में बार-बार कल्याणी का वाक्य गूँजता है पैसा तो मिला पर बहू पसन्द नहीं...बड़ा पछतावा है...बड़ा पछतावा है...बड़ा पछतावा है। बाहर से कृष्णा रोती हुई बच्ची को लेकर आती है।)*

कृष्णा : जीजी, अभी मौसी से पहचान नहीं हुई इसलिए रो रही है...कल से देखना जो फटके भी तुम्हारे पास। *(निर्मला बच्ची को गोद में लेकर थपकती है)*

निर्मला : सोएगी ये अब। *(बच्ची को थपकती रहती है और कमर से चाबियों का गुच्छा निकालकर देती है)* मेरे कपड़े तो निकाल दे बहन...नहा लूँ। *(कृष्णा चाबी लेकर जल्दी से बक्सा खोलकर एक-एक चीज़ बाहर निकालती है।)*

कृष्णा : वाह क्या साड़ियाँ हैं...ये कामदानी की...ये बनारसी...ये जरी-बूटी वाली, एक से एक नायाब। *(फिर गहनों का डिब्बा निकालकर एक-एक गहना निकालती है। ये हार...ये कंगन...ये झुमके...ये सीस फूल...लगता है जीजाजी ने गहनों से लाद दिया है हमारी जीजी को।*

निर्मला : *(बच्ची को खाट पर सुलाते हुए गहरी-ठंडी साँस छोड़कर)* हाँ री इतना लादा...इतना लादा कि उसके बोझ के नीचे मन ही भर गया तेरी जीजी का।

[निर्मला के कहने में जो तकलीफ़ है उसे पहचान कर कृष्णा चौंकती है। कपड़े-गहने छोड़कर निर्मला के पास आकर बहुत स्नेह से]

कृष्णा : जीजी! *(एकाएक निर्मला को अपनी ग़लती का अहसास होता है—वह जल्दी से अपने को बहुत सहज स्वाभाविक बना लेती है।)*

निर्मला : अब तू मेरे कपड़े भी निकालेगी या कि मेरे बक्से की तलाशी ही लेती रहेगी?

[निर्मला तो सहज हो जाती है पर कृष्णा का चुलबुलापन कुछ देर के लिए खत्म हो जाता है। वह जल्दी से एक जोड़ी कपड़े निकालकर देती है और बाक़ी चीज़ें जल्दी-जल्दी जमा देती है। निर्मला कपड़े लेकर कमरे से निकल जाती है।]

[दृश्य कटकर रसोई में चला जाता है। कल्याणी चपाती सेंक रही है...कृष्णा थाली लगा रही है। निर्मला घुसती है। नहाने के बाद चेहरे पर ताज़गी है...कुछ देर पहले की उदासी धुल गई है। उसने बाल भी धोए हैं सो सिर खुला हुआ है।]

निर्मला : सब्ज़ी क्या बनाई है?

कल्याणी : आलू मँगौड़ी और कटहल की सूखी सब्ज़ी।

निर्मला : वाह! मेरी पसन्द की सब्ज़ियाँ। *(कहने का ढंग ऐसा कि लगे जैसे माँ के घर आते ही वह फिर पहले वाली निर्मला बन गई हो? दोनों बहनें एक ही थाली में बैठकर खाने लगती हैं)* क्या-क्या तैयारी हो गई...गहने-कपड़े सब बन गए अम्मा!

कल्याणी : जिसे कुश-कन्या देना हो, वह क्या तैयारी करेगा? गहना वे ले नहीं रहे और कपड़े कृष्णा नहीं बनवा रही! बस, पाँच-सात खादी की साड़ियाँ ले ली हैं।

निर्मला : खादी की?

कल्याणी : और क्या? इसके दूल्हा गांधीजी के चेले हैं। खादी पहनते ही नहीं गाँव-गाँव जाकर भाषण भी देते हैं। *(चेहरा लज्जा से लाल लेकिन गर्व की चमक भी। निर्मला मुग्ध भाव से उसे देखती है।)*

निर्मला : अच्छा तो तूने भी भाषण देना सीख लिया कि नहीं?

कृष्णा : तुम वकील की बीबी हो...तुमने जिरह करना सीखा क्या?

कल्याणी : *(स्नेह से गद्‌गद होकर)* लो बहनें मिली नहीं कि उड़ने लगे नेहले पर देहले। *(तीनों हँसती हैं। खाना समाप्त करके उठते हुए।)*

कृष्णा : अम्मा, हम ऊपर जा रहे हैं सोने...चलो जीजी *(एक तरह से खींचती हुई ले जाती है।)*

[दृश्य कटकर ऊपर के कमरे में जाता है। निर्मला खाट पर बैठी लड़के की तस्वीर देख रही है। कृष्णा सुर्ख़ चेहरा लिये निर्मला को देख रही है।]

निर्मला : लड़का तो बड़ा सुन्दर है।

कृष्णा : पंडितजी बता रहे थे जितने सुन्दर हैं, उतने ही सुशील भी। *(अब निर्मला कृष्णा को देखती है...उसका बात-बात पर लाल पड़ जाना...उसका सुर्ख़ से हरा हो जाना।)*

निर्मला : अच्छा बता, मुझसे क्या लेगी? अभी से बता दे तो बनने को दे दूँ।

कृष्णा : कुछ अच्छी-अच्छी किताबें दे दीजिए—इन्हें किताबें बहुत पसन्द हैं।

निर्मला : मैं इनकी नहीं, तेरी पसन्द पूछ रही हूँ।

कृष्णा : अब हम दो कहाँ हैं? *(कहकर शर्म से नज़रें झुका लेती है।)*

निर्मला : *(ठोड़ी पकड़कर चेहरा ऊपर उठाते हुए बहुत प्यार से)* कृष्णा बहुत प्रेम उमड़ रहा है अभी से?

[कृष्णा शरमा कर निर्मला के गले से लिपट जाती है। निर्मला उसे बाँहों में भरकर]

निर्मला : भगवान सारे सुखों से तेरी झोली भर दे। तेरे सुख में ही मैं अपना सुख भी ढूँढ़ लूँगी। *(कैमरा निर्मला के चेहरे पर रहता है, जहाँ दुख और खुशी का एक अजीब-सा मिला-जुला भाव है। आख़िरी शब्द तक आते-आते निर्मला की आवाज़ जैसे भर्रा जाती है...आँखों में हल्की-सी नमी भी छा जाती है।)*

[इसी समय दूध के गिलास लिये कल्याणी आती है]

कल्याणी : ये क्या, बहनों का भरत-मिलाप हो रहा है? *(दोनों अलग होती हैं)* लो जल्दी से ये दूध पी लो।

निर्मला : इतना खाने के बाद अब दूध कैसे पिया जाएगा अम्मा?

कल्याणी : दूध तो पीना ही पड़ेगा...माँ के घर आई है, शरीर थोड़ा भरकर ही भेजूँगी।

निर्मला : अच्छा बाबा लाओ...तुम मानोगी थोड़े ही।

[गिलास लेकर दो-तीन घूँट पीती है कि खाँसी शुरू हो जाती है...पहले तो लगता है जैसे मामूली-सी खाँसी है—पर जब वह खाँसती ही रहती है तो कल्याणी ज़ोर-ज़ोर से पीठ सहलाने लगती है।]

कल्याणी : अरे ये क्या हो गया...कृष्णा, जल्दी से पानी तो दे। *(कृष्णा दौड़कर पानी लाती है पर निर्मला हाथ से मना कर देती है...दूसरे हाथ से छाती दबाकर लगातार खाँसती रहती है—चेहरा लाल हो जाता है—आँखों से आँसू बहने लगते हैं। कल्याणी उसकी पीठ मलती है—कृष्णा पंखा झलती है।)* ये कैसी खाँसी है री...काली खाँसी हो रही है क्या...कृष्णा जल्दी से अदरक का रस और शहद मिलाकर तो ला।

[कृष्णा दौड़ जाती है। खाँसी का दौर थोड़ा-सा थमा है पर निर्मला वैसे ही छाती पकड़े बैठी हाँफ रही है...उसकी साँस धौंकनी की तरह चल रही है। कल्याणी जैसे-तैसे

पकड़कर उसे लिटाती है। निर्मला बिलकुल निढाल हो गई है। कृष्णा के साथ भाई भी आ गया है। कल्याणी जैसे-तैसे निर्मला को शहद चटाती है।]

कल्याणी : ये आवाज़ कैसी है खाँसी की...मेरा तो जी ही बैठ गया। मुन्ना! कल ही वैद्यजी को लाकर दिखा दे जीजी को *(थोड़ी देर बाद)* कैसा जी है अब?

[निर्मला कुछ नहीं बोलती। कल्याणी माथा सहलाती है, कृष्णा पंखा झलती है कि तभी झटके से उठकर निर्मला फिर खाँसने लगती है...खाँसी की वही खोखली आवाज़ स्क्रीन पर गूँजती रहती है...]

ग्यारह

[घर में शादी का माहौल। बन्दनवार बाँधी जा रही है...सजावट हो रही है। औरतें-आदमी, सब किसी न किसी काम में व्यस्त। कृष्णा सुधा को लेकर आती है।]

कृष्णा : दीदी...दीदी, जीजाजी आ गए और देखो तुम्हारी सखी भी।

निर्मला : *(भीतर से निकलकर सुधा को गले से लगाती हुई)* अरे तुम आ गईं...मुझे तो भरोसा नहीं था।

सुधा : क्यों, मैं तुम्हें भरोसे लायक नहीं लगती?

निर्मला : नहीं,...असल में मैंने भी तो इतना ज़ोर देकर नहीं लिखा था।

सुधा : तो तुम क्या समझती हो, तुम्हारे बुलावे की मोहताज बैठी थी मैं...अरे तुम न भी बुलातीं तब भी मुझे तो आना ही था।

कल्याणी : *(अन्दर से आकर)* वकील साहब आ गए क्या?...उनके नाश्ते-पानी का इन्तज़ाम करो। और देख कृष्णा, कम से कम आज तो तू उनकी खातिरदारी का ज़िम्मा ले ले...मेरे घर तो पहली बार आए हैं, किसी तरह की क़सर न रहे?

निर्मला : अम्मा ये सुधा हैं *(सुधा नमस्ते करती हैं)* समझ लो आजकल इनके भरोसे ही ज़िन्दा रह रही हूँ वहाँ।

सुधा : हाँ, इसीलिए एक महीने मुझसे दूर रहकर अच्छी-खासी मोटी तगड़ी हो गई है।

कल्याणी : जीती रहो बेटी...बड़ा अच्छा किया कि तुम आ गईं। निर्मला का हाथ बँटाने वाला हो गया कोई। *(निर्मला से)* इन लोगों के नाश्ते-पानी का इन्तज़ाम करवाओ बेटी...सफ़र से आए हैं। *(व्यस्त-सी चली जाती है)*

निर्मला : कृष्णा, आशा को उसके बाबूजी के पास ले जा...उनके प्राण छटपटा रहे होंगे इसे देखने के लिए?

सुधा : प्राण तो तुम्हारे लिए भी छटपटा रहे हैं...एक महीने के विरह ने ही झुलसाकर रख दिया। *(निर्मला मुस्कुराकर आशा को लेकर बाहर निकल जाती है। कृष्णा से)* मैं तो तुम्हारे ससुराल के

परिवार को भी जानती हूँ...एक बात के लिए अभी से चेता दूँ। लड़के की भावज बड़े कड़े स्वभाव की स्त्री है...बहुत ग़म खाकर रहना होगा, वरना जीना हराम कर देगी तुम्हारा।

कृष्णा : मेरी झगड़ने की आदत ही नहीं। जब मेरी तरफ़ से कोई शिकायत ही न पाएँगी तो किस पर बिगड़ेंगी।

सुधा : वह तो हवा से लड़ने वाली औरत है...लड़ने के लिए उसे कोई कारण थोड़े चाहिए।

कृष्णा : मैं तो सौ बात की एक बात जानती हूँ...नम्रता पत्थर को भी मोम कर देती है।

सुधा : छोटी बहिन समझकर मैंने तुम्हें चेता दिया...आगे तो तुम्हें ही भुगतना है।

[निर्मला लौटकर आती है]

निर्मला : कृष्णा अब तू जा बहन...जीजा लोग सालियों से जितने प्रसन्न रहते हैं बीबी से नहीं रहते। *(कृष्णा हँसती हुई निकल जाती है)* बरात जनवासे में तो पहुँच गई। मुझे तो लड़के के बड़े भाई को देखना है और धन्यवाद देना है।

सुधा : धन्यवाद देना है?...कोसना नहीं है?

निर्मला : कोसूँगी क्यों—सच पूछो तो मेरे मन में तो सम्मान ही जाग रहा है। प्रायश्चित की तरह ही सही...कम से कम एक लड़की की ज़िन्दगी तो सुधार दी।

सुधा : अच्छाऽऽ...इतना सब बोल लोगी तुम उनसे?

निर्मला : अब बोलने में क्या हर्ज़ है...और न बोल सकी तो तुम तो हो ही।

सुधा : ना बाबा, मेरे मन में तो न सम्मान जाग रहा है और न मुझसे धन्यवाद दिया जाएगा ऐसे आदमी को?...हाँ, कहो तो तुम्हें सामने करके कहूँ कि लो देखो निर्मला को और रोओ अपनी किस्मत को कि किस हीरे को छोड़ दिया।

निर्मला : धत्, यह भी कोई कहने की बात हुई।

सुधा : हाँ, यह कहने की बात तो नहीं...यह तो उनके महसूस करने की बात है।...सुनो, तुम तो आज खूब सज-धजकर अपनी छटा दिखा दो बस, बाक़ी वह ख़ुद हाथ मलमल कर पछताता रहेगा।

निर्मला : तुम बहुत शैतान हो...मसखरी करने से बाज़ ही नहीं आती कभी *(प्यार से सुधा का गाल मसल देती है)*

दृश्य-परिवर्तन

[दुल्हन के वेश में कृष्णा बैठी है। आठ-दस औरतें बैठी हैं, एक ने ढोलक सँभाल रखी है। निर्मला और सुधा आती हैं।]

औरत : अरे कहाँ थीं तुम अब तक...घर की लड़कियों के बिना कहीं गीत जमे हैं।...वह मरी फूलमती भी नहीं आई अभी तक...उसके बिना रंग जमता ही नहीं।

निर्मला : अरे छोड़ो फूलमती को...देखो सुधा कैसा रंग जमाती है...सँभालो ढोलक और सुधा शुरू करो।

सुधा : शुरू तो करूँगी पर तुमको नाचना पड़ेगा।

निर्मला : हाँ-हाँ, नाचूँगी क्यों नहीं...बहन की शादी में तो ज़रूर नाचूँगी। *(घुँघरू पहनती है)* सुधा गाती है...दूसरी औरतें भी साथ देती हैं।
'मैं तो चन्दा जैसी नार, राजा क्यों लाए सौतनिया।
जो मैं होती काली-कुबड़ी तो लाते सौतनिया...
मेरे गोरे-गोरे गाल, राजा क्यों लाए सौतनिया।'

[इस दृश्य को और अधिक जीवन्त बनाने के लिए पहले दो-तीन औरतों को अलग-अलग गानों पर नाचते हुए दिखाया जाए...हर गाने की केवल दो-दो लाइन। अन्त में निर्मला नाचे, पूरे गाने पर। गाने के अन्त में रिद्म को बहुत तेज़ कर दिया जाए और निर्मला फिरकी की तरह घूमती हुई उसी स्पीड पर नाचे...आनन्द, उल्लास, उन्मुक्तता और जीवन्तता...नाच के साथ यह सब जैसे उसके भीतर से छलका पड़ रहा है। सारी औरतें और पूरा माहौल जैसे एक लय और उत्साह में आ जाता है।...यही है असली निर्मला। इसके कन्ट्रास्ट में उसके जीवन की ट्रेजेडी अधिक उभर कर आती है।]

दृश्य-परिवर्तन

[एक छोटे-से कमरे की खिड़की से सटी हुई निर्मला और सुधा बड़ी उत्सुकता से बारात देख रही हैं।]

सुधा : पता कैसे लगेगा कि लड़के का बड़ा भाई कौन है?

निर्मला : ये जो दूल्हे के घोड़े के सामने...माला पहने चल रहे हैं ये तो कृष्णा के ससुर मालूम होते हैं।

सुधा : हाँ, चाल से तो ऐसा ही लगता है।

निर्मला : *(आश्चर्य से)* अरे, ये डॉक्टर साहब यहाँ कैसे...देख, दूल्हे की बग़ल में नंगे सिर वो क्या चले आ रहे।

सुधा : इनके पिताजी की दोस्ती है इस परिवार से...पिताजी जा नहीं सकते थे, सो इन्हें जाने के लिए कहा...मुझे तो उम्मीद नहीं थी कि ये आएँगे!

निर्मला : तुमने पहले तो नहीं बताया...कोई सम्बन्ध तो नहीं है?

सुधा : मुझे ही आने वाले दिन तो मालूम हुआ...सम्बन्ध-वम्बन्ध का तो मुझे मालूम नहीं।

निर्मला : ये दूल्हे के बाईं तरफ़ कौन है...गुलाबी साफ़ा बाँधे...ये तो नहीं है?

सुधा : ये मोटेराम...लगता है शरीर में बस पेट ही पेट है!

[नाई हड़बड़ाया-सा आता है]

नाई : अरे बिहोरानी, तुम यहाँ हो...अब जल्दी से द्वारचार के लिए कुछ रुपए निकालकर दो!

निर्मला : अभी देती हूँ...पर इधर आकर पहले तुम ज़रा ये बताओ कि दूल्हे के बड़े भाई कौन से हैं। *(नाई खिड़की पर आकर)*

नाई : ये जो दूल्हे की बग़ल में नंगे सिर चल रहे हैं।

निर्मला : धत्, कुछ पता भी है...ये तो डॉक्टर साहब हैं...हमारे पड़ोसी।

नाई : तो पड़ोसी क्या बड़े भाई नहीं हो सकते? *(सुधा केवल मुसकराती रहती है)*

निर्मला : कुछ पता भी है या यों ही इनकी हाँक रहे हो।

नाई : अब तुम न मानो तो मैं क्या करूँ...तुम रुपए दो जल्दी से।

[नीचे से शोर सुनाई देता है—मोटेराम चिल्ला रहे हैं—'इस घर का कोई ढंग भी है बारात द्वार पर आ पहुँची और रुपयों का पता नहीं...नाई भेजा तो वह भी ग़ुम।]

निर्मला : पंडितजी...अभी रुपए देती हूँ...आप एक मिनिट को ऊपर आइए। *(पंडितजी के आने पर)* ज़रा बताएँगे, लड़के का बड़ा भाई कौन है?

पंडित : पूरी बारात में जो आदमी नंगे सिर चल रहा है...वही दूल्हे का बड़ा भाई है,...हद है, इतनी-सी बात के लिए मुझे आसमान पर

चढ़ा दिया...तुम रुपए दो! *(निर्मला उस समय तो सुधा की ओर कुपित नज़रों से देखकर मुस्कुराती हुई यह कह कर...'ठहर ज़रा, अभी ख़बर लेती हूँ तेरी आकर दुष्ट कहीं की, रुपए देने चली जाती है। लौटकर आती है तो सुधा ग़ायब हो चुकी है। एक और औरत से)।*

निर्मला : सुधा बीबी कहाँ चली गईं?

औरत : नीचे गई—बारातियों के जलपान के लिए प्लेटें सजनी हैं न।

[निर्मला एक क्षण असमंजस में खड़ी रहती है...फिर नीचे न जाकर खिड़की पर आकर बाहर का दृश्य देखने लगती है। बराती कुर्सियों पर बैठ गए हैं। डॉक्टर साहब और तोताराम सटे-सटे बैठे हैं—निर्मला एकटक उन्हें देखती रहती हैं...फिर डॉक्टर की बग़ल में अपने को बैठा हुआ देखती हैं...कितनी सुन्दर जोड़ी...फिर डॉक्टर साहब की जगह उसकी बग़ल में तोताराम आकर बैठ जाते हैं। वह खिड़की से हट जाती है...चेहरे पर एक टीस-भरी व्यथा उभर आती है। तभी एक औरत आकर कहती है।]

औरत : बिहोरानी, सुधा बीबी तुम्हें नीचे बुला रही हैं...तुम्हारे कमरे में। *(निर्मला अपने को सहज-स्वाभाविक बनाकर नीचे जाती है...जैसे ही कमरे में घुसती है...डॉक्टर सिन्हा। ठिठक जाती है।)*

सुधा : लो, बुला दिया। अब जितना चाहो, फटकारो। मैं दरवाज़ा रोके खड़ी हूँ, चाहें तो भी भाग नहीं सकते।

डॉक्टर : भागता कौन है?...यहाँ तो सिर झुकाए खड़ा हूँ।

निर्मला : *(हाथ जोड़कर, नज़रें झुकाए सलज्ज मुद्रा में)* इसी तरह सदा कृपा-दृष्टि रखिए...यही मेरी विनय है।

दृश्य-परिवर्तन

[दुलारी चाची घर का कुछ काम कर रही हैं। कोई दरवाज़ा खटखटाता है। खोलती हैं तो सामने जियाराम खड़ा है।]

दुलारी : अरे जिया...आओ-आओ बेटे, कित्ते दिनों बाद देख रही हूँ तुम्हें।...अन्दर आओ!

जिया : हरि कहाँ है?

दुलारी : आओ बैठो तो...हरि को दर्ज़ी के यहाँ भेजा था...बस आता ही होगा। *(एक तरह से पकड़कर अन्दर लाकर बिठाती है)* और सुनाओ, क्या हालचाल है घर का? कई दिनों से मैं तो जा ही नहीं पाई।...एक तो घर के काम-काज से ही छुट्टी नहीं मिले है मरी...दूसरे...अब जाने का मन भी नहीं करै है। तुम्हारी अम्मा थीं तो बात ही दूसरी थी...पहले रुक्मिनी बीबी थोड़ा बोलती-बतलाती थीं...अपना सुख-दुख कहती सुनती थीं सो फिर भी चली जाया करती थी पर मंसा के मरने के बाद से तो जाने क्या हो गया सबको...मुँह फोड़ के कोई दो बात नहीं करता ठीक से...अब इत्ता ग़ैर समझोगे तो कौन जाएगा?...बस, बुरा तो ये लगता है कि जिस घर को मैं अपना समझती थी, उस घर की बातें अब दूसरों से मालूम पड़ती हैं मुझे।

जिया : जी हरि ने पाँच बजे आने के लिए कहा था मुझे...उसे देर लगेगी क्या? *(उठने का उपक्रम)*

दुलारी : अरे तो कौन तुम्हें गाड़ी पकड़नी है...कहा न, अभी आता ही होगा...अरे कभी-कभी चाची के पास भी बैठ जाया करते हैं। *(प्लेट में कुछ मिठाई-नमकीन रखकर देती हैं। जिया पहले इनकार करता है, पर आग्रह करने पर ले लेता है)* अरे जिया, ये इतने कमज़ोर कैसे हो गए...नई अम्मा दूध-मक्खन नहीं खिलाती क्या?...देखो तो, शरीर बिलकुल आधा रह गया।

जिया : नई अम्मा तो चार महीने से मैक़े गई हुई हैं।

दुलारी : ऐल्लोऽऽ...बहन के ब्याह से लौटी ही नहीं क्या अभी तक? ...उसे कौन चिन्ता है तुम लोगों की?...पेट के जाए हों तो बच्चों को छोड़कर रहा जाता है इत्ते-इत्ते दिन कहीं?...हमसे तो भैया, चार दिन को भी नहीं छूटे है ये घर...*(जिया चुप)* कहना तो नहीं चाहिए पर इत्ता तो मैं ज़रूर कहूँगी कि मुंशीजी को तीन-तीन बेटों के रहते ब्याह नहीं करना चाहिए था।

देखो, बेटों की खातिर तो आदमी दूसरी छोड़ तीसरी शादी करे तो भी समझ में आए, पर तीन बेटों के रहते!...*(जिया चुप)* दूसरी माँ तो आज तक किसी की सगी हुई नहीं...बाप

और मुँह फेर ले बच्चों से।...बच्चे बिचारे माँ से तो गए ही गए, बाप से भी जाते रहते!...कोई झूठ कह रही हूँ मैं?...अपनी अम्मा के राज में कैसे भरे-भरे बदन और खिले-खिले चेहरे थे तुम्हारे...और अब देखो? *(जिया की प्लेट का लड्डू ख़त्म होते देखकर एक और लड्डू देती है। जिया इनकार करता है)* अरे खाओ-खाओ, दुलारी चाची के हाथ का लड्डू है। हमारे हरि को तो बेसन के लड्डू और नारियल की बरफ़ी दो दिन को भी नहीं मिले तो घर में आफ़त कर दे। *(जिया खाने लगता है—पर उसकी आँखों में आँसू छलछला आते हैं। दुलारी चाची पानी लेने अन्दर जाती हैं तो वह तुरन्त पोंछ लेता है। पानी लाकर देती हैं)* अब मंसा का ही देखो।...हाय-हाय, याद आते ही मेरा तो कलेजा टुकड़े-टुकड़े होने लगता है। तुम जानो, दूसरे के घर की बात करने की मेरी तो आदत ही नहीं, पर लोगों का मुँह तो कोई बन्द नहीं कर सके है।...कैसी-कैसी तो बातें उड़ीं उस समय सारे शहर में कि बस...कोई कहता कि बाप ने ज़हर देकर मार दिया...कोई कहता कि औरत के कहने में आकर बाप ने घर से निकाल दिया तो उसने ख़ुद ज़हर खा लिया...जित्ते मुँह उत्ती बातें...भगवान जाने सच क्या था। *(जरा पास सरककर बहुत उत्सुकता से)* अच्छा, बोर्डिंग हाउस जाने के बाद तुमसे तो कुछ कहता होगा मंसा...आख़िर बराबरी के भाई थे तुम! *(नज़रें जिया के चेहरे पर गड़ा देती है।)*

जिया : जी नहीं, ऐसी कोई ख़ास बात तो नहीं...

दुलारी : *(कुछ हताश होकर)* अब जो भी हो, मैं तो एक बात जानूँ कि मेरी हमजोली का हँसता-खेलता बेटा देखते-देखते चटपट हो गया। जहाँ भी होगी, उसकी आत्मा ज़रूर कलपती होगी...मेरे साथ तो ऐसा बहनापा था उसका कि मिले-बतियाये बिना रोटी हज़म नहीं होती थी हम दोनों की...*(उठते हुए)* मैं एक मिनिट में सब्ज़ी छौंककर आई। *(अन्दर जाती है। जिया की आँखें फिर छलछला आती हैं और वह जल्दी से आँसू पोंछ लेता है...पर चेहरे पर अपार वेदना। दुलारी आती है, जिया उठ जाता है।)*

जिया : जी मैं अब चलता हूँ। हरि आए तो आप उसे शंकर के यहाँ भेज दीजिए। आज शाम को हम लोगों का वहीं बैठने का प्रोग्राम था। *(दुलारी पकड़कर बिठाते हुए...)*

दुलारी : अब पिरोगराम है तो हरि को साथ लेकर ही जाना...बस, अब आया ही समझो उसे... *(जिया मन मारकर बैठ जाता है)* बाबूजी ने कचहरी जाना शुरू किया या नहीं?

जिया : जी हाँ, जाते तो हैं, पर ज़्यादा मुक़दमे नहीं लेते।

दुलारी : हमारे बाबूजी भी कह रहे थे कि देखो, कैसी अच्छी वकालत चलती थी...सब चौपट हो गई। बड़े मुक़दमे वाला तो अब कोई जाता ही नहीं। *(जिया चुप)* तब तो खर्चे की भी बड़ी मुश्किल होती होगी।...असल में मुंशीजी का तो मन ही फिर गया है सबसे...वरना यों कोई काम-धाम छोड़कर बैठता है साल-साल भर तक...अरे बच्चों की ख़ातिर तो कैसे-कैसे पापड़ नहीं बेलता आदमी...बस, ममता होनी चाहिए बच्चों में। *(जिया चुप)* दो-चार पैसे आते होंगे तो गहना गढ़ा देते होंगे नई बहू को...उसका शरीर तो मैंने लदा ही देखा गहनों से! इन नई-नवेलियों के नखरे उठाना कोई आसान है?...आदमी बेचारा धन से भी जाए सेहत से भी। मुंशीजी की सेहत का भी तो क्या हाल हो रहा है...शादी के समय तो इस उमर में भी अच्छे पट्टे थे! वह तो होनी ही है! *(जिया कुर्सी पर बैठा-बैठा जाने के लिए कसमसा रहा है)*...यों मुझे क्या करना है किसी के लिए कुछ कहकर...पर ये बात तो दिन के उजाले की तरह साफ़ है और सभी कोई तो कह रहा है...ये नई बहू तो बड़ी बेसगुनी आई...तुम्हारे घर में...मंसा जाता रहा, मुंशीजी का धन्धा और सेहत सब चौपट हो गई...मकान नीलाम हो गया। तीन महीने में ही हरी-भरी बगिया चौपट हो गई।...सच पूछो तो मेरा मन तो डरता ही रहता है कि अब किसकी शामत आई...भगवान तुम बच्चों पर रहम करे। *(जलने की गन्ध पाकर एकदम अन्दर को दौड़ती है)*...अरे मेरी सब्ज़ी लग गई लगता है। *(जिया के चेहरे पर सारी बातों की प्रतिक्रिया। दरवाज़ा खोलकर हरि आता है।)*

हरि : अरे यार...ज़रा देर हो गई। *(वहीं से चिल्ला कर)* अम्मा, कपड़े तैयार नहीं थे...कल दर्ज़ी ख़ुद आकर दे जाएगा...हम शंकर के यहाँ जा रहे हैं। *(निकल जाते हैं)*

[एक दृश्य अपने कमरे में अकेले सिगरेट पीता हुआ जिया। मंसा की बातें-दुलारी की बातें उसके दिमाग़ में चक्कर काट रही हैं।]

दृश्य-परिवर्तन

[तोताराम का नया मकान जो अपेक्षाकृत काफ़ी छोटा और उनकी गिरी हुई आर्थिक स्थिति को उजागर करने वाला। तोताराम और सिया खाने पर बैठ चुके हैं, जिया आता है—खाना देखकर]

जिया : यह खाना है, उबली हुई एक सब्ज़ी और बिना घी की दाल।

रुक्मिनी : जो घर में था बना दिया...खा लो चुपचाप।

जिया : *(भन्नाकर)* मुझसे नहीं खाया जाएगा यह भूसे जैसा खाना। ...मक्खन तो अम्माजी ही बन्द कर गई थीं...दूध आपने बन्द कर दिया। अब अपना महल चिनाने के लिए और अम्मा के गहने गढ़ाने के लिए, हम लोगों का खाना भी बन्द कर दीजिए। इस घर में हम ही तो सबसे फालतू हैं।

तोता : *(एक बार ग़ुस्से से जिया को देखते हैं, पर अपने को संयत करके)* मैंने पहले भी कहा था कि दूध पीना है तो जाकर दुहा क्यों नहीं लाते। दूध के नाम पर पानी के पैसे मुझसे नहीं दिए जाते।

जिया : मैं दूध दुहाने जाऊँ?...स्कूल का कोई लड़का देख ले तो?

तोता : तो क्या दूध लाना कोई चोरी है?

जिया : मैं पूछता हूँ कि आपने दोनों कहारों को जवाब क्यों दिया?...इसीलिए न कि हमारा थोड़ा-सा आराम भी आपसे देखा नहीं जाता?

तोता : *(आश्चर्य से जिया के इस तेवर को देखते हैं, पर फिर अपने को संयत करके)* जिया, इतने बच्चे तो तुम नहीं हो कि घर के हालात न समझ सको...जानते तो हो कि पिछले साल-डेढ़ साल से मेरी कोई आमदनी नहीं रही।

जिया : कचहरी नहीं जाएँगे...मुक़दमे नहीं लेंगे तो कहाँ से रहेगी आमदनी?...आपको अगर अपने बच्चों की ज़रा भी चिन्ता होती तो इस तरह हाथ पर हाथ धरकर नहीं बैठते...

तोता : *(इस आरोप से क्रोध नहीं आता बल्कि भीतर तक हिल जाते हैं। बहुत ही व्यथित स्वर में)* क्या करूँ...मुझसे न पैरवी की जाती है न जिरह...जो दो-चार छोटे-मोटे मुक़दमे लिये भी...जिता नहीं सका *(ठंडी साँस लेकर भर्राई-सी आवाज़ में)* लल्लू तो मरकर मुक्त हुआ पर मैं ज़िन्दा

रहकर भी मरे के समान हूँ। पता नहीं, कब तक यह बोझ और ढोना है।

जिया : कौन ज़िम्मेदार है इसके लिए...आपका ही तो किया हुआ है यह सब—किसने कहा था आपको दूसरा ब्याह करने के लिए?

रुक्मिनी : जिया, ऐसे बोलते हैं बाप से?

तोता : *(अब जैसे सब्र का बाँध टूट जाता है)* कमर कसके आए हो मुझसे लड़ने के लिए। आजकल लुच्चे-लफंगों की सोहबत में यही सब सीख रहे हो।...शरम नहीं आती तुमको ज़बान लड़ाते?...अभी तुम्हारी रोटियों पर नहीं पल रहा, जो मुझे उपदेश दो...पहले ज़रा अदब और तमीज़ सीख लो, तब मेरे सामने मुँह खोलना। ख़बरदार जो आगे कभी इस तरह की बदतमीज़ी की तो—

जिया : अपनी तक़लीफ़ की बात कहना अगर बेअदब और बदतमीजी है तो फिर ऐसी तमीज़ और अदब मुझसे निभेगी भी नहीं। भैया ने निभाया तो था...क्या इनाम मिला...मुझे उनकी तरह मरने का शौक नहीं है। *(दनदनाता हुआ निकल जाता है।)*

[तीनों अवाक्, स्तब्ध से देखते रह जाते हैं। तोताराम बिलकुल फूट पड़ने के प्वाइंट पर रुँधे हुए कंठ से]

तोता : हे भगवान, अब और क्या-क्या देखना-भोगना बदा है...किस्मत में?

रुक्मिनी : भैया, तुम अब बहू को बुला लो...उसका थोड़ा तो लिहाज़ करता था। उसके जाने के बाद तो यह बिलकुल ही बेक़ाबू हो गया है। *(तोताराम थाली सरका कर उठ जाते हैं)* खाना तो पूरा कर लो।

तोता : जिया जो खिला गया उसे ही पचा लूँ तो बहुत है। *(टूटे आदमी की तरह निकल जाते हैं।)*

[सिया इस वाक्-युद्ध को देखकर इतना सहम जाता है कि तोताराम के जाते ही उठकर बुआ से लिपट जाता है और फूट-फूटकर रोने लगता है। रुक्मिनी उसे दिलासा देते-देते ख़ुद भी रो पड़ती है।]

दृश्य-परिवर्तन

[डॉक्टर सिन्हा अपने कमरे में अकेले बैठे हैं। जिया आता है]

सिन्हा : आओ जिया, आओ।

जिया : आपने बुलाया?

सिन्हा : *(हँसकर)* अरे भाई, डरो नहीं डॉक्टर हमेशा बीमारों से ही बात नहीं करता कभी-कभी चंगे लोगों से भी बात करता है। *(जिया नासमझी की नज़रों से देखता है)* पढ़ाई कैसी चल रही है तुम्हारी?

जिया : जी बस, ऐसे ही ठीक-ठीक!

सिन्हा : ठीक-ठीक क्यों, अच्छी चलनी चाहिए...बल्कि बहुत अच्छी। होशियार लड़के हो तुम तो! *(जिया चुप)* अच्छा बताओ, बाबूजी कैसे हैं?

जिया : *(चुभती नज़रों से सिन्हा को देखता है और मन ही मन जैसे अपने को जवाब के लिए तैयार करता है।)* उनका हाल तो मुझसे ज़्यादा आप जानते हैं।

सिन्हा : सो कैसे?...उनका डॉक्टर ज़रूर हूँ, पर तुम रात-दिन घर में रहते हो, मैं तो कभी-कभी उन्हें देख आता हूँ...और सबसे बड़ी मुश्किल तो यह है कि वे अपने मुँह से कभी कुछ बोलते ही नहीं।...असल में उनकी चुप्पी ही मुझे बहुत परेशान किए हुए है। *(जिया ऐसी नज़रों से देखता है मानो सिन्हा की बातों पर विश्वास न हो रहा हो। वह तो यही समझ कर आया था कि बाबूजी की शिकायत पर ही सिन्हा ने उसे बुलाया है।)* देखो जिया बाबूजी की तबीयत में इधर फिर काफ़ी गिरावट आ गई है...मैंने इस बारे में बात करने के लिए ही तुम्हें यहाँ बुलाया है।

जिया : मैं इसमें क्या कर सकता हूँ।

सिन्हा : जानता हूँ तुम अभी छोटे हो, लेकिन हालात का दबाव अक्सर आदमी को अपनी उम्र से बड़ा बना देता है...वैसे भी तुम्हारे सिवाय और है ही कौन जिससे उनके बारे में बात करूँ...कल को उन्हें कुछ हो गया तो इतनी-सी उम्र में तुम्हें तो सब सँभालना होगा *(इस कल्पना मात्र से जिया भीतर से जैसे थरथरा जाता है...उसका डर उसके चेहरे पर आ जाता है...सिन्हा एकटक उसको देखते हुए)* उनकी हालत ठीक नहीं है।

जिया : उनकी ही क्यों...हम सबकी हालत ठीक नहीं है।...न खाने को मिलता है न एक मिनिट चैन से रहने को...बिलकुल अनाथों की तरह रह रहे हैं हम...और यह सब उनका ही तो किया-धरा है सब...अब मैं क्या कर सकता हूँ...मैं कर ही क्या सकता हूँ...मुझे तो...*(बात अधूरी छोड़ देता है)*

सिन्हा : हाँ, हाँ, बोलो...लगता है, कुछ और भी कहना चाहते हो—खुलकर कहो।

जिया : *(भरपूर नज़रों से देखता है, फिर हिम्मत जुटाकर)* बुरा मत मानिएगा, पर सच बात यह है कि *(कहने से पहले एक क्षण रुकता है)* मुझे नफ़रत हो गई है उनसे।

सिन्हा : *(बिना ज़रा भी विचलित हुए)* और कुछ?

जिया : वे चाहते हैं कि भैया की तरह हमें भी एक-एक करके मार दें और फिर नई अम्मा के साथ चैन से रहें और ऐश करें—इसीलिए तो इस उमर में शादी की।

सिन्हा : भैया के मरने के बाद बहुत चैन से रह रहे हैं? *(जिया चुप)* बहुत ऐश कर रहे हैं—बोलो! *(जिया चुप)* वकील साहब का असली रोग अब मेरी समझ में आ गया *(थोड़ा आगे झुककर समझाते हुए)* और देखो जिया, इसका इलाज अब मुझे नहीं, तुमको करना होगा—समझे? *(जिया की प्रश्नवाचक नज़रें सिन्हा के चेहरे पर गड़ जाती हैं)* आदमी ग़लती करके उसे ज़रा भी महसूस ही न करे तो ऐसे आदमी के लिए तो कुछ नहीं किया जा सकता...लेकिन जब आदमी ख़ुद ही अपनी ग़लती के बोझ के नीचे मर रहा हो तो कितना ज़रूरी हो जाता है कि उसे सँभाला जाए—सहारा दिया जाए *(जिया के चेहरे पर कुछ समझने कुछ न समझने का भाव)* पछतावे की आग क्या होती है...इसका अनुमान मुझे ख़ुद इधर कुछ महीनों से ही हुआ है...कितनी भयंकर और झुलसा देने वाली—आदमी अपने से ही नफ़रत करने लगता है—और अपने से नफ़रत करने की तकलीफ़ *(सिन्हा जैसे अपने में खो जाते हैं—जिया हीनबुद्धि सा उन्हें देखता रहता है)*

जिया : जी आप...

सिन्हा : *(तुरन्त अपने को सँभाल कर)* ऐसे में कितना ज़रूरी हो जाता है कि कम से कम दूसरे तो उससे नफ़रत न करें...बल्कि प्यार और सहानुभूति से उसे अपने मन की नफ़रत से भी उबारें। *(लहजा बदलकर)* अच्छा एक बात बताओ तो...तुमने अपनी

बातों से या व्यवहार से अपनी नफ़रत का इजहार उनके सामने तो नहीं किया कभी ?...बच्चे हो, कर सकते हो न ऐसी ग़लती।

जिया : बाबूजी ने आपको कुछ नहीं बताया ?

सिन्हा : नहीं, यही तो मुश्किल है कि वे कुछ कहते ही नहीं।

जिया : *(अविश्वास से)* मेरी कोई शिकायत नहीं की आपसे...सच-सच बताइए।

सिन्हा : नहीं, क्यों, कुछ हुआ है क्या ? *(जिया की आँखें छलछला आती हैं)* छिपाओ नहीं—क्या बात है ?

जिया : पिछले एक महीने में तो मैंने उन्हें बहुत सुनाया...कहनी-अनकहनी सब कही।...उन्होंने आपसे कभी कुछ नहीं कहा ? *(चेहरे पर अपराध-बोध)*

सिन्हा : उन्होंने तो कुछ नहीं कहा पर उनकी गिरती हालत ने बहुत कुछ कहा, इसीलिए मैंने तुम्हें बुलाया।

जिया : *(आँसू पोंछते हुए)* मुझसे ग़लती हुई...मुझे माफ़ कर दीजिए।

सिन्हा : *(पीठ थपथपाकर बहुत प्यार से)* मुझसे नहीं, वकील साहब से एक बार माफ़ी माँग लो...देखना कितना असर होगा इसका उन पर...वरना अगर इसी तरह हालत गिरती रही तो मुझे डर है और मैं तुमसे छिपाता भी नहीं...बहुत जल्दी ही एक दिन...और फिर तुम ज़िन्दगी भर पछताते रहना कि तुम्हारी वजह से ही पिताजी...*(जिया फूट-फूटकर रोने लगता है। सिन्हा उसे प्यार से बाँहों में भरकर दिलासा देते हुए)* मैंने कहा न कि जो आदमी ग़लती करके महसूस कर ले, उसके लिए सबकुछ किया जा सकता है। *(पीठ थपथपाते हैं)*

जिया : मैं अब चलूँगा।

सिन्हा : वाह, ऐसे कैसे जाओगे...मेरे साथ खाना खाओगे तब जाओगे।

जिया : जी, बहुत देर हो जाएगी फिर...बाबूजी बिगड़ेंगे।

सिन्हा : मेरे यहाँ रहने पर कभी नहीं बिगड़ेंगे...*(उठकर भीतर जाते हैं)*

दृश्य-परिवर्तन

[रात ग्यारह बजे। तोताराम परेशान से जिया का इन्तज़ार कर रहे हैं।]

रुक्मिनी : अभी तक नहीं आया न...इसका पाँव तो पूरी तरह घर के बाहर निकल गया है। मुझे तो न इसकी संगत अच्छी लगती है...न

इसके लच्छन। अब भी तुम अगर इसी तरह ढील देकर रखोगे तो लड़का पूरी तरह हाथ से गया समझो—और बहू को बुलाने के लिए ख़त लिखा या नहीं...मैं तो कहती हूँ कि न हो तो तुम ख़ुद ही चले जाओ। *(जिया आता है)*

तोता : कहाँ मटरगश्ती करके आ रहे हो...जानते हो कितने बजे हैं।

जिया : *(काफ़ी नम्रता से)* डॉक्टर सिन्हा के पास था—उन्होंने ज़िद करके अपने साथ खाने पर बिठा लिया, इसी में देर हो गई।

तोता : वहाँ दुखड़ा रोने गए थे या कोई और काम था?

जिया : दुखड़ा रोने की मेरी आदत नहीं है।

तोता : *(व्यंग्य से)* ज़रा भी नहीं...वह तो कोई और है जो सब जगह गाता फिरता है कि हमें खाने को नहीं मिलता...हम तो अनाथों की तरह पल रहे हैं।

जिया : मैंने उनसे ऐसी कोई बात नहीं की...विश्वास न हो तो पूछ लीजिए जाकर।

तोता : बड़ी खुशी हुई...आज से गुरु दीक्षा ले ली क्या?

जिया : बिना गुरु दीक्षा के भी आदमी अपने को सुधारने की कोशिश तो कर ही सकता है।

तोता : तो अब उम्मीद करूँ कि अब इस घर में आगे से लुच्चे-लफंगे नहीं जमा होंगे।

जिया : *(नम्रता गायब—थोड़ा बिगड़कर)* क्यों आप सारे समय मेरे दोस्तों को लुच्चा-लफंगा कहते हैं?

तोता : जो लुच्चे-लफंगे हैं, उन्हें लुच्चा-लफंगा तो कहूँगा ही...और देखो, आज मैं साफ़ किए देता हूँ कि आगे से तुमने उन शोहदों को घर में जमा किया तो पुलिस को बुलाकर एक-एक को निकाल बाहर करूँगा।

जिया : अच्छी बात है, बुलाइए पुलिस को...देखता हूँ क्या करती है आपकी पुलिस! जब आप मेरा सुधार करने पर तुले ही हैं तो मैं बेकार में क्यों कष्ट करूँ। *(भन्नाता हुआ भीतर चला जाता है।)*

बारह

[तोताराम का घर। समय सवेरे का। घर की हालत पहले से थोड़ी और ख़स्ता हो गई है। निर्मला रुक्मिनी के पैर छू रही है।]

रुक्मिनी : *(सिर पर हाथ फेरते हुए)* बहू, तुम तो ऐसी मैके गईं कि मैके की ही होकर रह गईं।...भला बताओ तो भरे-पूरे घर की बहुएँ कभी रहती हैं मैके में छह-छह महीने?

निर्मला : *(सफ़ाई देते हुए)* क्या करूँ जीजी, कृष्णा चली गई तो अम्मा ने मुझे आने ही नहीं दिया।

रुक्मिनी : यहाँ का भी तो सोचा होता। अब इन बूढ़ी हड्डियों में भी दम नहीं रहा, तुम्हारी गृहस्थी की गाड़ी खींचने का।

[ये संवाद चल रहे हैं और मूंजी बाहर से एक-एक सामान लाकर रखती जा रही है। आख़िरी सामान के साथ आशा को गोद में लिए हुए तोता भी आते हैं।]

रुक्मिनी : *(आगे बढ़कर)* अरे, गुड़िया तो इतनी बड़ी हो गई।...आओ-आओ, ज़रा बुआ के पास तो आओ। *(दोनों हाथ बढ़ाती है। आशा तोताराम से ही चिपक जाती है)* देखो मरी को, बिलकुल ही भूल गई...अब छह-छह महीने तक नहीं देखेगी तो कहाँ से याद रहेगी बुआ को?

तोता : *(गोदी से उतार कर)* मुझे भी कहाँ पहचाना था...मिठाई खिलाई तब जाकर आई। *(स्नेह से बच्ची की तरफ़ देखते हैं)* जा बेटे बुआजी मिठाई देंगी। *(बच्ची निर्मला के पास चली जाती है।)*

तोता : *(मुस्कुराते हुए)* बस, मिठाई की सगी है यह। *(कहते हुए निकल जाते हैं। सिया दौड़ता हुआ आता है।)*

सिया : नमस्ते अम्माजी। *(निर्मला बाँह में भरकर उसे प्यार करती है।)*

निर्मला : कैसे हो सिया? तुम तो न शादी में आए न अम्मा को एक भी चिट्‌ठी लिखी। मुझे तो सबसे ज़्यादा याद तुम्हारी ही आती थी! *(सिया शरमाकर मुस्कुरा देता है।)*

निर्मला : *(एक टोकरी उठाकर रुक्मिनी को देते हुए)* जीजी, ये थोड़ी-सी मिठाई और पकवान हैं...बाँट दीजिए सबको!

[दृश्य बदलता है। वही समय, वही स्थान। रुक्मिनी मिठाई की टोकरी निकाल-निकालकर मिठाई बर्तन में जमा रही है। निर्मला बक्सा खोलकर बैठी है। कुछ कपड़े बाहर निकले पड़े हैं। सिया मिठाई के पास बैठा ललचाई नज़रों से देख रहा हैं।]

निर्मला : *(साड़ी, ब्लाउज देते हुए)* जीजी, ये धोती जम्पर आपके लिए भेजे हैं अम्मा ने...देखिए पसन्द हैं?

रुक्मिनी : *(कपड़े पर नज़र डालती है। चेहरे पर सन्तोष का भाव)* अब इस उमर में क्या पसन्द-नापसन्द। भेजे सोई बड़ी बात! तुम रखो उधर ही...मेरे हाथ तो चिपचिपे हो रहे हैं।

निर्मला : और सिया, ये तुम्हारा कोट और कमीज़ का कपड़ा!

रुक्मिनी : इसकी जान तो मिठाई में अटकी है...कैसा नदीदों की तरह टटक रहा है...थोड़ा सबर कर देती हूँ अभी सबको। *(फिर ठंडी साँस भरकर जैसे अपने आप से)* बच्चे बिचारे भी क्या करें...खाना तो दूर मिठाई देखने तक को तरस गए।

[निर्मला रुक्मिनी के इस वाक्य पर नज़र उठाकर देखती है। उसके चेहरे पर आश्चर्य। मानो जानना चाहती हो कि ऐसा पीछे क्या हो गया कि बच्चे मिठाई देखने तक को तरस गए। रुक्मिनी इसके आगे कुछ नहीं बोलती—निर्मला भी बात को जैसे वहीं छोड़ देती है। सिया निर्मला के पास आकर कपड़े ले लेता है।]

निर्मला : ले मूंजी, ये तेरी धोती। *(मूंजी जल्दी से साड़ी लेकर)*

मूंजी : सदा सुहागन रहो...जैसी माँ के घर से हरी होकर आई हो...वैसी ही बनी रहो? बुआजी...कैसा तो शरीर भर गया है बहूजी का!

रुक्मिनी : हाँ री, माँ के हाथ की रोटियाँ लड़कियों को ज़्यादा ही रास आती हैं। *(निर्मला से)* और क्यों री बहू, तुम्हारी खाँसी का क्या हाल है?

निर्मला : वहाँ वैद्यजी की दवाई ली थी...तीन-चार महीने में तो एक भी दौरा नहीं पड़ा।

रुक्मिनी : तभी तो शरीर भरा। वरना उस खाँसी ने तो शरीर घुला ही दिया था।

निर्मला : *(जिया के कपड़े निकालते हुए)* जिया नहीं दिखाई दिए...बाहर गए हैं क्या?

सिया : नहीं, कमरे में बैठे हैं।

निर्मला : *(आश्चर्य से)* अरे, तो मिलने के लिए भी नहीं निकले।

[सिया बहुत ही अर्थपूर्ण ढंग से रुक्मिनी की तरफ़ देखता है—मानो निर्मला को जिया के बारे में बताया जाए या नहीं]

रुक्मिनी : *(ठंडी साँस लेकर)* जिया के रंग-ढंग तो बिलकुल ठीक नहीं हैं बहू! कभी-कभी तो मुझे लगता है जैसे किसी ने टोटका करा दिया हो—वरना यों बदलते हैं कभी बच्चे!

[निर्मला आश्चर्य से रुक्मिनी की तरफ़ देखती है—मानो जानना चाहती हो कि आख़िर बात क्या है?]

रुक्मिनी : बाप को तो दुश्मन समझता है। ...ऐसे-ऐसे बोल बोलता है कि क्या बताऊँ?

निर्मला : दुश्मन! पर क्यों? *(चेहरे पर आश्चर्य और परेशानी का भाव)*

रुक्मिनी : अब क्या तो बताऊँ!...समझ लो जब मति मारी जाती है तो ऐसी ही उल्टी-सीधी बातें सूझती हैं। *(कुछ देर रुककर)* जाने कहाँ से एक बात दिमाग़ में बैठा ली है कि बाप और सौतेली माँ ने मिलकर मंसा को मारा है और अब हमें मारेंगे।

निर्मला : *(जैसे आसमान से गिर पड़ी हो)* क्याऽऽ...

रुक्मिनी : मेरी तो एक नहीं सुनता आजकल...बाप से यों छत्तीस!...अब तुम सँभाल सको तो सँभालो वरना भगवान ही मालिक है इस लड़के का और इस घर का भी।

[निर्मला तो यह सब सुनकर जैसे सुन्न ही रह जाती है। चेहरे पर दुख और परेशानी का भाव! कुछ क्षण वैसे ही बैठी रहती है, फिर जैसे दिमाग़ में कुछ कौंधा हो।]

निर्मला : जीजी, एक तश्तरी में मिठाई लगाकर तो दीजिए। रुक्मिनी मिठाई जमाकर देती है और निर्मला जिया के कपड़े निकालती है। दोनों चीज़ें लेकर जिया के कमरे की तरफ़ जाती है, रुक्मिनी

उसे जाता हुआ देखती है—सिया पीछे-पीछे जाता है। जिया सामने किताब खोलकर बैठा है।

निर्मला : *(दरवाज़े पर से ही)* जिया! *(जिया मुड़कर भी नहीं देखता। भीतर घुसकर बहुत ही सहज स्वाभाविक स्वर में)* ऐसी पढ़ाई हो रही है कि अम्मा से मिलने के लिए बाहर तक नहीं निकले! *(जिया बहुत ही रूखे से स्वर में नमस्ते कहता है।)* अच्छा, तुम शादी में तो नहीं आए...अब शादी की मिठाई यहीं खा लो। *(सामने मेज़ पर मिठाई रखती है।)* और देखो, ये तुम्हारे लिए कमीज़ और कोट का कपड़ा है। *(उन्हें भी सामने रखती है।)* बोलो पसन्द है?

जिया : *(एक-एक शब्द पर ज़ोर देकर ढिठाई के साथ)* जिया ख़ैरात नहीं लेता!

[बात और रवैया देखकर निर्मला एकदम सन्न रह जाती है। इस तरह के व्यवहार की तो उसने सपने में भी कल्पना नहीं की थी। कुछ देर तक तो जैसे समझ ही नहीं आया कि क्या जवाब दे, लेकिन फिर अपने को सँभालती है।]

निर्मला : जिया कैसी बात कर रहे हो? घरवालों को ख़ैरात दी जाती है?

जिया : मुझे घरवाला समझता ही कौन है...जो घर वाले हैं आपके, उन्हें ही दीजिए! *(उठकर निकल जाता है। निर्मला सकते में आ जाती है...कैमरा उसके चेहरे पर ही टिका रहता है। चेहरे पर दुख और परेशानी का मिला-जुला भाव। आँखों में नमी छा जाती है।)*

दृश्य-परिवर्तन

[समय रात आठ बजे। आँगन में सिया और रुक्मिनी अपनी-अपनी खाट पर सो रहे हैं। मूंजी एक तरफ़ बैठी जूठे बरतन माँज रही है। तोताराम सोती हुई आशा को गोदी में लिए छत पर जाने के लिए सीढ़ियाँ चढ़ते हुए।]

तोता : मूंजी, ऊपर खूब छिड़काव तो कर दिया न?

मूंजी : *(बर्तन माँजते-माँजते)* पूरी पाँच बाल्टी पानी छिड़के रहे! *(जब तोता ऊपर पहुँच जाते हैं तो जिया अपने कमरे से निकलकर आता है।)*

जिया : मूंजी मैं थिएटर देखने जा रहा हूँ—ग्यारह बजे तक नहीं लौटूँ तो दरवाज़ा बन्द कर देना। *(दरवाज़ा भिड़ाकर बाहर निकल जाता है। पर कहीं जाता नहीं दरवाज़े के बाहर खड़ा होकर दरवाज़े की सेंध में से भीतर झाँकता है। मूंजी मंजे हुए बर्तन उठाकर रसोई में जमाने जाती है—दरवाज़े की तरफ़ उसकी पीठ है—मौक़ा देखकर जिया धीरे से वापस अन्दर आता है और चुपके से अपने कमरे में घुस जाता है। बरतन जमाकर मूंजी वह जगह धोती है, फिर दरवाज़े में कुंडी लगाने आती है।)*

मूंजी : जिया बाबू ठेठर देखने गए तो अब न लौटने के रात को...मैं तो कुंडी देकर सोऊँ! *(लौटकर सोने के लिए अपनी चटाई बिछाती है। दृश्य कटकर निर्मला के कमरे में जाता है। वह पलंग पर बैठी हुई अपने गहने उतार-उतारकर डिब्बे में रख रही है। कंगन, हार, हँसली सब उतार देती है—सिर्फ़ गले में एक पतली-सी चेन और हाथों में सोने की चूड़ियाँ रह जाती हैं। डिब्बा उठाकर सामने ताक पर ही रख देती है—उबासी लेती है और सो जाती है। घड़ी अब दो बजा रही है। निर्मला गहरी नींद में सो रही है। यदि दृश्य में जिया को रखना है तो कैमरा जिया के कमरे में जाए। जिया उठता है, दबे पाँव आँगन में आता है—आहट लेता है कि कहीं कोई जग तो नहीं रहा है...मूंजी, रुक्मिनी, सिया सब गहरी नींद में। चारों तरफ़ सन्नाटा। दबे पाँव निर्मला के कमरे में—दरवाज़े से ही पहले निर्मला का जायजा लेता है, फिर आगे बढ़ता है—गहने का डिब्बा उठाता है और जल्दी से बाहर निकलता है। वह कमरे के बीच में ही है कि निर्मला की नींद उचटती है...कौन? कहती लेकिन तेज़ी से बाहर निकलते हुए जिया की पीठ भर देख पाती है—'कौन है' कहकर झटके से बैठ जाती है। चेहरे पर डर और घबराहट।)*

निर्मला : *(जैसे अनुमान लगाते हुए)* जिया!...इतनी रात को मेरे कमरे में? *(रुक्मिनी का वाक्य कानों में गूँजता है...जिया के ढंग तो बिलकुल ठीक नहीं हैं बहू...घबराहट और बढ़ जाती है—सारा चेहरा पसीने से नहा जाता है।)* हे भगवान! अब और क्या होने वाला है?...मैं इनको जाकर अभी बता देती हूँ। *(जल्दी से बाहर निकलकर सीढ़ियों पर जाती है...लेकिन दो-तीन सीढ़ियाँ चढ़कर ही ठिठक जाती है। कुछ देर तक दुविधा की स्थिति में खड़ी रहती है)* पता नहीं, ये और क्या उल्टा-सीधा अर्थ निकालने

लगें। *(धीरे-धीरे उतर आती है। एक क्षण रुक्मिनी की खाट के पास खड़ी होती है मानो उसे जगाकर कहे, फिर वापस कमरे में आ जाती है। पलंग पर बैठकर सोचते हुए)* ये था तो जिया ही न?

[दृश्य बदलकर जिया पर चला जाता है। वह गहने लेकर छिपता-छिपाता भाग रहा है...गहने ले जाकर किसी को सौंपता है।]

दृश्य-परिवर्तन

[सवेरे छह बजे का समय। आँगन के बीच में निर्मला फूट-फूटकर रो रही है। रुक्मिनी, मूंजी, सिया सब उपस्थित। तोताराम परेशान से खड़े हैं।]

निर्मला : हाय राम, मैं तो लुट गई रेऽऽ...

तोता : *(खीज-भरे ग़ुस्से से)* रात में कोई खटका नहीं सुना...किसी को आते नहीं देखा—आख़िर आकर ही तो कोई डिब्बा ले गया होगा।

रुक्मिनी : ऐसी भी निगोड़ी नींद क्या कि आदमी को होश ही न रहे?

निर्मला : रात में...रात में...*(एकाएक तोता पर नज़र पड़ते ही चुप हो जाती है)*।

तोता : हाँ-हाँ, देखा था किसी को—आया था कोई कमरे में?

[निर्मला के चेहरे पर अजीब-सी लाचारी का भाव...जैसे कहना भी चाहती हो पर कहते हुए डरती भी हो। एक बार होंठ फड़कते हैं कहने के लिए लेकिन फिर चुप रह जाती है।]

मूंजी : पन्दरह बरस में कभी एक तिनकाओ इधर से उधर नहीं हुआ...तुम अलमारी-बक्सा सब अच्छी तरह देख तो लिये हो बहूजी!

रुक्मिनी : सारा कमरा तो छान मारा...पता नहीं, इस घर पर कौन से ग्रहों का फेर आया हुआ है?

तोता : *(भन्नाए स्वर में)* ये जिया कहाँ है?

मूंजी : वे तो रात में ठेठर देखने गए थे और बोल गए थे कि दोस्त के यहीं सोएँगे।

तोता : मैं तो जवान बेटे के होते हुए भी निपूता-सा ही हूँ।...जीजी, मैं ही जाता हूँ पुलिस में रिपोर्ट करने।

निर्मला : नहीं-नहीं, पुलिस में रिपोर्ट मत करवाइए!

तोता : *(चिढ़कर)* कैसी बात करती हो...दस हज़ार के गहने चले गए और मैं रपट न करवाऊँ?

निर्मला : सुनो...मुझे थाना पुलिस के चक्कर से बहुत डर लगता है, कहीं लेने के देने न पड़ जाएँ।

तोता : पागलों जैसी बात मत करो।...मेरी ज़िन्दगी-भर की कमाई में से यही तो बचे थे...। बिना रपट के चोरी का माल बरामद हो सकता है कभी?

निर्मला : जीजी, आप इन्हें रोकिए... *(तोताराम निकल जाता है)*

[दृश्य बदल जाता है। निर्मला-रुक्मिनी कमरे में चले गए हैं। आँगन में पास-पड़ोस के कुछ लोग जमा हैं। जिया भी खड़ा है, उसे अच्छी तरह फोकस किया जाए। चेहरे पर घबराहट जिसे वह भरसक साधे हुए है। तोताराम और थानेदार ऊपर छत पर। थानेदार चारों तरफ़ का मुआयना करके मुँडेर से नीचे झाँकता है।]

थानेदार : खम्भा, पाइप कुछ नहीं...सड़क से सीधे ऊपर तो कोई आ ही नहीं सकता। *(नीचे उतरते हुए)* ताला नहीं टूटा...सेंध नहीं लगी, तब चोर आख़िर आया किधर से?

[निर्मला के कमरे में जाकर खिड़की देखता है। सारे लोग बहुत उत्सुकता से उसे देख रहे हैं...कुछ लोग साथ-साथ चलते भी हैं...सिर्फ़ जिया-सिया जहाँ के तहाँ खड़े हैं।]

थानेदार : सलाखें भी सब सलामत हैं *(कुछ सोचकर)* इसका मतलब चोर आया तो दरवाज़े से ही है। *(बाहर निकलकर एक बार फिर चारों तरफ़ नज़र मारकर)* वकील साहब, ख़ुदा क़सम, यह है किसी भीतर के आदमी का ही काम *(जिया अपने भीतर की कँपकँपी और डर को रोकने के लिए मुँह भींच लेता है...पर किसी का भी ध्यान उस पर नहीं है।)* यह बताइए, आपके यहाँ मुलाजिम कौन-कौन हैं आजकल? इनसे बड़ा घर का भेदिया और कोई नहीं होता।

तोता : *(मूंजी की ओर इशारा करके)* घर में तो आजकल सिर्फ़ यह महरी है।

मूंजी : *(हाथ जोड़कर गिड़गिड़ाते हुए)* हम कछु नहीं जानत सरकार... इत्ता बरस भा हम जो एकौ तिनकाओं लिहे हों तो गाज गिरे हमार माथा पर।

थानेदार : *(मूंजी के कहने के ढंग पर हल्के से मुस्कुराकर)* अजी यह तो नीम पगली है।—इसे तो यही होश नहीं कि सवेरे दरवाज़ा खोलने गई तो कुंडी बन्द थी या कि दरवाज़ा केवल भिड़ा हुआ था।

मूंजी : *(उसी तरह गिड़गिड़ाते हुए)* हम बहुतै नींद मा रहे सरकार...पर जब रात मा हम ख़ुद अपने हाथन से कुंडी लगाई तो बन्दें रही होगी सरकार...पर मुआँ ठीक से याद नहीं पड़त कि...*(पैरों पर गिरने लगती है)*

थानेदार : *(रोकते हुए)* अच्छा ठीक है...ठीक है...जाओ तुम!

[मूंजी पीछे हट जाती है]

पड़ोसी एक : *(थानेदार से)* क्यों साहब, कभी-कभी चोर भी अपने को बेगुनाह साबित करने के लिए ऐसे पागलपन का नाटक नहीं किया करते?

थानेदार : करते तो हैं बरख़ुरदार...लेकिन थानेदार की आँख खूब पहचानती है इस तरह के नाटक को!...यह तो है ही पगली और यह काम है किसी शातिर का!

तोता : घर में तो और है ही कौन? *(जिया-सिया की तरफ़ इशारा करके)* ये दोनों लड़के—स्त्री और बड़ी बहन।...सब अपने ही लोग! *(जिया पैर के अँगूठे से धरती कुरेदता है।...घबराहट को छिपाने के लिए। थानेदार जिया को ऊपर से नीचे तक देखता है, बड़ी पैनी और भेदती नज़रों से।)*

थानेदार : क्यों बरखुरदार! तुमने भी रात को किसी को घर में आते नहीं देखा...कोई खड़का...किसी तरह की आवाज़! *(जिया के चेहरे पर हवाइयाँ सी उड़ने लगती हैं—पर फिर भी अपने को भरसक साधकर आवाज़ को बहुत स्वाभाविक बनाकर)* जी मैं तो रात में घर में था ही नहीं।

थानेदार : *(एकदम चौकन्ना होकर, जैसे कोई सूत्र मिल गया हो)* घर में नहीं थे तो फिर कहाँ थे?

जिया : *(अब तक अपने को बहुत सँभाल लिया है)* थिएटर देखने गया था और बोल गया था कि देर होगी इसलिए दोस्त के यहीं सो जाऊँगा।...मुझे क्या मालूम था कि पीछे यह सब हो जाएगा—वरना मेरे रहते मजाल है किसी की जो घर में घुस आए।

थानेदार : *(जिया की बातों से अप्रभावित)* किस दोस्त के यहाँ थे?

जिया : जी वो तेज़ बाज़ार में रहता है *(अब जिया का विश्वास पूरी तरह लौट आया है।)*

तोता : थिएटर बाईस्कोप का ज़रा ज़्यादा ही शौक है इसे सो अक्सर दोस्त के यहीं सो जाता है।

थानेदार : हूँऽऽ...कौन-सा थिएटर देखा?

जिया : जी श्रवण कुमार!

थानेदार : अच्छा! श्रवण कुमार! *(उठकर जिया के पास आते हैं)* सिर्फ़ देखते ही हो थिएटर या कि कुछ नसीहत भी लेते हो?

पड़ोसी में : अरे साहब, आज के बच्चे कहाँ बनेंगे श्रवण कुमार? *(सब हँसते हैं)*

थानेदार : *(चलते हुए)* अच्छा वकील साहब, अभी तो चलता हूँ—पर यक़ीन रखिए, तीन दिन के भीतर-भीतर चोर आपके हवाले न कर दिया तो ख़ुदा क़सम थानेदारी छोड़ देगा अलायार खाँ...और अगर ख़ुदा की मेहर हो गई तो माल भी बरामद हो जाएगा। *(सब लोग थानेदार के साथ-साथ दरवाज़े की ओर बढ़ते हैं। इस पूरे दृश्य में वहाँ जमा हुए लोगों को भी बीच-बीच में कुछ बातचीत करते हुए दिखाया जाए।)*

[दृश्य कटकर कमरे के भीतर जाता है। उढ़के हुए दरवाज़े के पीछे खड़ी निर्मला बाहर का दृश्य देख रही है...उसके पीछे ही रुक्मिनी खड़ी है।]

निर्मला : जीजी, मेरी तो ये सुनते ही नहीं—पर आप कहकर ये तफ़तीश रुकवा दीजिए। इसके चक्कर में कहीं और कुछ उल्टा-सीधा न हो जाए!

रुक्मिनी : अब और उल्टा-सीधा क्या होगा...ज़्यादा से ज़्यादा यही तो होगा कि गहने नहीं मिलेंगे...अपनी तरफ़ से तो आदमी कोशिश करता ही है।

[निर्मला फिर बाहर झाँकती है। दरवाज़े के पास थानेदार बाहर के लोगों से बात करता हुआ दिखाई देता है। तोता

पास में खड़े हैं। आँगन में से जिया-सिया हट गए हैं, सिर्फ़ मूंजी माथा पकड़े बैठी है।]

निर्मला : *(गहरी साँस छोड़कर)* हे भगवान, जानती कि मेरे आते ही यह सब होगा तो कभी आती ही नहीं। *(आँख मूँदकर दरवाज़े से ही टिक जाती है।)*

दृश्य-परिवर्तन

[दो दिन बाद। शाम का समय। तोताराम के घर का आँगन ख़ाली पड़ा है। एकाएक कोई ज़ोर-ज़ोर से बाहर का दरवाज़ा पीटने लगता है...लगातार! निर्मला आकर दरवाज़ा खोलती है। बेहद घबराए हुए तोताराम जल्दी से भीतर घुसते हैं। निर्मला बोलती कुछ नहीं, पर इस तरह उनका चेहरा देखती है मानो इस घबराहट का कारण जानना चाहती हो।]

तोता : जिया कहाँ है?

निर्मला : वे तो सवेरे से ही बाहर गए हुए हैं।

तोता : जाने कहाँ मुँह छिपाता फिर रहा होगा।...सुना तुमने कुछ...ज़रा भीतर आओ! *(कमरे में चले जाते हैं। पीछे-पीछे निर्मला भी। कमरे में घुसते ही तोताराम पस्त से पलंग पर बैठ जाते हैं।)*

निर्मला : हुआ क्या?

तोता : अब होने को बाक़ी ही क्या रह गया है...पूरी तरह बर्बाद हो गया मैं तो...*(एकदम फूट पड़ते हैं)* यह देखना भी बदा था!

निर्मला : आख़िर बात क्या है?

[निर्मला के चेहरे पर एक ठंडा-पथराया हुआ भाव है। यहाँ से निर्मला में एक ख़ास तरह का परिवर्तन दिखाई देता है। लगता है जैसे अब वह सारी बातों से एकदम उदासीन हो गई है...जैसे अब उसे कोई भी बात न परेशान करती है, न दुखी]

तोता : माल तो बरामद नहीं हुआ पर चोर का पता लग गया...जिया, यह तूने क्या किया रेऽऽ...

निर्मला : *(जिया का नाम सुनकर भी निर्मला न चौंकती है, न आश्चर्य प्रकट करती है...उसी ठंडे लहजे में कहती है)* मैंने कितना मना किया था कि तफ़तीश मत कराओ, पर मेरी सुनता ही कौन है!

तोता : *(निर्मला के चेहरे पर जिया के नाम की कोई प्रतिक्रिया न देखकर तोता उसके चेहरे पर नज़रें गड़ा देते हैं और कुछ देर तक देखते रहते हैं)* तो तुम्हें जिया पर शक था?

निर्मला : शक! मैंने तो...*(कहना तो चाहती है कि उसने देखा था, पर चुप रह जाती है)*

तोता : क्याऽऽ...तुम्हें मालूम था? *(एकदम ग़ुस्से से)* तुमने मुझे बताया क्यों नहीं...क्यों नहीं बताया मुझे...बोलो।

निर्मला : शक की बात भी ज़बान पर लाती तो सौतेली माँ के नाम पर कम लानत-मलामत होती मेरी?...

तोता : *(इसी आवेश में)* तुम मुझे तो कहती...तुम्हें अपनी पड़ी थी...यह नहीं सोचा कि बच्चे की ज़िन्दगी बर्बाद हो जाएगी! *(निर्मला चुप)* आज तुम्हारा अपना बच्चा होता तो रह सकती थीं तुम चुप...बोलो... रह सकती थीं?

निर्मला : *(यह आरोप सुनकर निर्मला के चेहरे पर तनाव उभर आता है, हल्की-सी त्यौरी भी चढ़ जाती है, पर फिर वह अपने को सँभाल लेती है और उसी आवेशहीन स्वर में जवाब देती है)* इस बात को न उठाओ तो ही अच्छा है।

तोता : क्यों...क्यों नहीं उठाऊँ?

निर्मला : *(नज़रें तोताराम के चेहरे पर गड़ाकर ग़ुस्से और वितृष्णा से)* इसलिए कि अगर मंसाराम मेरा बच्चा होता तो होता वह सब, जो हुआ? *(वाक्य के अन्त तक आते-आते चेहरा ग़ुस्से से तमतमाने लगता है।)*

तोता : *(चिल्लाते हुए)* मत जले पर नमक छिड़को *(गला एकदम भर्रा जाता है)* हे भगवान, यह कौन से पाप की सज़ा दे रहे हो मुझे...अपनी आँखों के सामने अपने बच्चे के हाथों में हथकड़ियाँ *(निर्मला चुप लेकिन कुछ देर पहले का ग़ुस्सा जैसे दूर हो जाता है—और चेहरे पर तोता के लिए दया का भाव उमड़ आता है।)*

तोता : आज हाथ में थोड़ा-सा पैसा ही होता तो थानेदार की मिन्नत-चिरौरी करके बात फैलने से पहले ही रफ़ा-दफ़ा करवा देता...लेकिन सब तरफ़ से तो कंगला हो गया हूँ...एक इज़्ज़त थी वह भी मिट्टी में मिल गई। कल क्या मुँह दिखाऊँगा किसी को...हे भगवान, कितनी मार और मारोगे...अब मुझसे बर्दाश्त नहीं होता...टूट गया हूँ बिलकुल। *(हथेलियों में मुँह छिपाकर*

फफक पड़ता है। निर्मला उन्हें देखती है, फिर अलमारी में से एक थैली निकाल कर)।

निर्मला : ये मेरी आज तक की जमा-पूँजी है...इसे देकर जिया को बचा सको तो बचा लो।

[तोता आश्चर्य से निर्मला की तरफ़ देखते हैं...जिस निर्मला को वे अभी धिक्कार रहे थे, वही अपनी सारी जमा-पूँजी दे रही है। संकोच के मारे न उनका हाथ बढ़ता है, न गले से शब्द निकलता है। उसकी उदारता के आगे अपने को बहुत छोटा महसूस करते हुए वे उसे देखते रहते हैं...इस देखने में उसके लिए सम्मान भी है, आश्चर्य भी है।]

निर्मला : मैं ज़रूर सौतेली हूँ...पर ये पैसे सौतेले नहीं हैं...ले लो इन्हें और बचा लो जिया को!

तोता : *(भर्राए हुए गले से)* मत शर्मिन्दा करो मुझे!

निर्मला : जल्दी जाओ, देर मत करो!

तोता : तुम्हारे साथ न जाने कितनी ज़्यादतियाँ की हैं मैंने लेकिन तुमने माफ़ ही नहीं किया, हमेशा सहारा भी दिया है मुझे! *(लेकिन अभी भी हाथ नहीं बढ़ा पाता है)।*

निर्मला : *(उसी ठंडे लहजे में मानो ये सारी बातें उसे कहीं भी नहीं छू रही हों)* जाइए, थानेदार निकल गया तो फिर शायद रुपयों से भी कुछ न हो सकेगा!

तोता : *(रुपए लेता है और निर्मला के दोनों हाथ पकड़कर उसी पर सिर टिकाकर क्षमायाचना करते हुए)* मैं तो अपने को कभी माफ़ नहीं कर पाऊँगा लेकिन तुम ज़रूर माफ़ कर देना। *(सिसक पड़ता है।)*

दृश्य-परिवर्तन

[वही कमरा। रात दस बजे। निर्मला कोई कपड़ा सिलाई कर रही है। तोताराम के चेहरे पर सन्तोष और प्रसन्नता। वे बहुत बेचैनी और अधीरता से कमरे में चहलक़दमी कर रहे हैं।]

तोता : जिया अभी तक आया क्यों नहीं...ज़रूर कहीं छिपा-छिपा फिर रहा होगा...सिया भी नहीं लौटा। *(निर्मला चुप। एक चक्कर*

लगा कर) रुपए ज़रूर तुम्हारे थे लेकिन कमाल आज मेरी ज़बान का ही था...एक ही घाघ है वह अलायार ख़ाँ भी...क्या-क्या दाँव चले हैं तब जाकर कहीं हत्थे चढ़ा। *(निर्मला चुप—वे एक चक्कर और लगाते हैं...फिर पास आकर)* और सुनो, जिया आए तो उसे कुछ मत कहना...जब मालूम होगा कि मैंने रुपए देकर छुड़वाया है, तब समझेगा कि दुश्मन नहीं, बाप हूँ उसका...उसके लिए अपना सबकुछ क़ुरबान कर सकता हूँ *(एकाएक भावावेश में आ जाता है)* पता नहीं क्यों, मुझे दुश्मन ही समझने लगा था *(निर्मला कुछ नहीं बोलती...बस चुपचाप सिलती रहती है। तोताराम के कहने का ढंग भी ऐसा है जैसे वे अपने-आप से ही बोल रहे हों।)* उसका भी क्या दोष! मैंने भी तो बरसों से उसकी तरफ़ ध्यान देना ही छोड़ दिया था...अपनी परेशानियों में ही ऐसा घिरा रहा कि कभी प्यार का एक बोल तक नहीं बोला...जब बोला, बस फटकारा ही...बच्चा ही तो था, भटक गया! *(फिर एक चक्कर लगाते हैं)* देखना इसके बाद शर्म से पानी-पानी होकर ग़ुलाम न हो जाए मेरा तो! *(निर्मला से)* तुमको नहीं लगता?

निर्मला : *(काफ़ी देर बाद पहली बार बोलती है)* कौन जाने ईश्वर ने सबक़ सिखाने के लिए ही यह चोट की हो।

तोता : *(प्रसन्न होकर)* तुमने तो एकदम मेरे मन की बात कह दी। ...जानती हो, मेरा मन क्या कह रहा है? *(जैसे कोई राज़ की बात बता रहे हों)* गहने खोकर मैं शायद अपने जिया को फिर से पा लूँगा। *(चेहरे पर ऐसा आनन्द का भाव मानो जिया को पा ही लिया हो)* और देखना, मैं और जिया मिलकर तुम्हारे सारे गहने न बनवा दें तो...वायदा रहा मेरा...सच कहता हूँ, आज मैं दुगनी ताक़त महसूस कर रहा हूँ, अपने भीतर...अब कल से ही बस, पिल पड़ता हूँ, काम पर!

तेरह

[शाम का समय। दृश्य सड़क से शुरू होता है। घुटनों से नीचे तक दो पैर चलते हुए दिखाए जाएँ...साथ में छड़ी भी। चाल बिलकुल पस्त, मानो कोई थका-हारा आदमी अपने को घसीट रहा है। धीरे-धीरे पूरा आदमी उभरता है...तोताराम! चेहरे की झुर्रियाँ और अधिक बढ़ गई हैं...कमर भी थोड़ी झुक गई है...लगता है जैसे उम्र के दस साल बढ़ गए हों। कपड़े भी आब-उतार! घर के दरवाज़े पर आकर पस्त से हाथों से दरवाज़ा ढकेलकर भीतर घुसते हैं और आँगन में बिछी हुई चारपाई पर बैठते हैं। खाना बनाती हुई निर्मला उन्हें देखती है। निर्मला का चेहरा भी बिलकुल सूखा...आँखों के चारों ओर गहरे काले निशान...एक साल में ही निर्मला जैसे बुढ़ा गई हो। पहले की तरह वह तोताराम के आते ही स्वागत के लिए नहीं जाती...हाथ का काम पूरा करती है...फिर उठकर एक गिलास पानी देती है।]

निर्मला : आज कुछ मिला?

[तोताराम गिलास ख़ाली करके बड़ी करुण नज़रों से उसे देखते हैं, फिर नज़रें नीची कर लेते हैं।]

निर्मला : फौज़दारी वाले मामले का क्या हुआ?

तोता : *(गहरी साँस लेकर, नज़रें ज़मीन में गड़ाए-गड़ाए)* मेरे मुवक्किल को सज़ा हो गई।

निर्मला : पंडित वाले मुक़दमे में?

तोता : पंडित पर डिक्री हो गई।

निर्मला : आप तो कहते थे कि दावा खारिज हो जाएगा?

तोता : *(बहुत हताश स्वर में)* मेहनत तो पूरी की थी...रात-भर जागकर तैयारी की थी—पर पता नहीं...शायद जिरह करने में चूक हो गई। *(निर्मला बोलती कुछ नहीं, केवल तोताराम को देखती रहती है। तोताराम बहुत लाचार भाव से)* क्या करूँ, मेरा दिमाग़ चलता ही नहीं।

निर्मला : इस तरह कैसे घर चलाऊँगी? *(चेहरे पर चिन्ता और विषाद)।*

तोता : *(जेब से दो रुपए निकालकर देते हैं)* अभी तो ये रख लो।

निर्मला : *(रुपए लेकर)* यही हाल रहा तो कैसे चलेगा?

तोता : नक़ल का काम लाया हूँ...कल उससे कुछ मिल जाएगा *(चेहरे पर लाचारी और दुख का भाव उभर आता है।)*

[निर्मला वापस रसोई में चली जाती है--आशा वहीं चटाई पर सो रही है—पास में रुक्मिनी बैठी अपने घुटनों में तेल मल रही है। बाहर से सिया आता है। कन्धे और दोनों हाथों में भारी-भारी थैले। बाल रूखे, चेहरे पर पसीना...फूली हुई साँस! चप्पल बिलकुल टूटी हुई! सामान लाकर रखता है, कुर्ते से ही पसीना पोंछता है।]

तोता : इतना बोझा?...इकन्नी देकर मजूरा कर लिया होता!

निर्मला : मैं तो ख़ुद कहती हूँ कि दो चक्कर कर लिया करो...पर इन्हें तो एक चक्कर करना ही इतना भारी लगता है।

सिया : बाबूजी, मेरी चप्पल टूट गई...जैसे भी हो मुझे कल नई चप्पल दिलवाइए।

[तोताराम चप्पल की तरफ़ देखते हैं, फिर झिझक के साथ निर्मला से]

तोता : आठ बारह आने हों तो इसे चप्पल दिलवा दो...चप्पल तो बिलकुल टूट गई।

निर्मला : तुम जो कुछ भी देते हो...उसमें दो जून की रोटी का जुगाड़ भी कैसे करती हूँ, सो मैं ही जानती हूँ...दूसरे खर्चों के लिए कहाँ से पैसे लाऊँ? बच्चों का दूध तक तो बन्द कर दिया और क्या करूँ? ...दूध के लिए रोते-रोते सो गई बेचारी। *(निर्मला का स्वर भर्रा जाता है...बहुत करुण नज़रों से वह सोती हुई बच्ची को देखती है।)*

सिया : चप्पल नहीं मिली तो मैं स्कूल नहीं जाऊँगा...सब लड़के चिढ़ाते हैं मुझे। *(दुख और ग़ुस्से से भरा हुआ भीतर चला जाता है। तोताराम कुछ नहीं कह पाते।)*

निर्मला : इतनी किफायतें करती हूँ फिर भी दो पैसे बचाने तक का जुगाड़ नहीं हो पाता!...कल लड़की बड़ी होकर सामने खड़ी

हो जाएगी... बिना पैसे के कैसे पार लगाऊँगी इसे...सोच-सोचकर ही मेरा तो कलेजा मुँह को आता है।

रुक्मिनी : बहू, वैसे तो मैं आजकल तुम्हारी बातों में बोलती नहीं, फिर भी इत्ता तो कहूँगी कि तुम कल की फ़िकर में आज *(आज को जोर देकर कहे)* क्यों इन बच्चों का पेट काट रही हो...तन घुला रही हो?...*(गहरी साँस लेकर)* किसने देखा है कल?

निर्मला : *(भृकुटि चढ़ जाती है, मानो उसे रुक्मिनी की यह टिप्पणी अच्छी नहीं लगी। पलटकर जवाब देती है)* जिसकी छाती पर लड़की बड़ी हो रही हो...वह कैसे आँख मूँद ले कल से?

रुक्मिनी : *(पराजित होने के भाव से...लेकिन आवाज़ में एक गहरा दर्द है)* हाँ, बहू तुम ही ठीक कहती हो—लड़की का सोच तो उसके जन्म के साथ ही लग जाता है। *(सबकी नज़रें सोई हुई आशा पर टिक जाती हैं।)*

दृश्य-परिवर्तन

[समय रात ग्यारह बजे। कमरे में निर्मला बुरी तरह खाँस रही है। खाँसते-खाँसते चेहरा लाल हो गया है...आँखों से आँसू बह रहे हैं। छाती पकड़कर लगातार खाँसे जा रही है। रुक्मिनी पीठ सहला रही है—एक हाथ से पंखा कर रही है।]

रुक्मिनी : कित्ती बार कहा कि अम्मा को लिखकर वहाँ के वैद्यजी की दवाई मँगवा लो...पर तुम सुनो तब तो *(निर्मला जवाब नहीं देती... केवल हाँफती रहती है)* इस तरह देह घुलाने से कैसे चलेगा?...इस बच्ची का तो ख़याल करो ज़रा। *(निर्मला करुण नेत्रों से सोई बच्ची की ओर देखती है)* उधर तोता का भी यही हाल है। ज़िन्दगी में कभी तो इतनी मेहनत की नहीं...अब इस उमर में...

[दृश्य कटकर तोताराम के कमरे में जाता है। घड़ी बारह बजा रही है। तोताराम मेज़ पर झुके हुए नक़ल कर रहे हैं...कुछ देर लिखने के बाद चश्मा उतारकर आँखों से पानी पोंछते हैं...फिर दोनों हथेलियों से आँखें बन्द करके आँखों को आराम देते हैं। एक गहरी साँस लेकर...'हे प्रभु, तेरा ही सहारा है' कहकर फिर चश्मा लगाकर लिखने लगते हैं।]

दृश्य-परिवर्तन

[दूसरे दिन सवेरे। तोताराम का आँगन। नहाकार निर्मला तार पर कपड़े सुखा रही है। रात-भर जागने और खाँसने की थकान उसके चेहरे पर साफ़ है। कपड़े सुखाकर ही थक जाती है...वहीं बैठ जाती है। सिया हंडिया लिए हुए बाहर से आता है।]

सिया : ये घी लो अम्माजी और जल्दी से मुझे कुछ खाने को दे दो। स्कूल में देर हो जाएगी। *(निर्मला हंडिया लेकर घी सूँघती है।)*

निर्मला : ये कैसी तो बू आ रही है? *(दुबारा सूँघती है)* साफ़ चर्बी की मिलावट है।

सिया : *(ग़ुस्से से)* सबसे अच्छा घी लाया हूँ और लौटाएगा वह बिलकुल नहीं।

निर्मला : लौटाएगा कैसे नहीं...कोई अंधेरगर्दी है क्या? रुपया कलदार लिया और घी की जगह चर्बी थमा दी...जाओ, दौड़कर इसे लौटा आओ...तब तक मैं तुम्हारे खाने के लिए कुछ बना देती हूँ।

सिया : मैंने कहा न, वह नहीं लौटाएगा...इसी शर्त पर दिया है उसने... *(रुआँसा होकर)* हर सौदा दो-दो बार लौटाओ...दुकानदार कितना फटकारते हैं मुझे...कोई सामान नहीं देना चाहता। *(स्वर में ग़ुस्सा है।)*

निर्मला : *(त्यौरियाँ चढ़ाकर)* फोकट में नहीं लेते जो फटकारेगा दुकानदार! ये बहाने किसी और को सुनाना।

सिया : *(खीज और ग़ुस्से के साथ)* सारे दिन बस बाज़ार के ही चक्कर लगाते रहो...न स्कूल समय से जा पाता हूँ...न पढ़ने के लिए टाइम मिलता है। *(रुआँसा होकर)* रोज़-रोज़ मुर्गा बनकर या गधा टोप पहनकर घंटे-घंटे भर खड़ा रहना पड़ता है...फेल होने पर हथेली पर फुटे तो मुझे खाने पड़ते हैं...आपका क्या जाता है...आपने तो बस, नौकर समझ रखा है मुझे!

निर्मला : मैं नहीं रात-दिन खटती नौकरानी की तरह?—मैं किसके आगे गुर्राऊँ?

सिया : तो क्यों हटाया आपने मूंजी को?

निर्मला : *(इस बार निर्मला घूरकर सिया को देखती है...। फिर एक-एक शब्द पर ज़ोर देकर बोलती है...स्वर में आवेश क़तई*

नहीं चीर देने वाला ठंडापन है) अभी तुम्हारी रोटियों पर नहीं पल रही जो मेरे कामों का हिसाब माँग रहे हो। *(आदेश देते हुए)* उठाओ हंडिया और घी बदलकर आओ!...और अच्छी तरह सुन लो...घर में रहना है तो घर का क़ाम भी करना पड़ेगा।

[निर्मला के इस तेवर से सिया सहम जाता है। चुपचाप हंडिया उठाकर निकल जाता है। बहते आँसुओं को कमीज़ की बाँहों से ही पोंछता जाता है।]

निर्मला : घर में कमाई का यह हाल कि रोटी का जुगाड़ हो जाए तो ग़नीमत...पर नौकर-नौकरानी की नवाबी ज़रूर चाहिए सबको। ...काम घर का होगा पर करेंगे ऐसे जैसे मुझ पर अहसान थोप रहे हों *(पस्त-सी बैठ जाती है मानो इतने से ही थक गई हो।)*

दृश्य-परिवर्तन

[दृश्य बदलता है। घी की दुकान पर बैठा दुकानदार सिया को हंडिया लेकर आते देखकर।]

दुकानदार : ईका रे फिर हंडिया लौटाय लाइ। यह क्या, फिर ले आए हंडिया ...मैंने पहले ही कहा था—यहाँ जितना देखना हो देख लो। एक बार ले जाने के बाद सौदा वापस नहीं लूँगा।

सिया : *(सारी हिम्मत बटोरकर)* दिखाया कुछ और...और दे दिया दूसरा माल। ऐसी चकमापट्टी नहीं चलेगी।...अपना माल वापस ले लो।

दुकानदार : चकमापट्टी करनेवाले दूसरे होंगे...यहाँ खरा सौदा बेचते हैं। सारे बाज़ार में इससे अच्छा घी मिल जाए तो जो चाहे जिरमाना भर दें...ऐसे सौदा बार-बार लेने लगे तो कर ली दुकानदारी।

सिया : तो हम भी चरबी मिला घी नहीं लेंगे?

दुकानदार : *(ज़रा डाँटकर)* मैं सौदा वापस नहीं लूँगा...ले जाओ हंडिया!

सिया : *(बात तो बड़े दबंग ढंग से की थी कि रौब जमाकर माल बदलवा लेगा, लेकिन दुकानदार का रुख़ देखकर आँसू आ*

जाते हैं। रुआँसे स्वर में) मत लो...मेरा क्या है, मैं यहीं छोड़े जाता हूँ हंडिया। *(हंडिया दुकान पर ही छोड़कर रोता हुआ एक तरफ़ निकल जाता है।)*

दृश्य-परिवर्तन

[मैदान में किसी पेड़ के नीचे बैठा सिया बिलख-बिलखकर रो रहा है। कुछ देर तक उसे रोता हुआ दिखाया जाए...रोते-रोते हिचकियाँ बँध गई हैं। तभी एक साधू आता हैं...रोते हुए बच्चे को देखकर ठिठक जाता है...फिर पास आकर बैठता है...उसके कन्धे पर हाथ रखकर प्यार से।]

साधू : क्यों रो रहे हो बच्चे...क्या कष्ट है तुम्हें? *(सिया सिर्फ़ रोता रहता है)* बताओ बच्चे...हमें अपना कष्ट बताओ। *(इस बार सिया सिर उठाकर उसकी ओर देखता है)* भूख लगी है? *(सिया रोते-रोते ही गर्दन हिलाकर इनकार करता है)*। साधू से झूठ नहीं बोलते बच्चे...भूखे तो तुम हो...सवेरे से कुछ नहीं खाया न? *(झोले में से मिठाई निकालकर देता है)* अच्छा, पहले यह मिठाई खाओ *(सिया जैसे का तैसा बैठा रहता है)* लो बेटा, खाओ। *(इस बार सिया मिठाई ले लेता है और खाने लगता है...साधू उसे ग़ौर से देखता रहता है)* अब बताओ...हम तुम्हारे सारे कष्ट दूर करेंगे। *(प्यार से सिया की पीठ सहलाता है। रोने के कारण सिया की हिचकी बँधी हुई है।)*

सिया : *(अटक-अटक कर)* घी खरीदा था...अम्माजी कहती हैं, अच्छा नहीं है, वापस करो...*(हिचकी)* दुकानवाला किसी तरह वापस नहीं करता...मैंने हाथ जोड़े तब भी नहीं...मैं हंडिया दुकान पर ही छोड़ आया...पर अब घर कैसे जाऊँ...अम्माजी बहुत ग़ुस्सा होंगी...सारे दिन डाँटती और बाज़ार दौड़ाती हैं...मैं स्कूल भी नहीं जा पाता...*(फिर रोने लगता है)*।

साधू : सौतेली माँ है?

सिया : *(नज़रें उठाकर साधू की तरफ़ देखता है—चेहरे पर आश्चर्य)* आपने कैसे जाना?

साधू : *(तीर निशाने पर लगने की प्रसन्नता)* साधू तो अन्तर्यामी होते हैं बच्चे...सबकुछ जानते हैं! *(एक क्षण चुप रह कर)* तुम तो

भारी कष्ट में हो बच्चे ? *(सिया सिर्फ़ गर्दन हिलाकर स्वीकार करता है। साधू से वह बिलकुल मंत्र-मुग्ध हो गया लगता है)* हरे...हरे...*(कुछ रुककर)* मैंने भी बचपन में बहुत कष्ट सहे हैं सौतेली माँ के...प्यार की जगह मार...भोजन की जगह दुत्कार... गरम लोहे से भी दाग़ती थीं *(सिया के चेहरे पर आनन्द छा जाता है वह सरककर साधू का हाथ पकड़ लेता है मानो उसे अभी कोई दाग़ने वाला हो)* बिलकुल नरक का जीवन!

सिया : *(किसी तरह थूक निगलकर भयभीत-सा)* फिर...क्या किया आपने ?

साधू : *(मस्ती के भाव से)* बस! एक बार हिम्मत करके घर छोड़ा और चले गए...गुरु की शरण में...घर छूटा और दुख छूटे...उसके बाद तो बस, आनन्द ही आनन्द। *(दोनों हाथ फैलाकर)* परम आनन्द...प्रभु की सेवा से बड़ा कोई सुख नहीं संसार में...

सिया : *(मुग्ध-सा साधू को देखता रहता है—फिर अनुभव करता हुआ)* ...बाबा, आप भी मुझे अपनी शरण में ले लीजिए...मैं आपके साथ चलूँगा बाबा...मुझे अपने साथ ले चलिए! *(साधू सिया की तरफ़ देखकर मुस्कुराता है। तभी एक बुज़ुर्ग-सा साधू आता है)।*

बुज़ुर्ग साधू : यह बच्चा कौन है परमानन्द!

परमानन्द : दुख का मारा आपकी शरण में आना चाहता है!

बुज़ुर्ग साधू : *(कुछ सोचकर)* साधू-जीवन का सुख तो बाद में पता चलता है—पर साधू बनना सरल नहीं है...घर और घरवालों का मोह छोड़ना पड़ता है...छोड़ सकोगे ?

सिया : मेरा कोई घर नहीं...मुझे कोई प्यार नहीं करता...मेरा कोई नहीं है *(रो पड़ता है)* परमानन्द का हाथ पकड़कर आग्रह करते हुए...मुझे अपने साथ ले चलिए। *(रो पड़ता है।)*

बुज़ुर्ग साधू : अरे...अरे...तुम्हारे मुँह से तो ईश्वर की इच्छा बोल रही है बच्चे...उसे अनसुना कैसे कर सकते हैं?...परमानन्द...बच्चे का भार तो लेना ही होगा और अभी प्रस्थान करना होगा! *(सिया से)* बच्चे चलने से पहले एक बार आँख मूँदकर सच्चे मन से ईश्वर का स्मरण तो कर लो। *(सिया बड़ी श्रद्धा के साथ हाथ जोड़कर आँख मूँद लेता है।)*

बुज़ुर्ग साधू : शिकार तो ठीक ही फँसा है...लेकिन कोई संकट तो नहीं!

परमानन्द : अभी निकल चलते हैं...रात तक सबकी पहुँच के बाहर हो जाएँगे।

[लांग शॉट में दोनों साधुओं के बीच सिया तेज़-तेज़ चल रहा है।]

दृश्य-परिवर्तन

[दृश्य कटकर तोताराम के घर में। समय शाम चार बजे। निर्मला घुटनों में मुँह छुपाए बैठी है, जैसे रो रही हो...आशा डरी-सहमी-सी उससे चिपककर बैठी है। वहीं रुक्मिनी भी बैठी है, सिर झुकाए। तोताराम कचहरी के कपड़ों में ही खड़े-खड़े चिल्ला रहे हैं। खाट पर सिया के लिए लाई हुई नई चप्पल पड़ी है...जिसे दिखाया जाए!]

तोता : क्यों दौड़ाया जाता था उसे सारे-सारे दिन सौदा लाने के लिए...कितनी बार मैंने मना किया कि मत उठवाया करो बच्चे से इतना-इतना बोझा...पर मेरी सुनता कौन है?...मुफ़्त का हम्माल मिल गया था, सो रगड़ो सारे दिन...पढ़ना-लिखना, खाना-पीना कुछ नहीं...बस सवेरे से शाम तक बोझा ढोओ...मूंजी को हटा दिया, थोड़ा-सा भी आराम क्यों मिल जाए बच्चे को?...सवेरे का भूखा-प्यासा निकला बच्चा शाम तक नहीं लौटा और किसी को होश तक नहीं कि पता लगवाएँ...अपना जाया होता तो दर्द होता...इस बच्चे का क्या दर्द? *(रुक्मिनी से)* और जीजी, तुम्हें यह कैसा बैराग सूझा कि बच्चे पर कैसा भी जोर-जुलुम हो, कुछ बोलना ही नहीं, तुमने तो माँ की तरह पाला था...

रुक्मिनी : *(बहुत टूटी आवाज़ में)* मेरा तो तन और मन दोनों ही थक गए तोता...क्या करूँ?

तोता : मैं जानता हूँ मुझे इस घर में एक दिन के लिए भी कभी चैन नहीं मिलेगा...अब कहाँ ढूँढ़ूँ जाकर...उस बेचारे का तो कोई यार-दोस्त भी नहीं है...किससे पूछूँ जाकर...पता नहीं, कहाँ भटक रहा होगा *(गला रुँध जाता है। उन्हीं कपड़ों में घर से निकल जाते हैं। रुक्मिनी उन्हें जाते हुए देखती रहती है, फिर धीरे से)*

रुक्मिनी : सबर का बाँध आख़िर टूट ही गया—इत्ते दिनों का दुख आज ग़ुस्सा बनकर बह रहा है!

दृश्य-परिवर्तन

[दृश्य कटकर बाज़ार में। तोताराम परेशान, बदहवास से चारों ओर देखते हुए गलियों, सड़कों में से गुज़रकर घी वाले की दुकान पर पहुँचते हैं।]

हलवाई : आइए वकील साहब, ये आपकी घी की हंडिया रखी है—ले जाइए और जमा खातिर रखिए—घी हमारा एकदम खाँटी! सवेरे बच्चा हुज्जत करके हंडिया यहीं छोड़ गया...नादान ही तो है! *(हंडिया सामने रख देता है। तोताराम उसकी ओर से एकदम उदासीन)*।

तोताराम : कितने बजे आया था वह दुकान पर?

हलवाई : अरे सवेरे ही तो आया था।

तोता : और यहाँ से किधर गया?

हलवाई : *(अब पहली बार तोताराम की परेशानी पर ध्यान जाता है)* किधर गया...बच्चा घर नहीं पहुँचा क्या? *(तोता खोए-खोए से नकारात्मक गर्दन हिला देते हैं)* हाँ, हमसे हुज्जत करने के चक्कर में रो तो ज़रूर दिया था पर जाने-जवाने की बात तो कहीं नहीं थी! *(तोता एक क्षण वैसे ही खोये से खड़े रहते हैं, फिर आगे बढ़ जाते हैं। घी वाला अपने साथ बैठे आदमी से)* बेचारे...आदमी ब्याह करता है अपने सुख के लिए...अमन के लिए...मुला इनका तो सारा घर ही बर्बाद हो गया।...रानी बनाकर लाए थे बहुरिया को आज ख़ुद कंगाल हो गये...किसी-किसी का पगफेरा ही ऐसा होता है।

[दृश्य कटकर फिर तोता बाबू पर]

[तोता बाबू किसी भी दुकान पर जाकर]

तोता : क्यों भाई, एक ग्यारह-बारह साल के लड़के को तो नहीं देखा...सफ़ेद कमीज़, खाकी निक्कर। बस *(हाथ से लम्बाई बताते हुए)* इतना लम्बा होगा!

दुकानदार : क्या बताएँ साहब! जाने कितने बच्चे तो गुज़रते हैं बाज़ार से *(कोई कहता)* नहीं साहब, नहीं देखा।

[स्कूल के गेट पर। गेट बन्द है...बाहर चौकीदार!]

तोता : कोई बच्चा स्कूल में तो नहीं है?

चौकीदार : ई ताला नहीं दिख रहा...ई बखत कहाँ होगा बच्चा इसकूल मा। *(हताश से)*।

दृश्य-परिवर्तन

[एक महीने बाद। तोताराम का घर। दृश्य निर्मला की खाँसी से शुरू होता है। रुक्मिनी उसे सँभाल रही है—आशा भी उसकी पीठ पर हाथ फेर रही है। खाँसने के बाद निर्मला पस्त होकर पड़ जाती है। साँस जोर-जोर से चल रही है। एक महीने से बीमार निर्मला...आँखें बिलकुल गड्ढे में धँस गई हैं...चेहरा स्याह। रुक्मिनी उसका माथा सहलाते हुए।]

रुक्मिनी : मेरी सौगन्ध तुम्हें...थोड़ा-सा गरम दूध ले लो।

निर्मला : *(आँखें अधखुली-सी...केवल ज़रा-सी गर्दन हिलाकर इनकार करती है)*

रुक्मिनी : दवा तुम लेती नहीं...अब कल से खाना-पीना भी छोड़ दिया... क्यों अपने को मारने पर तुली हो...*(स्वर भर्रा जाता है।)*

निर्मला : इतना बड़ा कलंक...क्यों नहीं मर गई मैं उसी दिन *(कराहते हुए...तोड़-तोड़कर बोलती है पर एक-एक शब्द सुनाई देना चाहिए)* आँसू बहने लगते हैं।

रुक्मिनी : अरे इस बच्ची का तो कुछ ख़याल करो।

निर्मला : *(बहुत करुणा कातर नज़रों से पास बैठी बच्ची को देखती है, फिर अपने कमज़ोर हाथों से खींचकर उसे अपनी छाती पर लिटा लेती है—प्यार से उसकी पीठ और माथा सहलाती है। रुँधे गले से)* तुझे सिर्फ़ जन्म ही दिया...और कुछ भी नहीं कर सकी तेरे लिए। *(आँसू चू पड़ते हैं।)*

रुक्मिनी : मत यह सब सोचो...अच्छी हो जाओ...फिर सब करना अपनी बेटी का।

निर्मला : इसे आपके भरोसे छोड़े जा रही हूँ जीजी...आप चाहे ज़हर दे देना या गला घोंटकर मार देना...पर किसी कुपात के हाथों मत सौंपना...हाथ में पैसा नहीं...सिर पर साया नहीं...क्या होगा मेरी बच्ची का *(फफककर रो पड़ती है। आशा भी अम्मा-अम्मा करके रोने लगती है। रुक्मिनी उसे खींचकर अपने पास ले लेती है...दुलारती है।)*

रुक्मिनी : तुम छह बरस की ज़िन्दगी में यों हार गई बहू...कभी मेरी ओर भी देखा होता।

निर्मला : छह बरस?...छह जनम जितना तो भोग लिया...अब नहीं... *(धीरे-धीरे आँखें मूँदने लगती हैं।)* आँखों के आगे अतीत के चित्र तैरने लगते हैं। अन्तिम चित्र तोताराम के फटकार कर निकलने वाला है। तोताराम के संवाद की अन्तिम पंक्ति—कह देना उससे कि उसका मनचाहा पूरा हो गया...सारे काँटे दूर हो गए...*(अब अकेले राज करे घर-भर में)* इस टुकड़े को दो-तीन बार दोहराया जाए...*(आवाज़ ऊँची होती जाती है। निर्मला एकदम चीख़कर।)*

निर्मला : नहीं...नहीं...नहीं।

रुक्मिनी : *(एकदम घबराकर माथा सहलाते हुए)* कैसा जी है बहू? *(निर्मला फटी-फटी आँखों से रुक्मिनी को देखती है...रुँधे हुए गले से किसी तरह पूछती है...पर इस बार स्वर में हल्का-सा आवेश है)।*

निर्मला : मेरा क्या गुनाह था जीजी...जो मुझे इतनी बड़ी सज़ा दे गए?

रुक्मिनी : *(सिर थपक कर)* चुप करो बहू!

निर्मला : नहीं जीजी, बताओ मुझे...कौन-सा गुनाह किया था मैंने... *(आवेश के मारे हाँफने लगती है।)*

रुक्मिनी : औरत होकर जनम लेना ही क्या कम बड़ा गुनाह है बहू? *(इस वाक्य को इस तरह बोलना है कि औरत के जीवन की सारी त्रासदी...जो उपन्यास का मुख्य उद्देश्य है पूरी तरह उभरकर आ जाए!)*

निर्मला : *(सूनी-सूनी नज़रों से एकटक दरवाज़े की ओर देख रही है...साँस ऐसी उखड़ी-उखड़ी चल रही है मानो आख़िरी साँस ले रही हो)* ये नहीं आए?...माफ़ी माँग लेना...मेरी बच्ची...माफ़ी... *(गर्दन लुढ़क जाती है)।*

रुक्मिनी : अरे बहू रेऽऽ...*(चीख़कर रो पड़ती है।)*

[दृश्य बदल जाता है। रुक्मिनी छाती पीट-पीटकर विलाप कर रही है। आठ-दस औरतें बैठीं उसे दिलासा भी दे रही हैं और उनकी अपने कमेंटरी भी चल रही है। आँगन के एक ओर कुछ आदमी व्यस्त से इधर-उधर अरथी की तैयारी में जुटे हैं।]

रुक्मिनी : हाय-हाय, जिसको मरना था, वह तो बैठी रह गई और जवान बहू चली गई...भगवान मुझे क्यों नहीं उठा लेता रेऽऽ...और कितने घाव सहेगी यह छाती...

एक औरत : सबर करो बुआजी...सबर करो।

रुक्मिनी : और कित्ता सबर करूँ रेऽऽ...ये बूढ़ी हड्डियाँ बच्ची को कैसे पालेंगी रेऽऽ...

दूसरी औरत : *(ठंडी साँस लेकर)* वह तो दुख से छूटी बिचारी...आदमी ही जब आँख फेर ले तो औरत की जिनगी में रही क्या जावै है जीने के लिए...

तीसरी औरत : एकटक दरवाज़ा ताका करै थी...कैसा तो मन कलपा करै था, आदमी के लिए।

दूसरी औरत : मरते बखत आदमी का दरस मिले न परस तो कौन गति होवे औरत की...जाने कौन खोटे करम किए थे बिचारी ने।

एक औरत : हाँ रे, औरत तो वही भागवान जिसे मरते बखत आदमी के चरण की धूल मिल जावे और मरने के बाद आदमी के हाथ की आग।

[दृश्य बाहर जाता है। तीन-चार आदमी बैठे हैं—एक पंडितनुमा आदमी बाहर-भीतर आ-जा रहा है।]

एक आदमी : अग्नि संस्कार कौन करेगा?...न पति, न बेटा!

आदमी दो : पराया आदमी तो यह संस्कार कर नहीं सकता।

आदमी तीन : शन्नो के बेटे को बुलाने भेजा है—निकट की रिश्तेदारी तो बस वही है।

आदमी दो : चलो, जो किस्मत में लिखा है!

[कमरे से एक आदमी निकलकर आता है।]

आदमी : अरथी कब उठेगी?

आदमी तीन : शन्नो का बेटा आ जाए बस।

[तभी अचानक तोताराम घर में प्रवेश करते हैं—हाथ में वही छोटा-सा ट्रंक। दाढ़ी बढ़ी हुई, चेहरे पर अधपगलेपन का भाव! आँगन में रोना और भीड़ देखकर भी उनके चेहरे पर कोई प्रतिक्रिया नहीं होती...बिलकुल भौंचक से खड़े हैं। लोग एकाएक

तो उन्हें पहचान ही नहीं पाते, फिर जैसे एक आदमी पहचानता है।]

आदमी : *(अपार आश्चर्य के साथ)* ये क्या वकील साहब *(उठकर पास आता है। अपना नाम सुनकर भी तोताराम के चेहरे पर कोई प्रतिक्रिया नहीं...बिलकुल पथराया हुआ, भाव-शून्य चेहरा सब लोग उठकर पास आ जाते हैं—चारों तरफ़ एक सनसनी फैल जाती है।)* वकील साहब आ गए...वकील साहब आ गए। *(सबके चेहरों पर ऐसा भाव जैसे कोई अनहोनी घट गई हो। भीतर से रोती-छाती पीटती रुक्मिनी आती है।)*

रुक्मिनी : अरे भैया, तुम कहाँ चले गए थे...तुम मुझे बहू सौंप गए थे, मैं तुम्हें क्या लौटाऊँ रेऽऽ...हाय तुम पहले क्यों नहीं आए...बहू तो तुम्हारे लिए तड़पते-तड़पते चली गई रेऽऽ *(तोताराम के कन्धे पर सिर टिकाकर फूट-फूटकर रोती है। तोताराम वही पथराया भाव लिए खड़े हैं, जैसे कुछ समझ ही नहीं आ रहा हो। क्या कहा जा रहा है। औरतें भी आकर खड़ी हो जाती हैं।)*

एक आदमी : *(दूसरे से)* कैसे देख रहे हैं! दिमाग़ तो नहीं चल गया वकील साहब का। *(भीतर से चार आदमी अरथी उठाकर बाहर ले आते हैं। अरथी पर लाल चुंदड़ी डाली हुई है।)*

दूसरा आदमी : अब जल्दी करो। आइए वकील साहब, कन्धा लगाइए...मिट्टी बहुत देर की पड़ी है। *(एक आदमी उन्हें पकड़कर अरथी के पास ले जाता है...वे बिलकुल मशीनी ढंग से चले जाते हैं। 'रामनाम सत्य है' के साथ अरथी उठाई जाती है और एक कोना तोताराम के कन्धे पर रख दिया जाता है। सबके साथ वे भी चल देते हैं। आँचल से आँसू पोंछती हुई औरतें दरवाज़े तक आती हैं।)*

एक औरत : चलो आदमी का कन्धा तो मिल गया...जनम सुधर गया बिचारी का...

[अरथी दरवाज़े के बाहर चली जाती है। कैमरा अरथी के साथ-साथ राम नाम सत्य है के साथ जा रहा है...पन्द्रह-बीस लोग साथ हैं। आस-पास के घरों की छतों और खिड़कियों से भी दो-चार सिर झाँक कर देख

रहे हैं। कुछ दूर तक जाते हुए अरथी को दिखाया जाए—कैमरा फिर घर में आता है। औरतों को पार करता हुआ आशा पर टिक जाता है...जो बेहद घबराई, सहमी-सी अकेली एक तरफ़ खड़ी है। उस समय जैसे किसी को उसका ध्यान ही नहीं है। कैमरा आशा पर ही टिका रहे...और निर्मला...]

○○○

मन्नू भंडारी

कहानी-संग्रह

एक प्लेट सैलाब
मैं हार गई
तीन निगाहों की एक तस्वीर
यही सच है
सम्पूर्ण कहानियाँ

नाटक

महाभोज
बिना दीवारों के घर
उजली नगरी चतुर राजा

पटकथा

आपका बंटी

आत्मकथा

एक कहानी यह भी

बाल-साहित्य

(उपन्यास)
आसमाता
(कहानी)
आँखों देखा झूठ
कलवा